ジャンリーコ・カロフィーリオ／著
飯田亮介／訳

過去は異国
Il passato è una terra straniera

扶桑社ミステリー
1706

テレジーナについて

テレジーナ（telesina）は５枚の手札で役（ハンド）を作って勝敗を争う、イタリア式ポーカーの一種。

手札の１枚目のみ裏向きに伏せて配り、残り４枚を表向きに開いて配る点はファイブスタッドポーカーと同じだが、テレジーナにはプレーヤーの人数によって使用カードの枚数が変化するという特徴がある（例、４人の場合は32枚、５人の場合は36枚）。

作中の勝負のようにカードを配る専任のディーラーがいない場合、各プレーヤーが１ゲーム（１ハンド）ずつ交替で親を務め、カードを配る。全員が親を務めた時点（例、４人であれば４ゲーム）で１周が完了する。

過去は異国

登場人物

ジョルジョ・チプリアーニ ―― イタリア南部・プーリア州バーリに暮らす大学生

フランチェスコ・カルドゥッチ ― 哲学部を中退した若者

ジュリア ―――――――――― 医学部の学生

マリア ――――――――――― 四十歳の人妻

アンジェリカ ――――――――― バレンシアのバルのウェイトレス。フィレンツェ出身

ジョルジョ・キーティ ―――― 憲兵隊《カラビニエリ》中尉

マルティネッリ ――――――― ベテランの憲兵隊隊員。階級は准尉

ペッレグリーニ ――――――― 会計士の資格を持つ憲兵隊の曹長

カルディナーレ ――――――― 若き憲兵隊曹長

第一部

1

　彼女はカウンターに寄りかかり、ひとり、オレンジジュースを飲んでいる。足下には黒い革のバッグがひとつ。どういう訳か僕はそのバッグが気になってならない。彼女はこちらが気まずくなるほど執拗《しつよう》に僕を見つめてくる。そのくせ視線が合えば必ず目をそらし、何秒かするとまたこちらを見る。そんなことが何度も繰り返されていた。覚えのない顔だから、本当に僕を見ているのだろうかとも初めは思った。実は後ろに誰かいるのではないかと振り返って確認したい衝動にもかられたが、こらえた。この小ぶりなテーブルの背後に壁しかないのはよくわかっている。ほぼ毎日、同じ席に座っているから。

　彼女がジュースを飲み終えた。空のコップをカウンターに置くと、床のバッグを取って、こちらに近づいてくる。ショートカットの黒髪。毅然《きぜん》とした態度がどこか不自然なのは、恥《は》ずかしくてずっとためらっていたからか。あるいは彼女が克服したのは、羞恥心《しゅうち》よりもたちの悪い何かなのか。

今、彼女は僕のテーブルの前に立っている。しばらく何も言わなかったので、そのあいだに僕は状況にふさわしい表情を繕《つくろ》おうとした。でも、うまくいかなかったようだ。

「わたしが誰だかわからないみたいね」

それは問いかけではなかったし、実際、彼女の言うとおりだった。彼女が誰だか思い出せなかった。赤の他人としか思えない。

すると彼女はある名前を告げ、それから二、三、言い足すと、ひと呼吸置いてから、座ってても構わないかと尋ねた。僕はどうぞと答えた。いや、うなずくか、手ぶりで椅《い》子《す》を勧めたか。うまく思い出せない。

確かなのは、それからしばらく僕が何も言わなかったということだ。そもそも簡単に何か言えるような状況ではなかった。ほんの少し前まで僕はそこでいつものように朝食をとり、ありふれた一日を始めようとしていた。それがいきなり竜巻に呑《の》みこまれて、気づけばまるで違う場所にいたのだから。

そこは謎めいた異郷だった。

遠い異郷だ。

2

僕たちは四人でテーブルを囲んでいた。まずは痩《や》せた悲しげな男、職業は測量士だ。それからフランチェスコと僕、そしてその家の住人。住人はニコラという男で、年は三十ぐらいで、でぶで、ヘビースモーカーで、苦しげな息をしていた。それに、詰まった鼻の立てる規則的な音が耳ざわりだった。

次はそのでぶのニコラがカードをシャッフルして、配る番だった。ふた山に分けたトランプを親指と人差し指で持ち、ぱらぱらと音を立てて混ぜる小技を飽きもせずに繰り返しているが、疲れた顔をしていた。それにニコラは苛立《いらだ》っていた。三十分ほど前まで百万リラ近く勝っていたのに、ここ三、四周でほとんどすってしまったからだ。フランチェスコが勝っていて、僕はとんとん、測量士は大負けしていた。テレジーナの最後から二周目が始まるところだった。

「共有札なし」カットのあとで、でぶのニコラは宣言した。気どった口調だった。それがプロっぽいしゃべり方だと思っているらしく、一晩中ずっとその口調だった。ポーカーのテーブルでカモを見分けるいい方法をひとつ教えよう。やたらとプロっぽいしゃべり方をするプレーヤーがいたら、そいつがカモだ。

ニコラは一枚目を伏せて配り、二枚目を表向きで配った。やっぱり、いかにもプロっぽい手つきで。

表向きの二枚目は測量士が10、フランチェスコはクイーン、僕がキング。ニコラが自分に配ったのはエース。

「十万」ニコラは即座にそう言って、エレクトリックブルーの楕円《だえん》形のポーカーチップをテーブルの中央に投げると、すぐに上唇《うわくちびる》を舌の先で湿らせた。みんなも勝負に乗った。ニコラが三枚目を配るあいだに、測量士が煙草《タバコ》に火を点《つ》けた。

8、またクイーン、8、7。

「二十万」とフランチェスコが言った。ニコラが彼を憎々しげにちらりと見やってから、自分も二十万張った。測量士はおりた。彼は一晩中負けっぱなしだったから、ゲーム終了の時刻をひたすらに待っていた。僕は勝負に乗った。

10、キング、10。今度は僕からで、二十万張った。ふたりも勝負に乗り、最後の五枚目のカードが配られた。フランチェスコは8、僕は9、ニコラも9。

僕がパスすると、間髪入れずにニコラがポットベットを宣言した。現時点の賭け金《ポット》の総額と同じ額を張る、という意味だ。まさかストレートが完成したというのか。8

はもう三枚も場に出ているのに？　顔を見ればでぶは唇を固く閉じており、唇の表面が乾いていた。次にフランチェスコが手札をまとめ、自分はおりると言ってから立ち上がり、こわばった脚を伸ばすような真似《まね》をした。

その仕草は、僕に対し、ワンペア以上の役があるならそのまま勝負しても平気だ、でぶはストレートなんて出来ちゃいない、と伝えるサインだった。ニコラに8のストレートが出来るはずなどなかったのだ。なぜならフランチェスコの伏せ札こそ四枚目の8だったのだから。そこで僕は待ってもらった。考える時間をくれ、口ではそう言ったが、本音は、いかさまを仕かけて勝利を確信した時に覚える、あの夢見心地を楽しみたかっただけだ。

「やっぱり乗るしかないね」一分ほど考えてから、僕はあきらめた声を出した。この役《ハンド》じゃどうしたって負けるだろうけれど、運がいい上に狡猾《こうかつ》なプレーヤーにまんまと嵌《は》められてしまったのだからしかたない、という感じの声だ。ふたを開ければ、ニコラのハンドはエースのワンペア、こっちはキングのスリーカードだった。こうして僕は三百万リラ近くをせしめた。父の当時の月給を上回る大金だった。

これで、あのでぶは本気で腹を立てた。負けて悔しいのは当然だが、よりによって僕みたいな間抜けに負けたのが我慢ならなかったのだ。

次のゲームは測量士が勝ったが、勝ち額は小さかった。そしてフランチェスコがカードを配る番が来た。彼はいつものようにごく普通の方法でカードをシャッフルし、カットさせてから、配った。

まずは伏せ札を一枚ずつ、続いて表向きの二枚目を一枚ずつ。僕の二枚目はクイーン、ニコラはキング、測量士は7、フランチェスコはエースだった。

「二十万だ。ここで挽回《ばんかい》するぞ」フランチェスコは言った。

ニコラは嫌そうに彼をにらんだ。みじめな素人《しろうと》め、そういう目だった。それから自分も二十万のチップを置いた。僕も同じ額を張った。測量士はおりた。

三枚目が配られるあいだ、僕は努めてフランチェスコの手元に目をやるまいとした。ただし、見たところでおかしな点に気づくはずもないのはわかっていたし、僕に限らず、残りのふたりが見てもそれは同じはずだった。僕はまたクイーン、ニコラはまたキング、フランチェスコはまたエースで、今度も彼からだった。

「二枚のエースと張り合う気なら、お代は高くつくぞ。三十万だ」

ニコラは何も言わずに張った。先ほどと同じ目つきでフランチェスコをにらみながら。僕は少し考え、手前に積んだチップに触れ、自信なさそうに張った。

四枚目。僕は10、ニコラはジャック、フランチェスコは7。

「また三十万」フランチェスコがまず張った。

「コール」僕は勝負に乗った。

「五十万までレイズ」ニコラはプロっぽいあの口調で賭け金の吊り上げ《レイズ》を宣言すると、上唇を舐《な》め、興奮を隠そうとした。あいつの伏せ札はジャックだったから、今回はもらったと思っていたはずだ。でもフランチェスコも僕もおりなかった。僕は今にも小便をちびりそうだという顔をしていた。分に過ぎた危ない賭けになりつつあることに怯《おび》える人間の顔だ。

　最後のカード。僕はまた10、でぶはまたジャック、フランチェスコはクイーンだった。フランチェスコは忌ま忌ましげに、横向きにしたクイーンを残りの手札の上に重ねた。当然、勝負はおりるほかなく、彼は百万きっかり負けたことになるはずだった。フランチェスコはそうした内容の愚痴《ぐち》をこぼしたが、ニコラは聞き流した。ジャックとキングのフルハウスを完成させた今や、あのでぶは早くも勝利の美酒に酔っており、今夜自分が相手をする羽目になったふたりの素人などもはや眼中になかったのだ。あいつはポットベットを宣言し、煙草に火を点けた。僕の伏せ札が三枚目の10であることに期待していたはずだ。それならこの小僧もフルハウスだから、必ず勝負に出る。そこを木っ端みじんにしてやる、なんて考えていたのだろう。四枚目のクイーンが隠れている可能性など検討すらしてみなかったらしい。

　僕は勝負を受けて立った。そして僕の伏せ札は、まさしく、最後のクイーンだった。こうして僕のフルハウスはあいつのそれに勝った。ニコラはプロっぽい口調をかなぐり捨てて、そんな糞《くそ》みたいに運のいい話があってたまるかと吐き捨てた。

各人の借金をメモしてから――でぶはもはや破産寸前だった――さらに四十分ほど勝負を続けた。もう特別なことは何も起こらなかった。測量士はいくらか負けを取り返し、プロはまた何十万か負けた。

終わってみれば僕のひとり勝ちだった。フランチェスコは四十万リラ近い金を僕に渡し、測量士は百万リラ強の小切手を切った。でぶのニコラは自分の小切手に八百二十万リラという金額を記した。

三人一緒にニコラの家を出る際、僕は戸口で、リベンジマッチなら喜んで受けて立つと約束した。大勝ちしたあとでマナーを守ろうとする初心者に似つかわしい控えめな笑みを顔に浮かべて。ニコラは無言で僕をにらんだ。あいつは金物屋の主人だったから、いっそこの小僧の頭をモンキーレンチで叩《たた》き割ってやりたいとでも思っていたはずだ。

表で三人は別れを告げ、めいめい帰路に着いた。

それから十五分後、僕とフランチェスコは駅の売店の前で落ち合った。店はまだ閉まっていた。僕は彼に四十万リラを返した。それからふたりで漁師たちが通うバールに行って、カプチーノを飲んだ。

「あのでぶの立てる音、聞いた？」

「音って？」

「鼻の音。たまらなかったよ。あいつと同じ部屋で寝るところ想像できる？　豚みたいないびきをかくんだろうな」

「実際、結婚して半年でかみさんに捨てられたっていうしな」

「また呼ばれたらどうする？」

「もう一度だけ行って、二、三十万ばかり勝たせてやるさ。それで恨《うら》みっこなし、今度こそおさらばだ」

ふたりともカプチーノを飲み終え、店を出て、船だまりの前で煙草に火を点けるころには空が白んでいた。それからほどなく僕たちはそれぞれの家に帰って眠ることになる。さらに数時間後、僕は銀行で二枚の小切手を現金に替え、フランチェスコと賞金を山分けすることになる。


その前日、僕はジュリアと喧嘩《けんか》をした。こんなのもう耐えられない、わたしたち、別れたほうがいいのかもしれない、と彼女は言った。

あれは僕の反応を期待した挑発だった。こちらが彼女の言葉を否定し、そんなの嘘《うそ》だ、こんなのはちょっとした一時のすれ違いみたいなものだから、ふたりでともに乗り越えよう、みたいな言葉を続けることを彼女は期待していたはずだ。

ところが僕は、君の言うとおりかもしれないと答えた。少し残念そうな表情こそ浮かべていたが、それだけだった。しかもあれはそれっぽい顔を作っただけだった。辛そうな彼女を見るのは残念だったし、軽い罪悪感も覚えたが、僕は会話をさっさと切り上げて、立ち去ることだけを望んでいた。彼女は合点のいかぬ顔で僕を見つめていた。そんな彼女を見返している僕はもはや、そこにはいなかった。

僕はもうずっと前から、そこにはいなかった。

彼女は静かに泣きだした。僕はありふれた言葉を二、三並べて、目の前で苦しむ他人の痛みと重さを和らげようとした。

ようやく彼女が自転車に跨《また》がり、行ってしまうと、僕はただひたすらにほっとした。

僕は二十二歳だった。そして、ほんの数カ月前までは、出来事らしい出来事などほぼ皆無な人生を送っていた。

3

エウジェニオ・フィナルディの曲に、サンソーネという名の男を歌ったものがある。サンソーネはサッカーが凄くうまくて、瞳《ひとみ》は緑色で、褐色《かっしょく》の肌をしていたそうだ。そしてその顔は、怖い物などあったためしがない男のそれだという。

まさにフランチェスコ・カルドゥッチそのものだ。

フランチェスコはサッカー選手としても有名なら――大学選手権ではいつもエースストライカーだった――女子の憧れの男子としても有名だった。実のところ、生活に倦《う》んだ母親たちにもモテたらしい。年は僕よりもふたつ上で、元々哲学部の学生だったが、規定年内に卒業できず、もう大学には行ってなかった。卒業までに単位がいくつ足りなかったのか、卒業論文のテーマは既に決まっていたのか、その手のことを僕は一度も聞いたことがない。

彼についてわからずじまいのことは山ほどある。

一九八八年のクリスマス休暇中のある夜まで、僕と彼のつきあいは極めて浅かった。

共通の友人グループがいくつかあり、サッカーの試合で何度か一緒になり、通りで出くわせば手短な挨拶《あいさつ》を交わす、その程度の仲だった。つまり、一九八八年のクリスマス休暇のあの夜まで、僕と彼はただの顔見知りだった。

あの夜は、ある女の子の家でちょっとしたパーティーがあった。彼女は公証人の娘で、名をアレッサンドラといった。両親は山で休暇を過ごしていたから、アレッサンドラは自宅を——立派な豪邸を——好きに使うことができた。来客は酒を飲んだり、おしゃべりをしたりで、隅のほうでマリファナ煙草を吸う者もちらほらいた。でも一番の楽しみはトランプゲームだった。クリスマスパーティーは多くの者にとって際限なく続くカードの勝負と同義だった。

大広間にはバカラのテーブルがひとつ設けられ、居間はバカラとよく似たシュマン・ド・フェールの部屋になっていた。残りの部屋は、さっきも言ったように、飲んだり吸ったりだった。その手のパーティーではよくある状況で、平和なものだった。ところがやがて世界は——少なくとも僕の世界は——SFアニメか映画に出てくる宇宙船のように、いきなり加速した。爆音を立てて発進し、まっしぐらに飛んで星々の狭間《はざま》に消えるあれだ。

僕はバカラのテーブルでいくらかすり、シュマン・ド・フェールの部屋に移動したところだった。フランチェスコはそこのテーブルに座っていた。僕も参加したかったけれど、金があまりなかった。そうした賭場には、僕よりも年下のくせに、丸めた札束をいくつも持ち、小切手帳まで持ってくる少年たちがいた。ところが僕は両親から月に三十万リラの小遣いをもらい、ラテン語の家庭教師をやって少し稼いでいるだけだった。大金を張る――そしてもちろん勝つ――ギャンブルに魅力は感じていたけれど、そんな余裕などなかった。あるいはそうするだけの勇気がなかったのか。たぶん両方だったのだろう。だからゲームを眺めるだけで我慢することも多かった。

アレッサンドラの家には少なくとも六十人は客が来ていて、時々、ベルが鳴っては客がまた増えるという具合だった。ひとりで来る者もいたが、たいていはグループだった。主人の彼女もまるで知らない顔ということもあった。ああいうパーティーではそれが普通で、みんな人づてに噂《うわさ》を聞いてやってきた。むしろそれこそ、クリスマス休暇の夜の楽しみのひとつと言ってよかった。パーティーからパーティーへと渡り歩き、赤の他人の家に忍びこんでは勝手に飲み食いし、挨拶も抜きで立ち去るのだ。僕自身、何度やったかしれない。

だからあの晩、ジャンパーも脱がずに家のなかをうろつく三人組がいても誰も気にかけなかったのだ。やがてそのうちのひとりが、シュマン・ド・フェールを勝負している居間に入ってきた。背はかなり低いががっしりした体つきで、頭は五分刈り、顔つきは愚鈍《ぐどん》だが、凶暴な感じだった。

そいつはまず、立って観戦をしていた僕たちにさっと視線を走らせた。でも探していた顔が見当たらぬ様子で、次にテーブルに近づき、プレーヤーの顔を確認した。そしてすぐに探し人を見つけ、急いで部屋を出ると、一分もしないうちに残りのふたりと戻ってきた。

ふたりの片方は、先ほどのひとり目をそっくりそのまま引き伸ばしたみたいな男だった。とても背が高くてがっしりしていて、やはり五分刈りで、どう見ても危ない感じだった。三人目は背の高い痩せ形で、金髪で、割とハンサムな男だが、顔だちも表情もどこか病的だった。この三人目が最初に言葉を発した。ただしろくな言葉ではなかった。

「この糞野郎！」

その声にみんなが振り返った。フランチェスコもだ。彼は部屋の入口に背を向けて座っていたので、その時まで三人に気づかずにいた。いったい誰を探しているのかと僕たちは互いに顔を見合わせた。それからフランチェスコが立ち上がり、痩せた金髪に向かって落ちついた声で語りかけた。

「馬鹿な真似はやめてくれ。ここはひとがいっぱいいるからさ」

「舐めた野郎だ。表に出ろ。さもなきゃ家中、めちゃくちゃにしてやるぞ」

「わかった。上着を取ってきてもいいよな？　それから出よう」

驚きと恐怖で誰もが身をこわばらせていた。その部屋にいた客たちも、三人の背後で廊下《ろうか》からこちらを覗《のぞ》いていた者たちも。僕も固唾《かたず》を呑んでこんなことを思っていた。もうすぐ彼は連中にひっぱり出されて、ぼこぼこにされる。下手をすると階段の途中からもうやられてしまうかもしれない。屈辱《くつじょく》的な気分だった。レイプされる寸前の人間というのはきっとこんな気分なのだろう。一瞬、嘘みたいに覚めた頭で、そう考えたのを覚えている。

みんなの上着を重ねて置いてあったソファーにフランチェスコが近づいた時、僕は自分の声が勝手に、それこそ他人の声のように、こう言うのを聞いた。

「おい、お前ら、いったい何様のつもりだ？」

どうしてそんな啖呵《たんか》を切ったのかは自分でもわからない。フランチェスコは別に友だちではなかったし、彼にまつわる噂を聞く限り、痛い目に遭《あ》って当然の悪さをした可能性もおおいにあった。僕の感じていた屈辱はそれほど強烈だった、ということなのかもしれない。あるいはほかに何か理由があったのだろうか。あれから何年も経ったが、僕は今までその理由を様々な名前で呼んできた。宿命、そう呼んだこともあった。

みんなが僕に注目し、愚鈍な顔のちびが近づいてきた。その近づき方がまた極端で、首を伸ばし、顔をこちらの顔の間近まで寄せてきた。寄せ過ぎだ。ペパーミント味のチューインガム臭い息のにおいまでした。

「外野は黙ってろ、馬鹿が。さもないとお前も痛い目に遭わせてやるぞ?」

おお、怖い。

啖呵を切った時と同じように僕は動いた。つまりある意味、それは自らの意志による動作ではなかったということだ。サッカーボールをゴールのなかに叩きこむみたいに、僕は勢いよく頭を振り下ろし、ちびの鼻をへし折った。

あいつはすぐに鼻血を出し、呆然《ぼうぜん》となり、僕が続けざまに股間《こかん》に膝蹴《ひざげ》りをお見舞いしても、かばう気配すら見せなかった。

それからの出来事はばらばらなフィルムのコマか、いくつかの短いスローモーションの映像としてしか覚えていない。図体の大きなふたり目に椅子で殴りかかるフランチェスコ。舞い散るトランプ。廊下から駆けつけ、乱闘に飛び入りする者たち。

奇妙なことに僕はそうした場面をどれも無音で記憶している。まるでシュールなサイレント映画だ。ある場面ではランプがひとつ、小ぶりなテーブルから落ちて粉々に砕《くだ》けるのだが、それもやはり無音で砕ける。

僕たちは三人組を外に放りだした。そのあとはなんとも言えぬ気まずい空気が家のなかに漂った。一部の人間は、あの三人の失敗に終わった懲罰遠征らしきものの理由を知っていたか、なんとなく察していた。つまり、フランチェスコが何をしでかしたのかを知っていたか、想像していた。

ところが彼らも、それと僕となんの関係があるのかがわからず、当惑していた。最大の謎は、どうして僕にあんな真似ができたのか、だった。みんなが三々五々その疑問を議論していたが、僕が近づくと声を潜めるか、話をやめた。僕は部屋から部屋へ渡り歩いた。どうにも気まずかった。少しだけ待って、気分が落ちついたら、出ていこう。そう決めた。

僕だって自分がしたことの意味もわからなければ、どうしてあんなことをしたのかも理解できずにいた。お前はあいつの鼻をへし折った。胸のなかではそう繰り返していた。畜生《ちくしょう》め、お前はあいつの鼻をへし折ったんだ。僕の一部は自分の思いがけない暴力行為にうろたえていたが、別の一部は、得体の知れない、恥知らずな歓喜に震えていた。

やがて客たちは静かにアレッサンドラの家を去り始めた。中断されたゲームは、言うまでもなく、そのままとなった。そろそろ僕も出ようと思った。その晩はひとりで来ていたから、誰に遠慮する必要もなかった。

ジャケットを着ると、アレッサンドラを探した。別れを告げたかった。

でもなんと言えばいい？　素敵な夕べをありがとう、特にあの予定外のイベントがよかったよ、おかげで僕も凶暴な本能を存分に爆発させることができたしね、とでも? 下手をすると冗談が通じなくて、今度は僕が彼女に頭突きを喰《く》らう羽目《はめ》になるかもしれなかった。

「一緒に出ようか」フランチェスコの声がした。彼は僕の後ろにいて、やはりジャケットを着終わっていた。口元には皮肉っぽい笑みを浮かべていたが、目には賞賛にも似た色があった。

僕は何も言わず、ただうなずいてみせた。互いのことはほとんど知らぬ間柄だったけれど、その時はそれが自然な選択に思えたから。

ひょっとすると僕が何に首を突っこんでしまったのか説明してもらえるかもしれない、とも思った。

僕たちはアレッサンドラに別れを告げに向かった。すると彼女はふたりを奇妙な表情で見つめた。その瞳は実に多くを語っていた。少なくとも僕はそう記憶している。

あなたたちって友だちだったのね。フランチェスコ、あなたが厄介者なのはわかってたけど――みんな知ってることだし――ジョルジョ、あなたまで同じ手合いで、あんなに野蛮なひとだったなんて驚いたわ。だって見て、床が血まみれじゃないの。あなたが不良みたいな頭突きで鼻をへし折ったあいつの血で。

何よりも彼女の瞳はこう告げていた。ふたりとも出てって。そしてこの家には金輪際、足を踏み入れないで。

こうして僕と彼は一緒にあの家を出た。通りに出ると僕たちはあたりを慎重に観察した。万が一、あの三人組が尋常でなく執念《しゅうねん》深い性質であった場合に備えたのだ。あれだけ痛めつけられてまだ悪さをする余力があるとは思えなかったが。

「さっきは助かったよ。あんな真似、並の勇気じゃできないもんな」

僕は黙っていた。格好をつけたかったわけではない。なんと答えたものか本当にわからなかったのだ。すると彼がまた口を開いた。もう僕たちは歩きだしていた。

「今日は歩いてきた？」

「うん、家が近くだから」

「俺、車持ってるんだ。よかったら軽くドライブしてから、何か飲みにいこうか。状況を説明するよ。こっちにはその義務があると思うし」

「わかった」

車は古いシトロエンDSだった。ボディはクリーム色、屋根はボルドーだ。

「さてと、どうしてさっきみたいなことになったか見当はついたかい？　あの馬鹿どもの狙いはなんだと思う？」

「さあね。もちろん、君に用があったのはあの金髪だ。残りのふたりは用心棒だよね。女がらみ？」

「まあ、そんなところだ。あの金髪野郎、どうしようもない負けず嫌いなんだ。でも、さすがにあそこまで頭の悪い真似をするとは驚いたよ」彼はそこで少し黙った。何か嫌なことでも思い出したみたいな顔だった。それからこう続けた。「ひとつ行きたい場所があるんだけど、いいかな？　三十分程度で済む用なんだが」

「構わないけど、どこ？」

「似たような面倒がまた起きないように、対策を立てておこうと思ってね。ある友人と話をつけたい。そこで酒も飲めるよ。そっちの帰りが遅くなっても大丈夫なら、だけど」

僕はうなずいた。こっちは状況を把握《はあく》しているし、何ひとつ問題ないよ、というふうに。

実際のところ、彼がなんの話をしているのかよくわからなかった。でもなんとなく察しはついた。そして同時に、ぼんやりと感じていたのは、今夜、僕は何かの一線を超えようとしているのではないか、ということだった。あるいはもう超えてしまったのかもしれない。

僕はひとつ深呼吸をし、無人の道を静かに滑っていくDSのシートに身を沈めると、軽く目を閉じた。そして思った。畜生、この際どうにでもなれ。僕は行くぞ。僕たちがどこに向かっているにせよ、覚悟は出来ていた。

4

古い公営団地の中庭。

　そこで車を降りた僕たちは、団地を構成する四棟の大きな建物のひとつに入った。エレベーターはなかった。

　階段の途中、二階と三階のあいだに痩せた男がいて、壁にもたれて煙草を吸っていた。フランチェスコが挨拶をすると、男はうなずいてみせてから、けげんそうに僕をあごで指した。そいつは誰だ？　という意味だろう。

「友だちだよ」

　それで十分だったらしい。僕たちは先に進み、幅の広い階段をさらに上がって四階まで行った。あるドアをノックすると、数秒待たされてから――覗き穴の向こうで誰かが見ていた――ドアが開いた。開けてくれたのは、階段にいた痩せ男の兄みたいな男だった。

　なかは実に風変わりな空間だった。入ってすぐは玄関ホール兼廊下で、右手にはとても大きな広間があった。広間には小規模なホテルで見かけるようなバーカウンターがあり、小ぶりなテーブルがいくつか並び、そこに座って飲んだり、煙草をふかしたりしている者が数名いた。何かを待っている様子だった。控えめな音量で、雑音のやや気になるレコードがかかっていた。映画『キャバレー』のサウンドトラックだ。

　廊下の左手にはずっと狭い部屋があって、その奥にまた別の部屋の入口が見えた。最初の小部屋には緑のクロスを張った小ぶりのテーブルが並び、人々がカードゲームに興じていた。

　フランチェスコは僕をバーカウンターのある広間のほうに導いた。

「ここで座って、ちょっと待っていてくれ。何か飲むといい。すぐに戻るから」そう言うと彼はこちらの返事を待つことなく、向かいの小部屋に入り、奥に進んで見えなくなった。僕は唯一空《あ》いていたテーブルに腰を下ろした。注文を取りにくるウェイターもいなければ、カウンターに立つ者もいなかった。だから僕はただ座っていた。部屋のみんなに注目され、どこの馬の骨で、何をしにきたのか怪しまれている気がした。

　でも実際は僕のことなど誰も気にしちゃいなかった。彼らはテーブルを囲む仲間うちで言葉を交わし、時おり誰かが向こうの小部屋の様子をうかがった。ほぼ全員が男性だった。やがて僕は、ふたりだけいた女性をそっと、気づかれないように観察し始めた。片方は背の低い太った女で、細い目の間隔は狭く、顔つきが野卑だった。同席の男ふたりは凡庸な外見で、彼女がずっと会話を独占しており、小声だったが、なんとか怒りをこらえているという感じだった。

もうひとりは黒髪の美女だった。ただし僕よりも少なくとも十五歳は年上っぽかった。薄い毛糸のセーターを着ていて、Vネックの襟元から乳房の上のラインが顔を覗かせていた。その広間にいる人間のなかで、僕がこっちを向いてほしいと思ったのは彼女ひとりだった。でも向こうは、ジャケットにネクタイ姿の、どっしりした金のライターを持つ男に夢中らしかった。

黒髪の麗人について親戚のおばさんたちにはとても話せないような妄想を膨《ふく》らませていたら、いつのまにか目の前の椅子にフランチェスコがいた。

「エンマだ」

「え？」びくっとしてから僕は訊《き》き返した。

「彼女の名前だよ。エンマ。C・Mの別れた妻だ。ほら、冷凍食品会社の社長の。今は月に千五百万の慰謝料をもらって、ウンベルト広場に面した家に住んでる。あちこち軽く整形してるけど、やっぱりいい女だよな。あれ、何も飲まなかったのか？」

「誰もいなかったから……」

フランチェスコは立ち上がり、カウンターに入って、グラスふたつにウイスキーをなみなみと注いだ。そしてテーブルに戻り、僕に一杯よこした。それから僕たちは煙草に火を点けた。

「で、どうして今夜、お前はあんな真似をしたんだ？」

「どうしてかな。誰かに頭突きをしたのは生まれて初めてだよ」

「そりゃ妙だな。あの鼻の潰《つぶ》し方はプロみたいだったぞ？　誰かに習った？」

彼の言うとおり、僕の頭突きには師匠がいた。
十四、五のころ、僕はよく仲間とつるんで近所にあったビリヤード屋に行った。たいていはみんなで卓球をやり、たまにアメリカ式のビリヤードもやった。柄の悪い客の多い店で、僕は一度、余計なことを言って裏社会の男を怒らせてしまった。そいつはまだ十六歳だったけれど、もう犯罪に手を染めていた。ちょっとした悪さじゃなくて、麻薬の密売とか、車の盗難とかいった本物の犯罪だ。そいつの本名は今も知らない。でもみんな隠れてウ・ツッツスと呼んでいた。方言で、汚いやつ、という意味だ。確かにどう見てもきれい好きではなかった。
当然、僕はこっぴどく痛めつけられたが、そのあいだ仲間たちは何もしてくれなかった。下手をすると、知らぬ顔であらぬ方向を見つめて、今にも口笛でも吹きだしそうだった。とにかく僕がやられっぱなしになりながらもせめてダメージを減らそうと頑張っていたら、救い主が現れた。やっぱり犯罪者で、ウ・ツッツスよりも年上で――十八くらいではなかったか――体格もよく、何より、ずっと危ないと噂の男だった。

救い主の名はフェルッチョといった。あだ名はウ・グレッス、でかいやつ、という意味だ。色々な違法取引の管理が彼の稼業で、ビリヤード屋のあったブロックを丸ごと仕切り、住民たちに秩序の遵守を徹底させていた。もちろん彼の言うところの秩序は非常にユニークなものだったが、今それは問題ではない。そのフェルッチョがどういう訳か前から僕には優しかった。

彼は僕にドレハービールを一杯おごってくれ、痣《あざ》を冷やせと、ふきんで氷を包んだ氷嚢《ひょうのう》まで用意してくれた。そして、あんなふうにやられっぱなしになるなんてあり得ないぞと言った。僕は、十分にあり得るし、実際に今その事実を証明したばかりだと言い返したが、彼にそんなお上品なユーモアは通じなかった。フェルッチョは町という危険なジャングルにおける僕の将来を懸念し、僕を弟子にしようと決めた。彼には独自に磨き上げた格闘術があったのだ。仮に東洋で生まれていたならば武術家として大成していたかもしれない。だがそこはバーリであり、なかでもガラの悪いリベルタ地区であり、彼はフェルッチョ・ウ・グレッスであって、最強のストリートファイターにして、サッカースタジアムでの乱闘その他の王者なのだった。

ビリヤード屋の裏庭でフェルッチョ・ウ・グレッスは僕に頭突きを教え、金的への膝蹴りを教え、耳を平手打ちして相手の聴覚を奪う技を教え、あごを狙った肘鉄砲を教えた。敵の髪を引っ張ると同時に膝裏を蹴って、自分より大きな相手を倒す方法も教わった。

そのまま続けていたら僕たち師弟はどこまで行っていたかわからないが、ある日、師匠は強盗をやって、憲兵《カラビニエリ》に逮捕されてしまった。その時をもって僕の喧嘩術修業は終わりを告げた。

「だから頭突きは一応できるんだ。少なくとも今夜、実戦でも通用するってわかったよ」

「いい話だな」僕が語り終わるとフランチェスコは言った。

「ああ、僕もそう思う。ところでここはどういう場所？」

「見ればわかるだろ？　カジノみたいなもんさ。当然、もぐりだけど。ここは順番待ちの部屋だ。そこの最初の部屋でも遊べるけど、気楽な勝負限定だ。残りの部屋はすべて」そこで彼は片手であいまいな仕草をし、こう続けた。「もっとシリアスにやり合う場所だ」

フランチェスコはウイスキーをひと口飲むと、目をこすりながら話を続けた。

「例の友人と話してきたよ」そう言って彼はまた先ほどと同じ仕草をした。「これで俺たちはもう安心だ。誰かが今夜の阿呆《あほう》どもを見つけ出して、二度とあんな騒ぎは起こさないほうが身のためだと説得するはずだ。それで一件落着さ」

「でもどうして君にはそんな……伝手《つて》があるんだい?」

「俺もたまにここへ遊びにくるからさ」

ちょうどそこに新たなグループが入ってきた。僕と同年代の女の子が三人と男がふたりという組み合わせで、男はどちらも彼女らよりずっと年上だった。四十は間違いなく超えていたはずだ。腕にはロレックス、服から靴まで高級品で、顔つきもそんな身なりと調和していた。女の子のひとりは長いことフランチェスコを見つめ、なんとかして彼と視線を交わそうとしていたが、その望みはかなわなかった。

「そろそろ行こうか。そっちが軽く遊んでいきたいってなら別だけど」

「いや、結構だ。もう出よう」

こうして僕たちは席を立ち、入口に向かった。フランチェスコにウイスキーの代金を払おうとする気配はなかった。このままでは誰か凶暴な男に階段で追いかけられて、無銭飲食の罰に脚でも撃たれるんじゃないか。僕は気が気でならず、彼に一応注意しておこうかとも思った。でもフランチェスコには自分のしていることがわかっているはずだと考え直した。もしかするとこの賭場——失敬《バルドン》——カジノにいくらか金を預けてあるのかもしれないとも思い、結局、黙っていた。例の女の子は僕たちが部屋を出るまでフランチェスコから目を離さなかった。僕たちは入口の男に別れを告げ、階段の途中の彼にもさよならを言って、中庭に戻った。

うちのアパートの前に車が到着すると、フランチェスコに、近いうち、夜、賭けポーカーをやらないか、と誘われた。こちらの目に浮かんだ迷いに気づいて彼は、場所は友だちの家だ、と付け足した。僕は電話番号を教え、彼はそれをメモすることなく記憶し、別れの印に僕たちは握手をした。

お前には借りが出来た。下げたドアウインドウ越しに彼がそう言うのが聞こえたが、僕はとっくに車を降りて、アパートの大扉の癖《くせ》のある錠前と格闘中だった。振り返ると、車は出発したあとだった。

僕はすぐにベッドに入った。でも眠れず、朝の光が雨戸のシャッターの隙間《すきま》から差しこんでくるまで起きていた。

5

僕は模範的な大学生だった。法学部の最終学年に在籍中で、単位も早めにほとんど取ってしまい、刑法関連の卒業論文もほぼ完成しており、成績はどの科目も三十点満点か満点プラスだった。六月には卒業する見込みで、その後の進路はそれから決めるつもりだった。大学院に進むか、それとも司法試験を受けるか。万事極めて明快で、一点の曇りもなく、規則正しく進行していた。

ジュリアとは二年ほど前からつきあっていた。彼女は僕と同い年で、医学部の学生で、父親と同じ医師を目指していた。小柄で可愛い女の子だった。僕は彼女の母親にも受けがよかった。実を言えば、僕は過去の恋人たちの母親にも必ずもてた。

そう、すべては順調だったのだ。

フランチェスコはそれから四、五日して電話をかけてきた。大晦日《おおみそか》はとっくに過ぎて、一九八九年になっていた。

例のポーカーだけどまだやる気あるかい？　僕の答えはイエスだった。するとフランチェスコは、夜十時にある男の家で集まろうと言った。僕の知らない男だった。彼はそいつの名前と住所を告げ、僕は行くと約束した。

九時ごろ僕はジュリアと喧嘩をした。ふたりの初めての本格的な喧嘩だったが、それが最後ではなかった。そして十時には約束の住所にいた。

金は五十万リラ近く用意していった。僕にとってはかなりの大金だった。貧乏人扱いされたくなかったのだ。

フランチェスコのほかにはその家の住人――ロベルトという金髪の男で、長い髪が脂っぽかった――と、もうひとり、ちょっと不潔な印象を与える四十代の男がいた。そちらの男はマッサーロという名字しか名乗らず、その晩は誰も彼のことを一度も下の名前で呼ばなかった。

金髪のロベルトのアパートは安っぽい家具がいくつかあるばかりの殺風景な空間で、照明にしても全部、天井からぶら下がった裸電球だった。

ポーカーはキッチンでやった。ロベルトはウイスキーのボトルを一本と使い捨てのコップを流しのそばに並べ、好きにやってくれと言った。僕たちも遠慮せず、ポーカーをやりながら、ボトルが空になるまで飲んだ。ただフランチェスコだけはほとんど飲まなかった。

ゲームは彼らのルールに従って始まった。勝負はポーカー三周とテレジーナ一周で一セット、一万リラの強制ベット《アンティ》があり、賭け金吊り上げ《レイズ》の限度額はポットリミットと、明らかに僕には分に過ぎた勝負だった。でもおりるのが恥ずかしくて、徐々に負けがこんでいった。とりあえずアンティの一万リラを置き、もう一度くらいは張ってみるのだが、そのうち賭け金の相場が高くなってしまい、有り金をいっぺんに失うのが怖くて結局おりるというパターンが続いた。いくらか勝つこともあるにはあったが、結局、二時間が過ぎるころには用意してきた金をほぼ全額すってしまい、己の愚《おろ》かさを呪う羽目となった。ところが、そこで何かが起きた。

テレジーナが始まるところで、フランチェスコがカードを配った。まずは裏向きの一枚目、そして表向きの二枚目。僕の一枚目はクイーンで、二枚目もクイーンだった。金髪の二枚目は10、マッサーロはキング、フランチェスコはエースだった。

「五万」と言ってフランチェスコがまず張った。残りのふたりもすぐ勝負に乗って、同じ額を張ったが、僕は少し考えてしまった。もう十万リラとちょっとしか残っていなかったのだ。でも構うもんかと思った。これでおけらになったら、席を立とう。そう決めた。そして二度とギャンブルなんてやらない。もう一生やるもんか。まったくいい勉強になった。

フランチェスコがまた配り、僕には三枚目のクイーンが来た。胸の鼓動《こどう》が高まるのがわかった。金髪はまた10、マッサーロはジャック。フランチェスコはまたエースで、今度のラウンドも彼からのスタートだった。

「二十万だ」フランチェスコは言った。それはつまりそこまでに四人の張った賭け金に等しく、既に僕の手元の金ではまるで足りなかった。

畜生、畜生、畜生、どうする？　金髪は勝負に乗り、マッサーロはおりた。僕は、乗りたくてももう金が足りないと告白した。つけてもらってもいいかな？　そう尋ねると、こっちは問題ないとフランチェスコが答えた。金髪もうなずいた。僕のことはそこまで信用していない様子だったが、うまく断れなかったらしい。僕は有り金をすべてテーブルの中央に置き、不足分をみんなの前で紙にメモした。それからフランチェスコがカードを配り、最後から二番目のラウンドが始まった。僕はエース、金髪は三枚目の10。フランチェスコは7。

「五十万だ」金髪が張った。

フランチェスコはおり、僕はちょっと考えさせてくれと言った。でも心のなかでは猛烈な恐怖と懸命に闘っていた。あいつの伏札がもしも四枚目の10だったらどうする？　銀行に貯金はあるが、ギャンブルに突っこむなんてあり得ない。どうしてお前はこんな場所に来てしまったんだ？　どうして？　おろおろとあたりを見回すうちに、一瞬、フランチェスコと目が合った。

彼はごく微《かす》かにうなずいた。勝負しろと僕をうながすみたいに。僕はすぐに視線をそらし、残りのふたりに気づかれたんじゃないかと不安になった。気づかれた様子はなかったので、僕は勝負に乗り、さらに膨らんだ借金の額を紙にメモした。

最後の二枚のカードがテーブルの上を滑った。金髪にはキングが来た。僕には四枚目のクイーンが来た。

この激しい胸の鼓動は三人にも聞こえるはずだと思った。凄いぞ、クイーンのフォーカードだ。これならきっと勝てる。今や僕の願いは、金髪の伏せたカードが四枚目の10か、少なくともキングであることだった。それなら向こうは賭け金がいくらだろうと勝負に乗ってきて、僕に負けることになるからだ。もう自制心を保つのに必死で、頭がどうにかなりそうだった。体中の血管を麻薬が勢いよく駆け巡っているみたいだった。終わりのしれないオーガズムのようでもあった。

「さあクイーンのスリーカードちゃんからだぞ」金髪は言った。その口調から僕は確信した。向こうの手はやっぱりフォーカードか、フルハウスだ。そして間違いなくあいつは、絶対に勝てる、小僧をぶっ潰してやると思っている。

「百万」そう言いながら自分でも嘘じゃないかと思った。口のなかで響き、次にキッチンの空気に——今や質感さえありそうなほど紫煙の立ちこめる空気に——向かって放たれたその声の内容が信じられなかった。百万ってなんだ？　それは僕にとって幻のような数字だった。ほんの数分前までは幻だったはずの数字が、具体的な何か、倍増することもできる何かに姿を変えつつあった。

「お前、そんな金持ってるのかよ?」軽蔑混じりの声で金髪が言った。頰《ほお》がかっと熱くなった。貧乏人扱いされたのが恥ずかしく、悔しかった。だが同時に尋常ではなく激しい恐怖も覚えていた。こちらに金がないからといって勝負させないつもりなのか。僕は努めて冷静な声を出した。

「ここにはないよ。さっきも言ったけど」

「手形にサインしてもらおうか」

「負けたら、もちろんサインするさ」本音を言えば、さらにこう続けたいところだった。そっちが負けたらやっぱり手形にサインするかい? それとも現金? いや、小切手かな? でも黙っていた。無用な警戒をさせて、勝負をおりられては困る。

「いいだろう。じゃあ百万にプラス百万だ」あの悪党は賭け金を倍にレイズした。10のフォーカードで絶対に勝てると信じて疑わなかったのだ。僕はあえてすぐには勝負に乗らなかった。あいつのレイズを受けて、こちらは不意に心の落ちつきを取り戻していた。穏やかかつ残忍な歓喜といったところで、その感覚をちょっとだけ楽しむことにしたのだ。周りに目をやると、フランチェスコの唇に微笑《ほほえ》みがそっと浮かぶのが見えた気がした。

「コール」ついに僕は言った。

「俺の伏せ札は四枚目の10だ。つまりそっちに四枚目のクイーンがない限り……」

僕は自分の伏せ札を表にしてから、口を開いた。

「あるよ。ほら、四枚目のクイーンだ」

あいつは呆然と、僕の開いたカードを凝視していた。信じられなかったのだろう。テレジーナでフォーカードが二組いっぺんに出来るなんてまずあり得ない話だからだ。

僕だって信じられなかった。

「お見事」フランチェスコが陽気に声を上げると、金髪は心からの憎しみをこめて彼をにらんだ。僕のほうは穏やかな表情を浮かべつつ、胸のなかでは、こんな大金をこの男はどうやって払うつもりなんだろうと考えていた。僕はテーブルの上の金を全部受け取り、不足分を紙にメモした。相当な額の賭け金が言葉の上だけでやりとりされていたからだ。

予定の終了時刻が来た時、ロベルトはいくらか取り返したものの、まだ何百万と負けていた。実質的に僕のひとり勝ちだった。だからそれがマナーかと思って、まだ続けても構わないと僕は告げた。でもロベルトが口を開く前にフランチェスコが急いで断った。悪いが自分はあまり遅くまでいられない、明日は大事な用があるから、と。それでお開きとなった。三人ではゲームにならないからだ。

僕はロベルトから額面三百七十万リラの小切手を受け取り、フランチェスコから現金で二十万リラを受け取った。マッサーロにもほぼ同額の現金をもらった。

帰り際、僕は――何しろ躾《しつ》けの行き届いた若者であったから――もてなしに感謝の言葉を述べた。そして言っている途中から、自分の失言に気づいた。彼らから大金をせしめるだけでは飽き足りず、言葉でも愚弄《ぐろう》するに等しい行為だった。

しかしよく考えてみれば、僕は本当にみんなをこけにしたかったのかもしれない。

ロベルトは何も言わなかった。マッサーロも同じく黙っていたが、そもそも彼はその晩、言葉らしい言葉を発しなかった。ふたりとも青い顔をしていた。今夜はいったい何が起きたのかわからない、そんな感じだった。そのうち雪辱戦をやろう、俺が手配するから、というフランチェスコの言葉を最後に、僕たちふたりはその家を出た。

深夜の二時だった。こんな時はきっとなかなか眠れない、そう思っていたら、フランチェスコにちょっと飲みにいかないかと誘われたので、僕は同意した。それにあれだけ勝ったのだから、僕がおごるべきだった。彼にもそう告げた。

それもそうだな、じゃあおごってもらおうか。そう答えた彼の顔にはなんだか妙な笑みがあった。

6

僕たちが向かったのはピアノバーのような場所で、店名をダーティー・ムーンといった。音楽の生演奏があって、夜明けまで営業している店だ。ふたりともカプチーノとヌテラ入りクロワッサン——菓子屋から届いたばかりの焼き立てだった——を注文して、店の奥の小ぶりなテーブルを挟んで座った。

「それにしても今夜のお前はついてたな、だろ？」フランチェスコは僕に訊いた。何やら含みのある口調だった。

「本当だよ。こんなこともう一生ないだろうな。だって、テレジーナでフォーカードが二組、同時に出たんだよ？　しかも僕のほうが強い手だったなんて」

「どうして、もう一生ないなんて言うんだい？」

「まあ、あんな幸運はそう何度もないだろうし」

「そうかい、人生ってやつはびっくりするようなことが結構あるものだぞ」彼は意味深な声と奇妙な表情でそう言った。そして立ち上がり、バーのカウンターに行くと、トランプを一セット手にして帰ってきた。2から6までのカードを取り除き、残りをシャッフルすると、あたかもテーブルに四人座っていて、これからプレーするところみたいに、一枚ずつ配りだした。種目はポーカーだ。伏せた五枚のカードを僕の前に並べると、彼はそれを開いてみるように言った。

「どういうこと？」

「とにかく自分の手札を見ろよ。今からもう一ゲームやるつもりでさ──」

見てみた。クイーンが四枚とハートのエースが一枚だった。僕は唖然《あぜん》としてしまった。その横で彼は、残りの想像上のプレーヤーたちに配ったカードを開いていった。すると、ふたりの幽霊《ゆうれい》のうちの片方が10のフォーカードを持っていた。

「これって……なんなんだよ？」僕は周りを見回してから、声を殺して訊いた。

「幸運なんて気まぐれなものさ。柔軟なんだよ。えこひいきだってしてくれる。頼み方さえ知っていれば、だけどな」

「つまり、君は今夜、いかさまを働いたってことなのか？」

「いかさまという表現は俺、嫌いなんだ。そうだな……」

「何が、そうだな、だよ？　やっぱりいかさまで僕にあんな大金をつかませたんじゃないか」

「俺はお前に手を貸しただけだ。危ない賭けだったのに、そっちが勇敢にも続けようとしたから。ある種の実験みたいなものさ」

「要するにこっちは君の実験につきあわされて、詐欺《さぎ》で巻き上げた四百万を懐にしているってことなんだな？　そういうことだろう？　頭おかしいんじゃないか？　ひとを詐欺に巻きこんでおいてさ。だってこれは正真正銘の詐欺だぞ。しかもこっちにはなんの断りもなしと来たもんだ。畜生、いきなりいかさまギャンブラーにされた気持ちがわかるかい？　せめて自分で決心させてほしかったね」

僕は怒りをぶちまけた。声は小声のままだったが。彼は言い返さず、あわてもしなかった。ただ、唇から皮肉っぽい笑みが消え、とても真剣な表情になった。それに正直な表情だった。馬鹿げて聞こえるのはわかっている。でもあの時はそう感じた。

「悪かった。お前には、それがどこから来た金だか知っておいてほしかったんだ。つまり、自分がどうやって稼いだ金なのかをさ。よくないことだと思うなら、小切手をあいつに返せばいい。単純に、現金化しないという手もある。あの小切手がいかさまの賜物《たまもの》だ、というのは本当だ。だから、そんないかさまと関わりたくないというなら、小切手を財布から取り出して破り捨てればいい。俺は構わないから、自分で決めてくれ」

僕は何も言えなくなってしまった。倫理的な怒りに震えていた癖に、その金を返すこともできるという選択肢を僕はまるで考慮に入れてなかった。あるいは単純に小切手を破って、罪の果実もろとも破壊するか。実際、彼の言うとおりだった。でも、誰がなんと言おうと、それはもう、僕の金だった。こうして状況は逆転した。何か言い返そうと懸命に言葉を探したが、見つからず、またしても彼が口を開いた。

「判断材料は全部きちんと持っていてほしいから、もうひとつ教えておこう。あのふたりは――そう、ロベルトとマッサーロは――いかさまギャンブラーだ」

「いかさま……どういうこと？」

「ちんけないかさまコンビさ。あの金髪野郎には手口がひとつしかない。テレジーナで自分がカードを配る時、全員の一枚目の伏せ札を知ってるんだ。このトリックを成立させる条件は、カードの山をカットさせないこと。だから相棒のマッサーロがあいつの右手に座ってカットをさぼるか、一部を持ち上げて上下入れ替えても、ロベルトがまた元どおりにするかしているんだ」

僕は呆気《あっけ》に取られていた。そんなこと何ひとつ気づかなかったからだ。フランチェスコは説明を続けた。

「あと、あのふたりにはゲーム中に意思を疎通するための合図がいくつかある。俺の話についてきてるか？」

もちろん。全身を耳にして聞いていた。

「ぺてん師としては小粒だよ。それでも結構な数の若者があいつらの犠牲になってる。

さあ、これで全部話したぞ。あとは好きにすればいい」

　そういう話ならば問題の性格はがらりと変わってくる。そう思った。もはやそれは、たまたま会った、何も知らない、真正直なふたりに対する、平凡な詐欺ではなかった。いわば実質的な正義の行使であり、僕は詐欺師の共犯者ではなく、義賊ロビン・フッドの相棒だった。

　つまり僕は金を返さなくてもいいということになる。

　すると今度は、この金はフランチェスコと山分けするべきなんじゃないか、という考えが浮かんだ。

「仮に金を返さないことにしたら」僕は慎重に切りだした。「君と山分けかい？」

　彼は大笑いした。実に楽しそうに。

「まあ、そういうことになるね。友よ、それが正しい選択だ。俺たちは二匹の豚野郎から金を奪ったんだ。麻薬の売人を強盗するようなもんさ」

　それを聞いて僕は、この感じだと、フランチェスコは本当に売人を襲ったことがあるのかもしれないぞ、と思った。

「でも、どうやったの？」

「俺はカードで手品みたいな真似が少しできるんだ」

「それはさっき見たけど、具体的にはどうやったの？」

「自分の手品の種明かしをする手品師なんて聞いたことがないだろう？　説明はできない。職業倫理に反する行為だからな」彼はしばらくにやにやしていたが、また話を続けた。

「全部、ある手品師に習ったんだ。師匠は親父の友だちでね。俺が子どものころ、パーティーとか祝い事のたびに、散々みんなにせがまれたあとで、いつも驚くような手品を披露《ひろう》してくれた。それを見てこっちは自分も覚えたくてたまらなくなった。大人になったら何になりたいかと聞かれれば、必ず手品師だって答えるくらいに。だから十歳の時に貯金をはたいて手品入門の本を買った。四六時中、練習をしたね。それで十五歳になったかどうかってころに――今もはっきり覚えてる。親父が死んでまもなかったからな――俺は師匠に会いにいって、教えてくれって頼んだんだ。独学で覚えた手品をあれこれやってみせたら、驚いてたよ。才能があるって言ってくれた。それで一年以上、週に二、三回、師匠の家に通って習ったんだ。お前はきっと立派な手品師になれるぞ、ってよく言ってくれた。いわゆるマジシャンのことだ。舞台でショーをやるようなさ」

彼はいったん言葉を切り、煙草に火を点けた。どこか遠くを眺めているみたいな、懐かしそうな目をしていた。

「ところが師匠が脳卒中になっちまった」

それだけ言って彼は沈黙した。まるで自分ではない誰かが話をしていて、その声にたった今、師匠の脳卒中を知らされた、という具合に。僕も煙草をくわえ、黙っていた。そして話の続きを待った。

「死にはしなかったよ。でももう二度と手品師の仕事はできなくなった。俺のマジック学校もそこで終わった。それから何カ月かして俺は初めてカードの勝負でいかさまをやった」

「でもどうして？」

「どうしていかさまなんてするのか、って意味？　それとも初めての時、どうしていかさまをしたのか？」

「両方だね」

「俺も何度も考えてみたけど、これが正解だという自信はない。もしかすると俺は腹が立っていたのかもしれない。これでもうマジシャンにはなれないってわかったから。師匠にも腹を立てていたのかもしれない。全部教えてくれないうちに脳卒中なんかになりやがって、って。それに自分にも腹を立てていたはずだ。何もかも捨ててこの町を出て、どこかの別の師匠の元で修業すればいいのに、その勇気がない自分が情けなくて。でも、まだ十七にもなっていなかったからな」

彼はまた口をつぐみ、煙草を灰皿に押しつけた。

「あるいは、ただ単に、俺はこういう人間になる運命だったのかもしれない。要するに、ギャンブルでひとをだますのって楽しいし、これだって一種の芸術だからな。その点は舞台でひとをだますのと何も変わらない」

「ちょっと違うね。マジックショーに行くなら、僕はだまされるために金を払う。ぺてんが僕とマジシャンのあいだで結ばれる契約の目的だからだ。僕はショーのチケットを買い、向こうはこっちにぺてんを仕かけ、僕は満足する。一方、仮に僕がいかさまギャンブラーと同じテーブルを囲んで、まともなゲームをするつもりでいたなら……」

「それはわかる。ただな、リアルな人生ってやつはいつだって俺たちの例証よりも複雑なもんさ。たとえば今夜のケースを考えてみるといい。あいつらはあの家で二匹の蜘蛛《くも》みたいに待ちかまえて、何も知らずにやつらの巣にやってくる人々を破滅させる外道《げどう》だ。だから今夜みたいな目に遭ってしかるべきなんだ。ぺてんにかけたって倫理上なんの問題もない」

「でもやっぱり犯罪だよ」僕はそう言い返したものの、本気で議論するつもりはなかった。僕の声から怒りや攻撃的な響きはとうに消えていた。

「確かにそう、犯罪だ。でも俺は、自分の倫理観と一致する法律しかどうも守る気にはなれないんだよな。このあいだの夜、アレッサンドラの家でお前はあの化け物の鼻をぶっ潰した。あれだって犯罪……」

「違う。あれは正当防衛だ」

「そうさ、広義の正当防衛だが、厳密に法的な観点から言えば、暴行を加えたのはお前のほうだ。向こうは指一本動かしちゃいない。だがあれは倫理的には正当な行為だった。それと同じで、泥棒から金を奪うのだって倫理的には正当な話さ。その上で逮捕されずにいることは倫理的に正しいし、それどころか自分に対するひとつの義務とさえ言えるな」

「要するに、君がこれまでカードゲームでいかさまをしたのは、相手もいかさまギャンブラーの時に限ってだった、ということか」

「そうじゃない。こっちの徴収行為は相手の悪癖によってその正当性が担保されていないと駄目《だめ》ってことだ。大げさだよな、ごめん。なんにせよ俺は貧乏人相手にいかさまは働かないし、二時間ばかりポーカーで時間を潰そうと思ってテーブルを囲むような一般人もだまさないし、友だちもだまさない」

「じゃあ、誰ならだますんだ?」

「悪いやつらさ。俺に言わせりゃ、ひとの道を外れた人間からいかさまギャンブルで金を巻き上げるのは、正義の実践的隠喩みたいなもんだな」

そこで彼はいったん黙り、とても真剣な顔で僕を見つめたと思ったら、すぐにげらげらと笑いだした。

「まあ、ちょっと話が大げさになり過ぎたな。この仕事の一番の魅力のひとつは、やっぱり盗みそのものさ。ご覧のとおりで、ひとの金を盗むのは物凄く楽しいからな」

ほんの数分のあいだに一切ががらりと変わってしまった。一時間前の僕であれば徹底的に否定していたはずの物事が全部、一応は議論の余地のあるものに変化した。愉快だけれど落ちつかない気分で僕は思った。確かに言えている。今夜の金の手に入れ方は楽しかった。

僕は声には出さず自問自答を重ねた。それは自分の心の奥底にある未知の領域に懐中電灯で光を当てるような行為だった。

時を四、五時間さかのぼって、あの試合の前に戻れるとしたら、これから起きることを知っていても僕はやっぱり勝負をしただろうか？　さらにもう一問。もしもあの金をいかさまではなく、正当な手段で手に入れたことに今からできるとしたら、僕はどうしたい？　小切手を返すか、いずれにせよ現金化しないという選択肢はもう頭になかった。そんな段階はとっくに過ぎていた。だから僕は自分に答えた。このままでいい、と。何が起きるかわかっていても、僕は同じように勝負をしただろう。それに、あの金は手品によって――つまり、人間の優れた能力と計略によって――獲得されたものだと考えるほうが、幸運の鈍重な作用のおかげだと考えるよりはるかに楽しいじゃないか。

それから僕はある衝撃的な事実に気づいた。何よりも衝撃的な事実だ。

またやりたい、僕はそう思っていたのだ。

フランチェスコはこちらの思いを察したらしい。

「近いうちに、もう一勝負やらないか。報酬は山分けで」

「でも、どうして？　僕なんて別に必要ないだろう？」

彼は僕が必要な理由を説明してくれた。ひとりではカードゲームのいかさまはできない。特にポーカーだと難しい。レートの高い勝負で、カードを配る番が来るたびにそいつが勝っていたら、それも必ずいいハンドで勝っていたら、すぐにみんなに気づかれて、怪しまれてしまう。手品師の相棒は、手品師と同じくらい重要な役目だ。ひとりがカードを仕込み、別のひとりが勝てば、みんな納得してくれる。いや、納得はしないだろうが、忌ま忌ましい、嘘のような不運のせいにしてくれる。まさにロベルトとマッサーロのように。

手短にフランチェスコは手管《てくだ》を教えてくれた。勝負の際、相棒は間抜けかはったり屋のふりをしなくてはいけない。ポーカーの場合、両者は完全に同じ意味だ。一ゲームで大勝ちしてもいいし、少額の勝ちを重ねてもいい。そこはその晩の流れ次第。大切なのは手品師がいくらか負けること、そして相棒の大勝ちを、初心者にありがちな、恥知らずなまでの馬鹿づきに見せること、等々。

彼の話が終わった時、僕はある質問をした。ずっと聞きたくってうずうずしていた質問だった。

「どうして、よりによって僕なんだい？」

彼は黙って僕を見た。それから目をそらすと、煙草を一本抜き、火は点けず、テーブルの上でとんとんと叩きだした。そしてまた何も言わずに僕を見つめた。ようやく口を開いた時、その声はちょっと気まずそうだった。

「俺は普段、勘というやつを信用しないし、努めて頼らないようにしている。だが今回は、お前がぴったりな人間で、お前ならきっとわかってくれる、そんな気がするんだ。『デミアン』を読んだことは？」

僕はうなずいた。ヘッセのあの小説なら読んでいたし、僕を説得するつもりでいたならば、彼が押したのは正しいボタンだった。こちらの答えを待つことなく彼は続けた。

「つまり俺は普段ならやらないことをやったんだ。勘任せの賭けさ。わかるかい？」

お前を信用している。彼が言わんとしていたのはそういうことだった。この僕にどこか特別なところがあるがゆえに。

それで十分だった。

もちろん僕の前にも相棒役を務めた人間はいたはずだ。それはわかっていた。僕は誰かの後釜に座ろうとしていたのだ。でもあの夜、フランチェスコはそのことには触れず、僕も何も尋ねなかった。

僕たちはダーティー・ムーンを出た。バーテンダーとひとりしかいないウェイターが椅子をテーブルの上に片づけ始めたからだ。

外は一月の青ざめた夜明けだった。

7

毎晩のように僕はジュリアの家に通っていた。勉強が一段落するか、ひとつも実のあることをできずに一日を過ごしてしまった時に。珍しいことではなかった。そんな時は気持ちがちょっとざわついて不愉快だった。それは物理的な感覚で、腕や肩の皮膚がむずむずした。肌に触れる服の生地が不快で、呼吸も胸の鼓動も普段より少し速いのがわかった。

そういう時は家を出ることにしていた。どこかを目指して町を歩けば、そんな苛々もいくらか収まったからだ。

ジュリアはいつだって家にいて、親友のアレッシアと勉強をしていた。ジュリアとアレッシアはよく似ていた。どちらも真面目で、勉強好きだった。どちらも親が専門職の裕福な家の娘で、似たりよったりの快適で安定した生活を送っていた。ふたりともバーリの中心街に住んでいて、どちらの家も内装は七十年代の高価な家具でしつらえられていて、海辺のローザ・マリーナに別荘を持っており、冬はスキーバカンスに出かけ、テニスクラブの会員で……等々。僕はそんな世界へ入っていった。場違いに感じながらも、好奇心旺盛なひとりの外国人旅行者みたいに。我が家は別のカテゴリーに属する一家だった。所属政党と政治活動を重んじ、バーリの金持ち連中の贅沢《ぜいたく》でいかがわしい世界を軽蔑する者たちだ。そして自分たちが少数派であることを誇り、ちょっと得意に思っているようなところがあって、少数派であり続けることを望む者たち。姉もそんな人間だった。

ところが僕は昔からああいう別世界に興味を持っていた。僕の好奇心にはある種の羨望《せんぼう》も混じっていた。見たところ僕たちのそれより気楽そうで、問題も少なそうな生活への羨望、批判精神の発動をやたらと――時には病的なまでに――要求されることもない生活への羨望だ。

だからジュリアとつきあいだすのと同時に、文字どおりの探検が始まった。

僕は彼らの家々に潜入するのも好きなら、その暮らしぶりを見るのも、儀式に参加するのも好きだったし、彼らと一緒に過ごしながらも本当の意味でそのひとりにはならないのも好きだった。あれは演技のゲームであり、カムフラージュのゲームだった。あの世界を理解してしまうまで、数カ月はとりあえず楽しく過ごせた。

この物語の時期には、僕はそうしたゲームにもう飽きていた。まだ自覚はしていなかったけれども。

僕がジュリアの家に到着すると、彼女とアレッシアにとってはそれが勉強終わりの合図だった。それから僕たちは広いキッチンでずっとおしゃべりをして過ごした。ジュリアの母親も、お店やブティック、美容院やエステへの午後の突撃を終えて帰宅すると、よく僕たちのおしゃべりの輪に加わった。ところが彼女はそのうち決まって何かに——ブッラーコ（カードゲームの一種）の試合や夕食の約束や観劇などに——遅刻しそうなのに気づくのだった。あの母親はほぼ毎晩、お出かけをした。一方、父親のほうは同じマンションの別の部屋にいて遅くまで帰ってこなかった。そちらの部屋に診療室があって、とにかくそこにこもりっぱなしとかで、姿を見かけることは滅多になかった。

僕たちはそのまま出かけず、彼女の家で過ごすことが多かった。ジュリアとふたりきりのこともあれば、友人がやってきて——全部彼女の友だちだ——一緒にスパゲティかサラダを作ることもあった。みんなで出かけるのはたいてい週末で、映画館に行ってからどこかのピザ屋というパターンが多かった。

デ・チェーザレ家のキッチンで過ごしたあの幾晩、自分たちがいったい何を語り合ったのかは思い出せない。自慢気に吊るされた高価なフライパンに囲まれて、あの澄んだ光と清潔で心地よいにおいに包まれて。それはあの家のにおいであり、新鮮な食材のにおいであり、高級な石けんのにおいであり、革のにおいだった。

僕が何よりも好きだったのは、あの家に入るたびに、そうした複合的なにおいを嗅《か》ぐことだった。気分の落ちつくいい香りだった。そして時々思った。僕の家に入るとひとはどんなにおいを嗅ぐのだろうか。僕にはわからぬそのにおいは彼らに何を語るのだろうか。

ロベルトとマッサーロとポーカーをした翌日の晩、僕はいつもより早めにジュリアの家に向かった。午前中に分け前を受け取ってから、彼女のためにバッグをひとつ買っておいたのだ。前日の口論を許してもらうためもあったが、漠然と感じていた自分の罪悪感をごまかすためもあった。

彼女はプレゼントを受け取ると、少し驚いた様子で包みを開いた。中身が何かわかると、もっと驚いた顔で僕を見た。高価なバッグで、そこまで立派なプレゼントを受け取る理由がまるでなかったからだ。

「いいな、わたしも彼みたいな恋人がほしい」アレッシアはため息をついて、家に帰っていった。

ふたりきりになると僕はジュリアに前夜の出来事を語って聞かせた。もちろん、話してもさしさわりのない部分だけだ。賭けポーカーをしたら、嘘みたいなつきに恵まれて、大金を勝ち取った。だいたいそんな内容だった。

「大金っていくら勝ったの？」ジュリアは目を瞠《みは》り、こちらに顔を寄せて尋ねた。いかにも信じられないといったふうに。

「だから二、三百万さ」あいまいにしておいたほうがよさそうな気配だったので、僕はそう答えた。

「二、三百万ですって？　頭どうかしちゃったんじゃないの？　どこでそんな賭けをしたの？」

彼女は怒っていたわけではなかった。ただただ信じられず、びっくりしていたのだ。

「どこって……フランチェスコ・カルドゥッチの友だちの家さ」

「へえ、あなた本当にあのカルドゥッチと仲よくなったのね。まずは喧嘩で協力して、今度はふたりでギャンブルに行くなんて。次は彼と有閑マダムのナンパにでも行くつもり？　あなたが出かける時は、ママにも気をつけろって言ったほうがいいのかな」

「彼が誘ってくれたんだ。ポーカーの四人目が足りないって言って。昨日もちゃんと説明したぞ。そっちがぷんぷんしていた時に」

「でも、誰に誘われたかなんて言ってなかったし」

「まあとにかく、君に言えないようなことは何もなかったんだ。それに途中まではごく普通のポーカーだったんだよ。それがあんな、フォーカードが二組同時に出来るなんて嘘みたいなことが起きて。別に僕がどうにかしたわけじゃないよ。そういう流れだったんだ」

前夜の出来事をそんなふうに語るうち、僕は、自分の生活がふたつに分裂しつつあることをはっきりと悟った。普通の生活ともうひとつの生活。後者は影に包まれた、誰にも話せない部分だ。その瞬間、僕は自分が二重生活者になったことを知った。

　そして、これはいいぞ、と思った。

「でも何がきっかけで彼なんかと友だちになったの？」

「別にまだ友だちにはなってないけど、仮にそうだとしても何も問題ないと思うな」

　そう言いながら、僕は自分の声が妙に硬いのに気づいた。実際、ジュリアの言葉に滲《にじ》む偏見からフランチェスコを守ろうとするような台詞だった。それに自分がまた彼女に嘘をついたことにも気づいた。僕はフランチェスコと友だちになったつもりでいたし、彼にも同じ気持ちでいてほしいと願っていたのだから。言葉を継ぎながら、僕はそんなことを考えていた。

「アレッサンドラの家で喧嘩があった晩、僕たちはあの家を一緒に出たんだ。あんなことがあったんだから、当然だろう？　そしたら別れ際に、そのうちにまた会おうって話になった。それで昨日、ポーカーの四人目が足りなかったから僕が呼ばれた。それだけさ」

「でもそんな大金、勝ったからいいけど、万が一、負けていたら？」

「あれは負けようのないハンドだった。何せクイーンのフォーカードだからね」これは嘘じゃない、僕は胸のなかでそう思った。詳細をいくらか端折《はしょ》っただけだ。ジュリアはちょっと黙った。それからまたバッグを手に取ると、ためつすがめつしてから、肩にかけて試した。

「すっごく素敵」

僕は間抜けな笑みを浮かべてうなずいた。

ようやくバッグを片づけた彼女に、そんなに勝負運がいいとなると、わたしは心配したほうがいいのかと訊かれた。きっと大丈夫だ、心配いらない、そんなに心配なら、これから一緒に確認しようかと僕は答えた。これからちょっとのあいだ確実にふたりきりでいられるのなら、だけどさ。その点は問題なかった。彼女の姉は半年前に結婚して家を出ており、父親は何かの会議でバーリにはおらず、母親は例のごとくブッラーコの試合で留守だったから。

彼女の部屋で僕たちは愛を交わした。行為のあいだ、僕は自分の動作と仕草のひとつひとつをやけにはっきりと意識することができた。それこそどうでもいいくらい細かな動作まで。自分でも気味が悪いほど落ちついていた。僕はここにいるという自覚とともに――ふたりの体は過去に覚えのないリズムで連動していた――同時にどこか別の場所にいるという感覚があった。

彼女のベッドで仰向けになって、くっついて並んでいたら、ジュリアが言った。あなた、ポーカーで勝つとこんなふうになるなら、また行かせてあげてもいいかも。僕は何も答えなかった。

そして黙って天井を眺め続けた。その部屋で、僕はひとりだった。

8

それから少なくとも二週間が経った。でもフランチェスコからの電話はなかった。さらに数日が過ぎた時点で僕は確信した。きっと彼は考え直したのだろう。自分の言動を軽率だったと反省し、僕のことなんて忘れることにしたのだ。当然じゃないか。

こちらから電話をかけてみようかとも思ったが、我慢した。彼の提案に自分がどれほど魅了されたかを悟られたくなかったのだ。僕自身、そうと認めたくはなかった。だから却ってこれでよかったんだとあきらめた。そして以前の冴《さ》えない日々が帰ってきた。

ある金曜日の午後、家で民事訴訟法の教科書に集中しようとしていたら、ついに電話がかかってきた。彼の声を聞いたとたん、アドレナリンが大量に放出された。どうしてそんなにも長いこと電話をよこさなかったのか、彼からの説明はなく、こちらも尋ねなかった。今夜、よかったら出かけないか？ そう訊かれて僕は承知した。でも、頭のなかではジュリアにどんな言い訳をしようか考えていた。もっともらしい理由が必要になるのは目に見えていたからだ。

「よし」と彼は言った。「十時に家まで迎えにいく。町を出るぞ」

「どこに行くの？」

「パーティーだ」

その晩、ジュリアとの問題は生じなかった。彼女はインフルエンザにやられ、電話をした僕に向かって、会いにこないで、風邪《かぜ》をうつしたくないと自分から断ってきたのだ。わかったよ。僕は少し残念そうな声で答えた。それじゃ、誰か友だちと──僕の友だちと──飲みにでもいこうかな。せめてもの気晴らしにさ。

わざわざそんなことを告げたのは、僕がフランチェスコと出かけたあとになって、ジュリアが我が家に電話をかけてくるという状況を避けるためだった。あとで彼女に何をどう話すかはまた明日になってから考えることにした。

フランチェスコは約束どおりの時間に来た。家を出て、アパートの内階段を下りて外に出ると、彼はもうそこにいた。二重駐車した愛車DSのなかだ。その顔には微笑みらしき表情があった。ほどなく僕が見慣れることになる表情だったが、その意味を完全に読み解くことはとうとうできなかった。

車はほとんど人影のない道を飛ばし、数分でバーリの町を出た。寒い、雲ひとつない夜だった。満月が出ていて、車窓を流れる田園風景は青みがかった神秘的な薄明に包まれていた。ヘッドライトなしでも走れそうだった。こんな夜はどこにだって行けると思った。

僕たちはほとんどずっと黙っていた。普段の僕なら息が詰まってしまって、沈黙を埋めるためだけに口をきくところだったが、あの夜は違った。あの夜の僕はぞくぞくするような静かな興奮を覚えていた。軽い陶酔感と完全な落ちつきが混じり合った気分だった。だから口をきく必要なんてなかった。

やがて車は道を折れ、並木道に入った。松の大木の並木で、周囲には森のような敷地が広がっていた。道の終点には屋敷がひとつあり、右手の空き地にたくさんの車が停まっていた。ぴかぴかに磨いた高級車ばかりだった。僕たちもそこに駐車して、広い階段を上って屋敷に入った。

「これって誰のパーティーなの？」自分がそんなことも知らないのに今さら気づいて僕は尋ねた。

「パトリツィアって女だ。父親が大金持ちでね。何百ヘクタールという小麦なんかの畑を持ってるんだ。確か、何日か前が彼女の誕生日だったはず」

ふたりとも手ぶらで来たが平気なのか、というようなことを言いかけて僕は考え直した。つまるところそれは彼の問題だったし、そもそも問題にはならないのかもしれなかった。

玄関のガラス戸の向こうは広いホールのような空間だった。僕たちはそこを抜けて、とても大きな広間に入った。

あたりは薄暗かった。天井の中央に下がるシャンデリアは消えており、弱々しい照明は、そこかしこの足下に目立たぬように設置された光源によるものだった。

暑かった。客で結構混んでいたのだ。僕たちと同じ年ごろの客もいれば、年上の客もいた。確実に四十は超えている客もちらほらいた。煙草のにおい、やや上気した肌から漂う香水のにおい、ワックスで磨いた家具のにおいが漂っていた。そこの空気はどこか具象的な感じがした。手で触れることもできそうな、官能的な空気だった。

フランチェスコは誰かに挨拶したり、パーティーの主役を探して周囲を見回したりしていた。やがてひとりの娘が彼を背後から捕まえ、自分のほうを向かせると、力いっぱい抱きしめた。

「来てくれたのね！　ありがとう、嬉《うれ》しいわ」

「当たり前だろう？　それとも来ちゃまずかったかい？」

僕は彼の声に馬鹿にしたような響きを聞き取った気がした。ただの勘違いかもしれないが、いずれにせよその時はあまり気にしなかった。

「こいつはジョルジョ。俺の友だちだ。彼女がパトリツィア、この地方で一番危険な女のひとりだよ。柔道のチャンピオンなんだ」

パトリツィアはこちらを向き、フランチェスコのお友だちだなんて素敵、あなたに会えて本当に嬉しい、とでも言いたげな顔をした。僕は彼女に対してどうふるまったものか迷った。握手を求めるのはあまりに無粋で堅苦しい。だから笑みを浮かべて、おめでとうと言いながらちょっと歩み寄った。するとむこうのほうからジレンマを解決してくれた。僕を抱きしめると頬にキスをしてくれたのだ。まるで昔からの友だちみたいに。彼女は黒髪で、背は高くはなく、小柄で、黒い瞳は何かに少し取り憑《つ》かれたようで、鼻は幅広で男っぽかった。元気溌剌《はつらつ》という感じで、明るく単純な色気があった。僕の思考はもはや普段の軌道を完全に外れていた。この子を素裸にしてみたい、彼女と寝たらどんな感じだろう？　筋肉むきむきの白い体を壁に押しつけて、荒々しく腰をつかんで、バックでやるんだ。柔道なんかよりずっといいぞ。

「あなたも彼みたいな悪党なの？　やっぱり要注意人物なわけ？」そんな彼女の楽しげな問いかけに、僕は胸のなかでどうだろうかと思った。僕は悪党なのか。それとも別の何かなのか。僕は彼女の目を見つめてにやりとしただけで、黙っていた。

「食べ物と飲み物は向こうにあるから」彼女はそう言って、そこよりも明るい隣室を指した。お盆とボトルで埋め尽くされた大きなテーブルが見えた。それからソファーの奥に座る誰かに呼ばれた彼女は、今行くと答えてから、フランチェスコに向かって

「またあとでね」と告げ、意味深な視線を向けた。「いつもみたいに途中でいなくなったりしないでよ」フランチェスコは目を細め、彼女に微笑みかけると、うなずいて承知した。実に魅力的で、親近感の湧く、自然な笑顔だった。

彼女がこちらに背を向けたとたん、フランチェスコの笑顔は消えた。まるで閉店時間のネオンサインだった。

「何か食べようぜ」彼は僕に言った。堅苦しいのはここまで、腹ごしらえを済ませたらいよいよ仕事だぞ、という感じの声だった。僕は彼についていった。

待っていたのは僕の見慣れたビュッフェとは別種のそれだった。僕たちのパーティーであればテーブルに並ぶのは小さく切ったフォカッチャ、パンツェロッティ（小ぶりな揚げピザ。プーリア州名物）、生ハムとサラミのサンドイッチ、あとはビールとコカコーラが定番だった。ところがそこのテーブルにはサーモンのオードブルに小エビのカクテルサラダ、キャビアカナッペにカジキマグロのカルパッチョが並び、ワインも高級品ばかりだったのだ。

僕たちは皿いっぱいに料理を盛った。フランチェスコは、栓が抜かれたばかりの白ワインのボトルまで一本つかんだ。そして薄暗い大広間に戻り、小さめのソファーに座った。

「ここで次のカモを見つけたいんだ」料理を平らげ——僕たちは黙々と食べた——ワ

インを二杯ほど飲んでから彼は言った。僕はうなずいた。なんと答えたものかわからないのもあったが、多くの場合、しゃべるより黙っていたほうがいいことも学びつつあったからだ。彼は煙草を取り出し、火を点けると、また口を開いた。

「ぐるっと回ってくるよ。ここで待っていてくれ。じゃなきゃ誰かとしゃべっててもいいし、デザートを食ったっていい。好きにしてくれ。こっちは終わったら戻るから」

僕が今度も黙ってうなずくと、彼は暗がりのなかを離れていった。

来客は少なくとも百人はいた。ジャケットにネクタイ姿の男が結構いて、残りはずっとカジュアルな格好だった。ある男が僕の目を引いた。身長は百九十はありそうで、頭は当時はまだ珍しかった完全なスキンヘッド、ぴったりした黒いTシャツを着ており、その下からボディビルディングで鍛えたと思われる立派な筋肉が顔を覗かせていた。

男の年齢は三十五から四十くらいで、モデルのような拒食症気味な痩せ方の女の子と一緒だった。彼女は僕より年上ということはなさそうだった。美人なのだが、ぴりぴりした雰囲気で損をしていた。そうしてふたり並んだ姿はなんだか居心地が悪そうで、場違いな印象を僕に与え、表層のすぐ下で進行しつつあるなんらかの病を連想させた。

美しい女性ならばたくさんいた。でも僕はそのスキンヘッド男の恋人しか目に入らなかった。魅力的な商品がずらりと並ぶ、豪華できらびやかな雰囲気のデパートにでもいるみたいだった。商品が多過ぎてまともに選ぶこともできない店だ。なぜならどれかひとつを選べば、別の商品をあきらめねばならない気がしてしまうから。僕は白ワインのボトルを空け、煙草に火を点けようとした。

「それ一本、もらえるかしら？」僕は左を向き、顔を上げた。声がそちらから聞こえたのだ。

「もちろん」僕は答え、立ち上がろうとした。礼儀もあれば、声の主の女性の顔がよく見えなかったためもあった。彼女は僕の肩に触れ、気をつかわないでくれと言うと、甘い香水のにおいを漂わせながら、ソファーの背後を回り、フランチェスコが座っていた場所に腰を下ろした。

「クララよ」そう名乗りながら彼女は、手首を軽く曲げて、しとやかに手を差し出してきた。

「ジョルジョです」僕は答えたが、視線がつい彼女のたわわな胸元に行き、そこに一秒ほど余計に長く留まってしまった。はっと我に返り、煙草のパッケージを差し出すと、彼女の抜いた煙草に火を点けてから、自分のそれにも火を点けた。

「あなた、礼儀正しいのね」最初に吸った煙を上向きに吐き出してから、彼女は言った。

「どうして?」

「わたし、男が煙草をくれる時の仕草に注目することにしてるの。一番の違いは、一本途中まで引き出してからパッケージをこちらに差し出すか、それとも、何もせずにそのままパッケージを差し出すか。あなたは二番目。おかげでわたしは、あなたが先に触れた煙草をくわえなくて済んだ」彼女はそこでひとつ間を置き、こちらの目を覗きこんでからこう結んだ。「それって口に指を突っこまれるのと同じことだから」僕は煙草をふかし、彼女の言葉の意味について考えるみたいな顔を作った。実際はその場にふさわしい、適当な言葉を探していた。そして酒臭いなと思っていた。明らかに彼女はその晩、既に相当な量を飲んでいた。

「それで、ジョルジョって何してるひとなの?」

「今年、法学部を卒業する予定です」そう答えながら僕は、ボーイスカウトを十年間やりましたと説明する青臭い高校生にでもなった気がした。クララの年は三十二、三より下ということはなさそうで、美しくもなければ醜《みにく》くもなかったが、どん欲そうな視線が印象的だった。たいして知的ではないが、とにかくどん欲そうな目だ。それにあの胸。白いブラウスをああも横柄に満たし、僕が目をやるまいと苦労していたあの胸。

「わたしも昔、法学部に入ったわ。でも途中でやめちゃった。それにわたしの場合、どうしたって弁護士にはなれなかったし。わたしの言いたいことわかる?」

まるでわからなかったが、僕はわかるよというふうにうなずいた。

「それで今は何を?」

「今はね、元夫を相手に裁判してるの。あの卑劣な乞食《こじき》野郎が払うべき物をきちんと払わないから。でもきっと払わせてやる。絶対に。あなた、今夜はひとりで来たの?」

「友だちと一緒です」

「ジョルジョ、何かお酒を取ってきてくれない?」

僕は立ち上がり、プロセッコのボトルを一本さげて戻った。ふたりのために乾杯しようと彼女は言い、僕たちはグラスを触れ合わせた。完全に非現実的な、歪《ゆが》んだ次元にでもいる気分だった。僕は今にも笑いだしてしまいそうだった。別に何がおかしいわけでもなかった。それは自動的な反応で、子どものころからの癖だった。たとえば授業中にぼんやりしているところを先生に見つかった時もそうだった。そんなことはしょっちゅうで、そのたび先生は腹を立てた。すると僕は笑いの衝動にかられるのだった。愚かな行為だ。当然、向こうは余計に腹を立てるからだ。でも僕はこらえ切れなかった。いや正確に言えば、一応はこらえるのだが、自分は笑いをこらえていますというあの独特な表情になってしまうのだった。あの晩の僕の顔がまさにそれだった。

「あなた無口なのね。わたし好きよ、無口な男。男って普通、散々おしゃべりをしたあとでないと本音は伝えちゃいけないって思いこんでるから。つまり、できたらお前とやりたいってことだけど」彼女が差し出してきた空のグラスを僕は満たした。それをひと息に半分まで乾すと、彼女はまた口を開いた。

「あなた、わたしとやりたい？」

あまりに不条理な状況だった。笑いの衝動は激しさを増し、僕は必死でこらえた。おかげで僕の顔は謎めいた男のそれか、完全な阿呆のそれになってしまった。なんにせよ、両者の違いを理解するには彼女は飲み過ぎていたから、問題はなかった。

「うん」平静を取り戻してから僕は答えた。こっちにしてもかなり飲んでいた。

彼女は黙って僕を観察した。今の答えを値踏みし、隠された意味を探ろうとするかのように。

そこへフランチェスコが戻ってきた。

「終わったぞ」そう言って彼は僕の肩に触れた。それからクララに微笑みかけると、また僕に向かってこう告げた。「少しふたりだけで話したいことがある」続いて彼はクララに向かって断った。「こいつをちょっと借りるよ、悪いね」クララは彼に目を向けたが、その実、何も見てはいなかった。あの目は急に虚ろになり、今やガラス玉のようだった。

僕は立ち上がり、玄関のほうに向かう彼を追った。

「やるじゃないか、相棒。空き時間の有効活用、見事なもんだ」

「向こうからぐいぐい迫ってきたんだって……」

「わかってるさ。無論、何をどうしようとそっちの勝手だが、ひとつ忠告しておく。あの女はまともじゃない」

「それどういう意味だよ？」むっとした口調で答える自分の声が聞こえた。パーティーでお前なんかナンパする女がいたら、どこかおかしい女に決まっている、とでも言われたみたいに。

「病気なんだ」彼はそう言って自分の額に二本の指で触れた。「あいつはほとんど色情症で、大酒飲みだ。ともかく俺の意見はこうだ。ただ女と後腐れなく一発やりたいだけだったら、河岸《かし》を変えたほうがいい。それにあれは男出入りが激しい女だから、深い仲になるのは俺だったら怖いね。何が言いたいかわかるか？」

話はわかったし、がっかりだった。

「どうしてそんなこと知ってるの？」

「あいつが大酒飲みなのは、見てのとおりだ。すっかり出来上がってるな。目を見りゃわかる。あとは、風の噂もあれこれ聞いたが、俺の友だちでひとり、あの女と寝ちまったやつがいるんだ。いや、つきあってたと言ってもいい」

「それでどうなったの?」

「最初の晩、ふたりでやることをやったら、すぐにあの女は騒ぎだしたそうだ。急に怒りを爆発させて、男に向かってぎゃあぎゃあわめいたらしい。お前はただのすけべ野郎だ、男なんてみんな同じだ、わたしと寝たのも体だけが目当てだろう、ってなことをね」

僕は思わず、クララのいるソファーを振り返ってしまった。彼女は同じ場所でまだ飲んでいた。

「それから友だちはどうしたって?」僕は尋ねた。

「あいつはびっくりしちまって、クララを落ちつかせようとした。するとあの女は静かになり、今度はやたらと優しくなったそうだ。それでふたりはもう一発やった。そのあと男は家に帰った——そう、彼女の家にいたんだ——ところが次の日から、あの女は俺の友だちを着実なやり方で壊していった。時には電話をよこして、わたしはあなたにぞっこん惚《ほ》れているとか、あなただけを愛しているとか、あなたはほかの男とは違うとか、甘い言葉をかけた。そうかと思えば、急に姿を消して一週間も行方知れずになったりした。それでも問題はなかったはずだ、あの馬鹿な男が彼女に惚れさえしなかったならば。こうして俺の友だちはあの女を追い回す羽目になった。わたしにはほかに男が何人もいる、あなたなんてただの暇つぶしよ、なんてことを言われたあとで、今度は泣きながら謝られて――この話は特によく覚えてる――ひとを愛するということをあなたに教えてほしいの、なんて泣きつかれたりしたそうだ。そんな残酷な仕打ちをそいつは受け続けた」

「結局どうなったの?」

「終わったよ。そのうち女のほうが今度のゲームにも飽きて、そいつのことが嫌になっちまったんだ。もしかすると本人に遊んでる自覚はなかったのかもしれないがな。きっとあの女は実際、頭のネジが何本かぶっ飛んでて、強迫的な衝動みたいなものにかられてあんなふうにふるまうんだろう。なんにせよ、ふたりの関係は終わった。もう一年以上になる。それでも男のほうはいまだによりを戻そうとしているよ」

話を続ける前に彼はこちらを見た。質問はあるか、というふうに。

「クララはパーティーや飲み屋を渡り歩いては男を引っかけるんだ。特に年下の男だ。そして獲物を家に持ち帰って――離婚の話はたぶんもう聞かされたろ?――延々と同じことが繰り返されるってわけだ」

僕たちは少しそのまま黙っていた。それから僕はまたソファーを振り返ってみた。今度はクララの姿がなかった。僕は肩をすくめた。わかったよ、この話はもういいよ、というふうに。

「それで、次の勝負は決まった？」

彼はきちんと話をつけてきていた。時間は土曜の夜、場所はある金持ちの家で、その屋敷と同じ、アルタムーラ（バーリ南西約四十三キロの町）にあるという。要するに明日だから、今夜は早めに退散することにしようと彼は言った。僕は思った。明日ならジュリアもまだ風邪を引いたままだろうから、面倒がなくていい。フランチェスコは慰めるように僕の肩を叩くと、今度、もっといい女を俺が紹介してやる、と言った。そしてまたどこかに向かうそぶりを見せた。

「少しパトリツィアの相手をしてくるよ。まあ、礼儀ってやつだ」彼はそう言い、わかるだろうというふうににやっとすると、僕をそこに置いて離れていった。

僕はにわかに空《むな》しくなり、居心地が悪くなった。少し前までの興奮は別の何かに変わってしまった。不快な何かだ。だからパーティーの会場をさまよい、また酒を何杯か飲み、煙草を何本か吸った。全部ただの暇つぶしだった。

そして、おそらく一時間は過ぎたころ、ようやくフランチェスコが戻ってきて、もう帰ろうと言った。

9

目を覚ますと素敵な冬の朝が待っていた。寒い、快晴の朝だ。

家には僕しかいなかった。両親は僕が寝ているあいだに出かけていた。

姉のアレッサンドラは三年前に家を出ていった。

姉は法学部卒業まで試験があと数科目という段階になって、大学中退の決意を家族に伝えた。この先どの方向に進むかはまだ決めていないが、進みたくない方向だけははっきりしていると彼女は言った。自分は弁護士や公証人、裁判官になるつもりはない。数年来、学んできた専門知識に関連する職業に就くつもりは一切ない。自分はそうしたものがとにかく嫌いだ。自らの決意を表明するその口ぶりからして――ほかの話はほとんどなかった――彼女が嫌いなものには、明らかに僕たちの両親も含まれていた。

数週間後、姉は町を出た。十歳は年上の男と一緒だった。なんにつけ彼女と同じ、はっきりした考えを持つ男だった。物は言いようだ。ふたりはロンドンに向かい、レストランで働きながら、半年ほど過ごした。それから帰国して、今度はこの上なく時代遅れなヒッピーコミューンめいた共同体で暮らしだした。場所はボローニャ郊外の農場だった。やがて彼女が妊娠《にんしん》すると、男のほうはまた自由になろうと決めた。何しろ彼は、自分はなんらかの偉業をなし遂げる人間だと思いこんでいたから、つまらぬ家庭の都合に行く手を阻まれるわけにはいかなかったのだ。

アレッサンドラは子どもを堕《お》ろし、しばらくはコミューンに留まって、また何人かの男たちと関係した。でも、どの相手とも悲しい結末を迎えたようだ。最後にはバーリに戻り、友人宅に何カ月か居候をしてから、小さな部屋と仕事を見つけた。

仕事は経理コンサルタント事務所の秘書。要するに作業員や事務職員や給仕係などの給料計算をする会社だった。運命の皮肉というやつだ。

それからは時々、我が家にも顔を出すようになり、食事をしていくこともあった。そんな時は家のなかの空気が目に見えて緊迫した。両親は娘が家にいるのは至極普通のことだというふりをし、たまに姉もふたりの演技につきあった。

しかし至極普通などではなかった。姉は自分の失敗の原因となった両親が許せず、ふたりの不適切な愛情が許せず、ふたりの不器用な気づかいが許せずにいたのだから。たいていはそのうち虚構のうわべが砕け散り、地表直下で煮えたぎっていた遺恨《いこん》が溶岩のごとく噴き出した。そして姉は何かひどい言葉を吐いて――場合と気分によっては、とんでもなくひどい言葉を吐いて——出ていくのだった。

そんな時、僕はどうしていたかと言えば、それは僕たち姉弟がどちらも幼かったころからずっと同じで、単純に、姉にとって僕はいないも同然なのだった。僕なんていまだかつて存在したことがないのだった。


朝食を済ませた僕は家のなかをうろつき、テレビを点け、言い訳のレパートリーを総ざらいした。

それからとうとう観念して机の前に座った。目の前には民事訴訟法の教科書があった。でもどうにもそれを開く気にはなれず、家にいるのも嫌だった。だから出かけた。

一月にしても妙に寒かったが、空気は澄み、からっとしていた。強い風が湿った空気を吹き飛ばしてくれたのだろう。アパートの大扉を開いたとたん、顔面と耳が凍えるようだった。ただし痛くもなく、不快でもなかった。それは実感できるタイプの寒さだった。自分に顔というものがあり、耳というものがあり、体の、布地で覆われていない各部があることを思い出させてくれる寒さだ。憂《う》さはたちまち晴れた。早歩きで中心街に着くと、しばらくショーウインドウを眺めてぶらつき、シャツを一枚買い、それから本屋に向かった。

少年時代から僕は、町に出て、行く当てがないと、必ずラテルツァ書店に向かった。

バーリに昔からある書店だ。いったいどれだけの時間をあの店で過ごしたことか。読みたい本は、買う余裕のある本よりもはるかに多かったので、僕はいつも陳列台や書棚のあいだでこっそり、何日もかけて、立ち読みをした。

時には閉店時間まで居座って読むこともあったから、もしかすると店員に顔を覚えられて、ただ読み常習犯として警戒されているんじゃないか、そのうち入店禁止を言い渡されるんじゃないかと常にびくびくしていた。

店に入った僕は、あのおなじみの、かぐわしい新しい紙のにおいを吸いこんだ。土曜の午前だったので、たくさんの客がおり、僕のような常連も数人いた。ほかの常連も僕と同じで、長居をし、立ち読みはするが、あまり買わない客ばかりだった。そのなかにひとり、僕が以前から興味を引かれていたかなり年配の——間違いなく七十は行ってる——女性がいた。冬のたびに彼女が着ていた水夫めいた青のジャケットは、必ずポケットから共産党機関紙の『ウニタ』が顔を覗かせていた。てきぱきした、親しみやすい感じの女性で、本を買わずに読むことは彼女にとって仕事みたいなものという印象を与えた。無駄《むだ》のない動きで店内を移動し、たいていはミステリー小説とホラー小説のコーナーにいて、ごくたまに政治論のコーナーにもいた。会釈《えしゃく》をしてくれることもあり、そんな時はこちらも会釈を返した。

その朝も彼女は立ち読みに没頭していた。ジャンルはおそらくミステリー。ミステリー小説の陳列台のそばにいたからだ。僕たちの視線は交わらず、僕は彼女の前を素通りした。

歴史物の棚、スポーツ教本の棚のあいだをさまよい、法律関係書を避けて進むうち、外国文学のコーナーに来た。ひと目見て、届いたばかりだとわかる真新しい本が積まれていた。タイトルは『留学生』で、表紙画はこげ茶色の背景の前に石膏《せっこう》像らしきものがひとつあるというデザインだった。ポケットに手を突っこんで歩く少年の像だ。作者は聞いたことのないフランス人作家だった。

一冊手に取ってみた。そこに並べられてから手を触れた客は僕が最初だったのではないか。その朝、陳列されたばかりという可能性もあった。

ためつすがめつするうちに裏表紙の解説に目が行った。今もその一部は記憶している。解説は青春時代と『出来事という出来事が初めてのことばかりで、よくも悪くも取り返しのつかぬ形で我々に決定的な影響を及ぼす、あの壊れやすい日々』について触れていた。

僕は表紙をめくり、いつものように最初から読みだそうとした。

ところが序文の手前のページで手が止まった。そこには引用文があった。これも僕の知らないイギリス人作家の小説からの引用だった。

『過去は異国だ。彼《か》の地では物事がここととは違う形で起きる』

僕はそれ以上ページをめくらず、本を閉じて、レジに向かい、購入した。そしてまっすぐ家に帰ったのだ。早く読みたかったのだ。落ちついて、自分のベッドの上で、誰にも邪魔されることなしに。

それは郷愁と陶酔に満ちた泣きたくなるほど美しい小説だった。ひとりのフランス人少年の物語であり、五十年代のアメリカにおける彼の青春の物語であり、冒険、犯されたタブー、通過儀礼、恥、愛、失われた純潔の物語だった。午後いっぱい、僕は本から目を離すことができず、最後のページまで読み通した。そして本を読んでいるあいだも、読み終えた時も、そのあとも――長い歳月が過ぎてからも――ある信じがたい感覚から自由になれなかった。その物語が、なんらかの形で、僕のことを語っているという感覚だ。

読み終えたら、そろそろ出かける時刻になっていた。そこで僕はジュリアに電話をかけ、まだ風邪の治らぬ彼女に対し、これから映画を観にいくつもりだと告げた。誰と行くかって？ 親友のドナートと仲間たちさ――僕は心のなかでドナートへの連絡を忘れるなと自分に命じた――今夜も君に会えなくて残念かって？ もちろんさ。僕だって会いたいよ。

僕ははったり《ブラフ》をかけた。もし君が望むなら、映画なんてやめて、見舞いにいったっていいんだよ？　すると彼女は予想どおり、否と答えた。そして前日の晩と似たような台詞が続いた。わざわざあなたにまで風邪をうつしたくないし、等々。そうか、わかった。じゃあ、また明日、愛してるよ。わたしもよ、じゃあね。

受話器を下ろし、よそ行きに着替えるころには、僕は上機嫌になっていた。僕は自由だった。心の準備もばっちりで、夜が待ちきれなかった。

10

賭場は、郊外の住宅街に暮らす、僕たちと同年配の若者の家だった。プレーヤーは五人。まずはその家の主人、建設会社の社長の息子だという。そして、まだ三十にもなってなさそうなのに、頭の完全に禿《は》げ上がった男。最後にマルチェッラという女。痩せぎすで、肌が脂っぽくて、目がやけに小さかった。

僕は三人と互いに自己紹介をしたその瞬間から、彼ら全員に嫌悪の念を抱いた。三人ともろくでなしで、これからひどい目に遭っても仕方のない連中だと思った。言うまでもなく、僕は言い訳を探していたのだろう。

言うまでもない。今だからそう言えるのだ。だが当時はそれが、僕の良心の最後のささやきを沈黙させる、手っ取り早くて、無意識で、効果的な方法だった。良心という言葉が何を意味するにしても。僕はあの三人を醜悪《しゅうあく》な輩《やから》どもとみなす必要があり、実際、そうみなしたのだった。

その晩の流れは前回と似ていたけれど、今や僕はからくりを心得ており、何もかもがずっと楽しかった。フランチェスコと一緒の勝負は例外なくそうだったが、この時も僕は純粋なギャンブルと同じ興奮を覚えた。ただし興奮の度合いはもっと強かった。必ず勝てるという安心感によって刺激は薄れるどころか、むしろ倍増した。僕たちに大金をもたらす決定的なゲームを戦うたび、うなじの付け根あたりが猛烈にぞくぞくした。そして敵のかなり強いハンドを打ち破って、手札をテーブルに投げつける瞬間には、自分たちの行為に幸運などまるで関係もないことを僕は忘れた。よし、勝ったぞ。それしか頭になかった。

あの晩、賭場を出た僕の懐には何十万リラという現金とゼロが六つ並ぶ額面の小切手が二枚あった。若者と痩せぎすな女から勝った金で、いい気味だと僕は得意だった。銀行に新しく口座を開く必要があるぞとも思った。稼いだ大金を全部現金で手元に置いておくわけにはいかない。

家に戻り、ベッドに入ったら、ほとんどすぐに眠ってしまった。

僕たちは定期的に勝負をするようになった。月に三度か四度、多くても五回。賭場はたいてい誰かの家で、娯楽同好会を意味するチルコロと呼ばれる場所で勝負することもたまにあった。つまりは裏カジノだ。アレッサンドラの家で喧嘩をしたあとに連れていかれたあのカジノにも行った。フランチェスコはその手のカジノをすべて把握しており、ほかにも夜の商売の店をたくさん知っていた。

同じ相手と繰り返し勝負することもあったが、それは戦略の一環だった。どんなに微かなものであれ、こちらに対する相手の疑いを解消するための手段だ。たとえば、あのでぶの金物屋の家で勝った時も、十日ほどしてから僕たちはあの家に戻り、あいつと相棒の測量士を相手にまた勝負した。今度はあのふたりのほうが何十万リラか勝ち――わざと勝たせてやったのだ――僕たちへの復讐《ふくしゅう》を果たしたような気分を味わった。仕組まれた勝利だとは露ほども疑わずに。

僕は月に五、六百万リラは稼ぐようになった。時には七百万リラに達することもあった。物凄い大金だった。

預金口座も開き、少し前まで想像もできなかったような浪費を自分に許すようになった。いい服を次々に買い、高級レストランで何度も夕食をし、馬鹿げた値段のついた腕時計を一本手に入れた。ほしかった本も全部買った。この時は他のどんな買い物よりもリッチになった気がした。

それから車を一台買った。ＢＭＷだ。ただし中古車。さすがにそこまでリッチではなかったから。契約書にサインをする時、ふと、本当にいいのか、という疑念が胸をよぎった。かつての僕はその手の高級車をある特定の人種と同一視してきたからだ。

だがそれはほんの一瞬のことで、その真っ黒でいかめしい、実に無駄な物体を運転してショールームを出た僕の顔には、幸せにとろけそうな笑みがあった。

当然、親には内緒だった。あの車だけはさすがに言い訳のしようがなかった。家から遠い屋内駐車場に預け、余計な疑いをかけられぬよう、時には母親の車で夜、出かけるふりまでした。

「車、借りるね」わざと大きな声でそう告げ、家を出るのだ。注意深い人間なら妙だと気づいたはずだ。以前の僕はそんなふうに断りもせず、勝手に母親の車を使っていたのだから。

両親は気がつかなかった。そもそも、ふたりに気づかねばならぬ理由があったろうか？

ジュリアとの関係は不可避的に悪化の一途をたどった。軽いが致命的なひねりを加えられたビリヤードの球がそっと静かにポケットに滑り落ちるように、エピローグに向かって転がっていった。

ふたりはうんざりするほど喧嘩を重ねた。彼女の不理解に恨みつらみに悲しみ、僕の嘘に苛立ちがごちゃ混ぜになった言い争いだった。

僕には以前ほど彼女といられる時間がなくなっていたが、真の問題点はそこではなかった。

もっと単純な話だ。僕はもう彼女といたくなかったのだ。彼女と会っても、一緒に出かけても、僕は退屈し、上の空でいることが増えた。そして我に返っても、彼女の凡庸な言動に呆れるか、彼女の欠点にまた気づくだけだった。

それでも彼女は僕と会おうとした。二、三週は頑張ったように記憶している。でもその甲斐《かい》はなく、ついにあきらめてくれた。

ジュリアが僕のせいで本当に苦しんだのかどうかはわからない。仮にそうだったとしても、どれほど苦しみ、いつまで苦しんだのかを僕は知らない。あれから彼女とは一度もまともに口をきいたことがなく、通りで何度か淡々と挨拶を交わしたことぐらいしかないから。

彼女と別れた時はとにかくほっとしたが、それもすぐに忘れた。僕にはやるべきことが山ほどあったからだ。

しかも、みんな急いで片づけてしまいたいことばかりだった。

第二部

1

　キーティ中尉はオフィスに入った。もう五月だというのに、外は雨が降り、寒かった。

　数カ月前にバーリに転任してきた時はこう思っていた。きっとバーリという町は、暑い夏と、穏やかな秋と、過ごしやすい春が順に巡る土地なのだろう。五月の冬は想定外だった。

　それに職務に忙殺される可能性も同じく想定外だった。八十年代当時、バーリは誰からも気楽な赴任先とみなされていたからだ。出世して大尉になるための経過点、それまでの腰かけ的な赴任地、等々。

　実情がまるで異なっていたことにはすぐに気づいた。

　麻薬密売にかっぱらい、空き巣の逮捕は日常茶飯事で、市内でも県内でも、強盗にゆすり、爆弾テロの現場への出動もあれば、殺人事件だって起きた。

地下で蠢《うごめ》くマフィアめいた何かの存在もあった。不透明な何か、両生類の卵の透明な膜越しに見える、きゃしゃで気味の悪い幼生のような何かだ。

それにあの一連のレイプ事件。手口は毎度同じで、明らかに同じ幽霊の仕業だった。彼ら憲兵隊《カラビニエリ》と警察が四苦八苦して追っている幽霊。両者の捜査は例によって、めいめい勝手に進行中だった。

昨夜も新たな事件が発生した。憲兵隊で把握している限りでは、これで五件目になる。被害届の出ている五件目ということだ。この手の犯罪の場合、被害者が恥ずかしさのあまり、憲兵隊または警察に訴える勇気さえ持てぬことがままあるからだ。

彼は机の後ろの椅子にどっと腰を下ろし、煙草に火を点けると、部下たちの提出した色々な書類の下書きに目を通した。

無線パトロール隊の報告書、被害者のおおまかな情報、目撃者二名の供述。目撃者だって? 建物の入口から出てくる娘に気づいて駆けつけ、憲兵隊に電話で通報してきたふたりだそうだ。犯人については、やはり今度も、ひと言も証言がなかった。まったく、忌ま忌ましい幽霊のようなやつだ。

誰も犯人を見た者はいなかった。被害者五人を除けば。いや、実際は彼女たちも見ていない。全員犯人に、顔を見るな、見たら殺すと脅された。そして全員がその言葉に従ったのだ。

キーティが、検察局に提出する報告書の下書きを読んでいると、部屋の入口からロヴァッショ兵長が顔を出した。そして、毎朝一字一句変わらないお決まりの質問をした。

「中尉殿、コーヒーはいかがですか?」

キーティが、うん、ありがとう、頂くよ、と答えると、ロヴァッショは売店の方向に姿を消した。

初めのうちは中尉も、結構だよ、売店には自分で行くし、君の手をわずらわせるまでもない、と断っていた。言葉どおりの意味だった。ロヴァッショに迷惑をかけたくなかったし、わざわざ運ばせるのも気まずい。でもそのうちわかったのは、彼が断るたび、部下が機嫌を損ねてしまうという事実だった。上官のそんな遠慮はあの兵長にとって理解を超えたことであったから、キーティの拒否をロヴァッショは自分に対する嫌悪と早合点していたのだ。そうと気づいてから、彼は部下の申し出を受け入れるようになった。

報告書の下書きに目を戻す。文章にあらゆる種類の誤記があるだろうことは見る前からわかっていた。単純な書き間違えもあれば、驚くほど独創的な間違いもあるはずだ。自分がそのほぼすべてを訂正せず、ただサインをして見過ごすことになるのも最初からわかっていた。これもまた、ひとつの変化の結果だった。当初は語順の誤りから文法上の間違いから、スペルミスはもちろん、不適切な句読点にいたるまで、すべて直していた。だがそのうち、このままでは駄目だと理解した。部下たちは機嫌を損ねるし、基本的にどれも修正不可能なひどい文章の数々を彼がいくら時間をかけて直したところで、上官は無論のこと、検察局もどこも、誰ひとりとして違いに気づかなかったからだ。だから、ほどなく彼も、周りに合わせることにした。数カ所、一応は手を入れて、目は通していると伝わるようにはしたが、ともかく環境に適応した。

それに昔から彼は、その手の適応がとても得意だった。

2

ロヴァッショがオフィスの入口に姿を見せた。今朝はもうコーヒーは持ってきてもらったから、何か別の用があるらしい。

「中尉殿、ロベルティ大佐が、話があるので、すぐに来てくれとのことです」

キーティは煙草の火を消し、読んでいた書類のファイルを閉じた。大佐の話の内容は見当がついた。連続レイプ事件の捜査に進展があったか知りたいのだろう。事態の展開に歯止めがきかず、関係者全員が苛立っていた。捜査に進展などまるでなかったから、大佐の苛立ちが軽くなる見込みもなかった。

キーティは、憲兵隊《カラビニエリ》の地方司令部が置かれているファシスト政権時代の建物の廊下を進んだ。大佐になど会いたくはなく、直接の上官であるマラパルテ大尉が恨めしかった。マラパルテは作戦部の指揮を弱冠二十六歳のキーティひとりに任せ、自分は少佐昇進を目指して軍学校に行ってしまったのだ。

ドアをノックすると、どうぞ、というロベルティ大佐のか細い声がしたので、キーティは入室した。そして大佐の机の三メートル手前まで前進し、そこで気をつけの姿勢で待った。大佐は部下が軍の礼法を遵守したのを確認すると、もっと近づいて椅子に座るように仕草で勧めた。

「どうだ、キーティ？ 例の連続レイプ事件だが、何かわかったか？」

ほらね。

「実を申しますと、大佐、これまでにつかんだ手がかりをすべてまとめて整理中といった段階です。当然、機動捜査隊が手に入れた手がかりとも照合が必要になります。五件の事件のうち三件はこちらに被害届の提出がありましたが、二件は向こうですから。ご存じのとおり、警察との連携はなかなか容易ではなく……」

「要するに捜査の進展はゼロということだな」

キーティは片手で自分のあごと頰に触れた。髭《ひげ》のざらついた感触があった。また口を開く前に、彼は降参の印にうなずいた。

「おっしゃるとおりです、大佐。進展はありません」

「検事もうるさいし、県知事もうるさいし、記者連中もうるさくてかなわんのだ。あのうるさい馬鹿どもになんと言えばいい？ ええ？ いったい今まで我々は何をしていたんだ？」

乱暴な口をきくのがロベルティ大佐は好きだった。そのほうが男っぽく見えるとでも思っているのだろう。あの金切り声では完全に逆効果だったが、本人がそうと知ることは永久にないはずだ。

「いつものようにお答えになることです、大佐。一件目の通報があったのは発生から少なくとも三時間後でした。被害者の娘がまず家に帰り、何があったか両親に説明し、それから両親に連れられてここに来たためです。我々は現場にパトロール隊を送りましたが、当然、付近にはひとっ子ひとりおりませんでした。二件目と三件目は機捜に先を越されました。二件とも被害者が怪我の手当てのために救急病院に向かったからです。病院には警察の派出所が併設されていますから。とにかく我々も被害届のコピーを入手し、犯行の手口が一件目とほぼ同じであることを確認しました。現場はいずれも公営共同住宅の玄関ホールで、入口の大扉は夜も開けっぱなしでした。残り二件はこちらが捜査を担当しています。一件は被害者が直接、ひとりでここに来ました。もう一件は、昨夜の事件ですが、通行人二名からの一一二番通報でした。犯行のあった大扉の外で、倒れて泣いている娘を目撃したそうで……」

「わかった、わかった。それで我々は具体的に何をしているんだ？　盗聴は？　尾行は？　犯人の目星は？　たれこみ屋はなんと言ってる？」

容疑者の見当もつかないというのに誰の電話を盗聴しろというのだろう？　たれこみ屋にしたたって何が言える？　犯人は変質者であって、麻薬の売人でもなければ、故買屋でもないのだから。

　そのままには告げなかった。

「実は大佐、検察局に通信傍受の許可を求めるだけの材料がまだないのです。それにもちろん、たれこみ屋は片っ端から締め上げてみましたが、誰も何も知りませんでした。本件の犯人は一般の犯罪者ではなく変質者ですから、これは割と普通のことかと」

「キーティ、わたしが何を言いたいのか君はわかってないようだな。我々は本件へのなんらかの対応を迫られているんだ。要は、どういう形であれ、誰かを逮捕せねばならんということだ。わたしは来年にはバーリを離れる身だが、本件を未解決のままにしてここを出ていくつもりはないからな」

　話はそこで終わりかと思いきや、大佐は少し間を空けてから、大切なことを言い忘れていたというふうにこう続けた。

「それに、君のキャリアにとっても、このままでは理想的なスタートとは言えないからね、親愛なるキーティ君。そこのところ忘れてくれるな」

　親愛なるキーティ君。

　キーティはその意味深な呼びかけを気にすまいとした。

「考えたのですが、誰か犯罪心理学者に協力を要請して、犯人の心理プロファイルを作成してみるというのはどうでしょう。ＦＢＩがそうした捜査手法をとると何かの資料で読んだ記憶が……」

大佐の声のトーンがまた高くなり、金切り声が余計に耳ざわりになった。

「何を言ってるんだ、君は？　心理プロファイル？　ＦＢＩ？　キーティ、犯罪者がそんなアメリカかぶれのいい加減な方法で捕まるわけないだろう？　捜査に必要なのはたれこみ屋だ。たれこみ屋と盗聴と管轄の徹底調査だ。作戦部の全人員を出動させて、各自のたれこみ屋を絞り上げさせろ。私服パトロールを夜通し続けろ。この変態野郎は必ず我々の手で挙げるんだ。機捜の連中に先を越されるな。今すぐ根性のありそうな隊員を集めて、本件の捜査に専念させろ。ＦＢＩとかＣＩＡが見たければ映画館に行け。わかったか《キアーロ》《キアーロ》？」

そんなにわかりやすい話ならどれだけいいだろう。キーティは思った。この大佐は、捜査と呼ぶに値する本格的な捜査は一度だってしたことがないのだ。コネで出世を重ねてきたので、省庁の快適なオフィス、大隊司令部、新兵訓練所のほかは何も知らないのだから。

捜査手法の講義は終わった。用はそれだけだったらしく、大佐はキーティに向かってもう下がってよろしいと手を振った。不愉快な召使いでも追い払うみたいな態度だった。

キーティは長年、父親が部下に対して同じように接するのを見てきた。傲慢《ごうまん》にひとを見下す、あの愚鈍な表情など瓜《うり》ふたつだ。

彼は立ち上がり、三歩後退すると、かかとを打ち鳴らした。

そして回れ右をして、ようやく退室した。

3

今夜も駄目か。

いつもと同じパターンだった。キーティはほぼすぐに眠りに落ち、二時間ほどはどんよりと暗い睡魔に包まれるが、頭痛で目が覚めてしまうのだ。鈍く痛むのは片方のこめかみと目のあいだで、右目側のこともあれば、左目側のこともあった。そのまま数分ベッドに留まるうち、痛みが増して、完全に目が覚めてしまう。毎回、その数分のあいだ、彼はかなうはずのない希望を抱いた。頭痛よ収まってくれ。自然と痛みだしたのだから、また自然と収まって、もう一度、僕を寝させてくれ、と。だが頭痛は決して収まらなかった。

今夜も同じだった。五分後、こめかみと目のずきずきをこらえつつ、彼は起床した。そして効いてくれよと願いながら、鎮痛剤を四十滴コップに垂らした。効くこともあったが、効かない時は猛烈な痛みが三、四時間続いた。五時間続くこともあった。そんな時は涙を流しながら、布でくるまれた金槌《かなづち》が情け容赦《ようしゃ》なく頭のなかで叩き続けるのを耐えるほかなかった。リズミカルに激しい痛みをもたらすそれは、まるで音のない狂気のドラムだった。

苦い薬を震えながら飲み干した。それからステレオを点け、ノクターンの一枚目のCDをセットすると、音量をほぼ最低限まで絞ってあるのを確認してから、肘掛け椅子に座った。ナイトガウン姿だ。部屋は真っ暗だった。頭痛の時は物音に増して光が耐えがたい。

椅子の上で嬰児《えいじ》のように膝を抱いて丸くなると、曲が始まった。母さんが昔、弾いていたのと同じ曲だ。ここと同じような、冷たくて誰もいない、いくつもの家で。あのころも僕は同じように膝を抱えて耳を傾けていた。その数分間だけは、心から安心して。

ルービンシュタインのピアノは水晶の質感をもって響き、様々なイメージを喚起した。月明かりに照らされた森のなかの空き地、家族の秘密、香りに満ちた暗がり、約束、そして郷愁。

今夜は薬が効いてくれた。

澄んだ音たちに包まれて、いつのまにか、しかし必要なタイミングに、彼は眠りに落ちた。

また朝が来た。また階下のオフィスに向かう時刻だ。いつもの建物の、息が詰まりそうに狭い、いつもの順路が待っている。官舎から売店へ、売店から作戦部各室へ、そして将校用食堂へ。帰りはその逆だ。

官舎の自室には官給品のわずかな家具とさらに少ない彼の私物が並んでいる。ステレオとCD、あとは本ぐらいなものだ。

入口のドアの横には全身大の鏡がかかっている。醜い、いかにも兵舎の備品という感じの鏡だ。

出勤前、ほぼ強制的に彼は、鏡に映った自分の姿と対面させられる。バーリに赴任して、官舎のその部屋に暮らしだしてからというもの、彼の身にはある現象がふたたび起きるようになり、時を追うごとに発生頻度が増していた。それは彼が十五から十六のころに繰り返された現象で、軍の寄宿学校で過ごした思春期の遠い迷路に捨ててきたはずのことだった。

鏡を見つめ、自分の身だしなみを確かめ、服装――ジャケットにパンツ、シャツにネクタイ――を確かめていると、何もかも壊してしまいたいという衝動にかられるのだ。鏡面も、そこに映った自分の姿も、全部。その衝動には冷たい怒りがこもっていた。目の前のありふれた鏡面に対する怒り、そこに映った全身像に対する怒りだ。鏡のなかの自分の姿は、彼が内面に抱えているそれとはあまりに異なっていた。彼のなかには尖《とが》った破片もあれば、細かな断片もあり、蒸気もあれば、白熱する火山礫《れき》もあり、影もあれば、輝きもあった。突然の悲鳴だってあった。そして、目を向けることすらできない深淵《しんえん》も。

今朝も同じ衝動を覚えた。それもかなり強く。

鏡を叩き割ってしまいたかった。

そして粉々に砕け散ったかけらに映る自分の姿を見てみたかった。

その朝はいわゆる作戦会議が予定されていた。相手は准尉がひとりと曹長がふたりで、彼らこそ、大佐の希望どおり編成された捜査班のメンバーたちだった。

「これまでに判明した情報を改めて振り返ってみたいと思う。捜査のヒントか何かが見つかるかもしれない。手持ちのカードは君たちもすべて把握しているだろうから、まずはひとりずつ意見を聞かせてほしい。五件の共通点に何か気づいたら、それも教えてくれ。まずはマルティネッリ、君から頼む」

マルティネッリは古参の准尉だ。伊達《だて》に年季は積んではおらず、気骨がある。三十年間の憲兵《カラビニエリ》人生を通じて、サルデーニャの山賊、シチリアとカラブリアのマフィア、赤い旅団のテロリストを相手に渡りあってきた。今は故郷に近いバーリで、定年前の最後の数年を過ごしているところだ。背が高く、体つきもがっしりしていて、頭は丸坊主で、両手は卓球のラケットのように大きく、やはりラケットのように硬い。唇は薄く、目は細かった。

このマルティネッリに目をつけられた悪党は必ず己の不運を恨む羽目になった。准尉は椅子を軋ませながら腰をずらした。居心地が悪そうだ。士官学校出の若造に命令されるのがきっと嫌なのだろう。キーティはそう思いながら、部下の言葉に耳を傾けた。

「中尉……俺にはわかりません。五件が五件ともサン・ジローラモとリベルタの二地区で起きていますが……いや、違うな、一件は――警察が調べているやつですが――あれはカッラッシ地区でした。何か意味があるかどうかはわかりませんが」

キーティの前には一枚の紙があった。マルティネッリの発言をそこにメモしながら、彼は考えた。僕は今、なんとか格好をつけようとしているだけだ。きっとこうすべきなのだろうと思うやり方で捜査の指揮を試みてはいるが、具体性に欠けていて、本で読んだことが頼りで、そして何より、映画で観たことが頼りだ。もしかするとあの馬鹿な大佐の言うとおりなのかもしれない。僕よりずっと経験豊かなこの三人だって、おそらくは完全に気づいているのだろう。キーティはその不快な思いつきを頭から追い出そうとした。

「君はどう思う、ペッレグリーニ？」

ペッレグリーニ曹長。小太りで近眼、会計士の資格を持っている。行動派とはとても言えないが、コンピューターを使いこなし、経理関連の書類を解読し、銀行の内部文書も読みこなせる数少ない人材のひとりだ。だからこそ作戦部に採用され、今も重宝されている。

「データベースを構築すべきだと思います。ここ数年に今回の事件のような鬼畜めいた真似をしたやつらをリストアップして、そのひとりひとりについて五件の事件が起きた夜のアリバイを調べましょう。そのなかに出所したばかりのやつがいないかもチェックします。もしかしたら一件目の直前に出てきたのがいるかもしれません。そうして確認していけば、とりあえずの捜査対象者がいくらか出来るはずです。この手の豚どもは悪い癖がまず治りません。懲役喰らったって駄目なんです。条件に一致する対象者が多ければ、わたしがコンピューターで専用のプログラムを使って情報を整理してもいいでしょう。捜査の進行に従ってデータを入力していって、クロスチェックすれば……要するに、よく出来たデータベースからは思いがけない成果が生まれることがあるんです」

そのとおりだ。些少《さしょう》なりとも見込みのあるアイデアにキーティは少し気分が明るくなった。

「カルディナーレ、君はどうだ？　何か気がついたかい？」

カルディナーレは通例より早く曹長に昇進した。憲兵隊では非常に珍しい、特別な功績を認められての特進だった。小柄で、痩せていて、まだ少年みたいな顔をしている。二年前、カルディナーレは非番の日にたまたま行った銀行で、強盗に出くわした。強盗は三人組で、ひとりは散弾銃を、残りふたりは拳銃を持っていた。彼はそのうちひとりを殺害し、ふたりを逮捕した。まるで映画のような話だが、すべて実際にあったことだ。死者が出てしまったことも含めて。死んだ犯人は十九歳の若者で、それが初めての強盗だった。死者よりもほんの少しだけ年上のカルディナーレは武勲を讃《たた》えられ、普通は殉職《じゅんしょく》した憲兵に授与される金メダルを授与され、曹長に特進したのだった。

変わった若者だった。大学の自然科学学科に在籍中で、そのため同僚たちから不信感と敬意の入り混じった目を向けられていた。あまりに無口なため、たまに口を開けば、ぶっきらぼうに聞こえてしまうこともあった。本当にそういう性格の可能性もあるが。黒い目ははしこく動き、謎めいた光を湛《たた》えている。

「いいえ、中尉」そこで彼は言葉を切った。いったん間を置いただけ、というふうに。いいえはあくまで前置きに過ぎず、胸のうちにきちんと用意された意見があり、それをこれから述べるところだ、そんなふうに聞こえた。しかし彼はそれ以上何も言わなかった。

会議はもう少しだけ続いた。そしてペッレグリーニの提案どおり、性犯罪の前科《まえ》があある者たちを調べることになった。対象者のファイルを集め、服役していた期間を調べ、犯行手法を確認し、写真を手に入れ――最近のものがなければ改めて撮影し――五件の現場付近でその写真を見せながら、聞き込みを始めるのだ。

どこかにたどり着けることを祈りつつ。

野放しの幽霊よりも先に。

4

ジュリアとは四月の頭に別れた。その二週間ほど前に僕は別の女性と寝た。

フランチェスコにある土曜日の朝に紹介されたひとだった。そのころにはフランチェスコと僕は、ほとんど毎日、ポーカー抜きでも会うようになっていた。俺たちは友《アミーチ》だちだ。彼はよくそう言った。アミーチという言葉を妙に強調しながら。友だちがあまり出来ず、僕の前にせいぜいふたりほどしかいなかったらしい。でもその数少ない友人について尋ねてみると、彼は毎度、言葉を濁し、逃げ腰になった。というより、プライベートに会話の矛先が向かうたび、彼はそんな態度を取った。

フランチェスコという若者は、実に人脈が豊富だった。そのこと自体は初めて会ったあの晩から僕も理解していた。ただ彼には本当に色々な階層の知人がいて、なかにはどうやって出会ったのか見当もつかぬような相手もいた。

まずはバーリの上流階級、いわゆるバーリ・ベーネの人々だ。医者や弁護士といった専門職の家々で、揺るぎない莫大《ばくだい》な資産を持ち、美しい娘たちが多い階層。そして商人と成り金たち。フランチェスコが僕たちの犠牲となるカモを探すのがこの階層だ。特定のクラブやアングラな店にたまるカウンターカルチャーの連中もいた。そして最後に裏社会の人間。裏カジノを稼業とする連中が主だったが、ほかの分野で稼ぐ者もいた。

彼は場になじむのがとにかくうまかった。一緒にいる人々に合わせて自分の立ちふるまいを調整し、しゃべり方を変え、歩き方まで変えた。誰とどこにいても——少なくともはた目からは——楽しげに見えた。

あの土曜日の朝、僕たちは昼食前に会う約束をしていた。約束のバールに行くと、彼はもうなかにいて、僕の知らない女の子ふたりと一緒に小ぶりなテーブルに座っていた。どちらもやたら派手な子で、化粧も香水も濃過ぎなら、服装も流行に合わせ過ぎと、すべてが過剰なふたりだった。

「マーラとアントネッラだ。こいつが例の友だちのジョルジョだよ」フランチェスコは言った。その顔には僕にはとっくにおなじみの笑みがあった。こっそり誰かをからかって楽しんでいる時の表情だ。

僕はマーラとアントネッラと握手をし、席に着いた。それからみんなで飲み物を注文した。

マーラは保険代理店の社員だった。アントネッラは歯科技工士になるための講座を受講中だった。ふたりとも年は二十を少し超えたくらいで、凄く訛《なま》っていて、煙草はKimを吸い、クロロフィル入りのガムを噛《か》んでいた。

僕たちは色々なことについておしゃべりした。興味深い話題ばかりだった。たとえば、星占いについて。ディスコに行くなら土曜日と日曜日、どちらがベストかについて。ふたりとも最近、恋人と別れたばかりで――どちらも退屈な男だったそうだ――今はとにかく楽しみたいと思っているという話もあった。これはマーラがした話だったが、ふたりはそれから僕たちの顔をまじまじと眺めた。こちらにメッセージがきちんと伝わったかどうかを確かめたかったのだろう。

天気のいい日で、やがてフランチェスコから海辺のレストランに食事に行こうという提案があった。女の子たちに異議はなく、四人でバールを出て、車を停めておいたほうに向かった。気づけば僕とフランチェスコは彼女たちの数歩先を歩いていた。

「昼が済んだらあのふたりを可愛がってやろうぜ」フランチェスコが小声で言った。

「何言ってんのさ?」僕も声を潜めて訊き返すと、彼はまるでこちらの声など聞こえなかったようにこう続けた。

「軽く飲ませてから、やっちゃうんだ。あれじゃ酒を飲ませる必要もないけどさ。とっくにやりたくてうずうずしている感じだもんな」

彼の言うとおりで、僕は笑いだしそうになった。何が愉快だったわけでもないのだが、ヒステリックな笑い声を上げたい衝動に襲われていた。それを無理にこらえたら、呆けたような笑顔になってしまった。唇が苦笑いみたいに歪む感覚があった。だから最初に思いついたことを言葉にして苦笑いをかき消そうとした。

「でも、どこで？」

「心配すんな。いい場所があるんだ。そっちの車で行こう。ＢＭＷはああいう女には効果てきめんだからな」

こうしてみんなで僕の黒いＢＭＷに乗った。実際、女の子たちはあの車がひと目で気に入った様子だった。僕たちは郊外の海辺のレストランに行き、ウニや貝といった海の幸を生で食べ、クルマエビのグリルを食べた。ワインは冷えた白だ。グラスが空き、ボトルが空くにつれて、四人の会話には性的なほのめかしが増え、表現もますます露骨に、下品になっていった。

その日、僕はフランチェスコの隠れ家めいた別宅の存在を初めて知った。２ＤＫで、家具はどれも新しく、内装はホテルの部屋みたいに没個性的だった。

午後四時、僕たちは、相当に酔っぱらったマーラとアントネッラをそこに連れこんだ。形ばかりの前置きもなければ、選択の問題すらなかった。アントネッラと僕は寝室に収まり、フランチェスコとマーラは居間に収まった。居間には大きな黒いソファーがあった。

寝室に向かう途中で一瞬、フランチェスコと目が合い、ウインクをされた。

あれはずいぶんと恥知らずなウインクだったが、その時は気づかなかった。気づくことができず、また気づきたくもなかったのだろう。だから僕は例によって間抜けな笑顔で応えた。

その直後、僕はアントネッラを抱きしめたままベッドに倒れこんだ。何より覚えているのは彼女の息のにおいだ。ワインと煙草のにおいがした。セックスをしながら――僕たちは長いこと、何度も交わった――アントネッラは僕のことを繰り返し愛し《アモ》いひ《ーレ》と呼び、そのたび僕は心のなかで、アモーレだって？　お前のことなんか知るもんか、誰だよお前？　と思い、また阿呆みたいに笑いだしそうになった。僕はこんな場所でこんな子と――こんなきれいな子と――やりまくっているのに、相手のことを何も知らない。そんなことも思った。彼女の名前が思い出せなくて、腰の動きを止めかけたことさえ何度かあった。

気まずくなるのが普通の状況だったが、僕が感じていたのは、むしろぼやけた狂喜とでも呼ぶべき感情だった。

一度、休憩のあいだに、僕とアントネッラは煙草を一本だけ点けて、一緒に吸った。向こうの部屋から聞こえてくる物音に彼女はくすくすと笑い、僕を肘で小突いた。それから卑猥《ひわい》な話まで始めたと思ったら、途中でいきなり口を閉じ、何かに集中するような妙な表情を浮かべたまま、しばし身じろぎひとつしなかった。

そして、おならをした。

細く長い音のおならだった。カーニバルで子どもたちが吹くおもちゃの笛みたいな音が、その見慣れぬ部屋の暗がりに響いた。

彼女はちょっと口元に手をやってから、こう言った。

「あら嫌だ。ごめんなさい。激しいセックスをすると、たまに出ちゃうの。どうしても我慢できなくて。今わたし、超リラックスしているからだと思うんだけど」

僕は唖然としてしまい、言葉もなかった。

そもそもそんな台詞に対して、どんな礼儀正しい返答があり得るというのか。

気にしないで、僕だってリラックスしたら、派手なおならを何発かするのがやっぱり好きだし？ 彼女に気詰まりな思いをさせたくないという、ただそれだけの理由で。

ね？ 気分と食事の内容によっては、一発ばかりげっぷが出ることもある
僕は何も言わなかった。それに彼女は、別に僕の助けなんかなくても、とっくに元どおりご機嫌だった。

それから彼女は片手をこちらの腹から股間へと滑らせた。僕は抵抗しなかった。

その晩、みんなでそこを出た時、僕は自分がジュリアのことを一秒たりとも考えなかったのに気づいた。

5

五月の初め、僕は民事訴訟法の試験を受けることになっていた。本来の試験期間よりも早めに受けられる先行試験だ。ただ試験日までの数週間、ほとんど勉強をせずに過ごしてしまった。試験当日、僕は夢遊病者のような状態で大学に向かい、受験票に必要事項を記入し、自分の番を待った。アルファベット順でひとり前の学生が呼ばれた時、僕は立ち上がり、そこを離れた。

そんなことは初めてだった。僕の成績表には満点の三十点しか並んでおらず、試験を欠席したことなんて一度もなかったのだから。

その五月の朝までは。

大学の校舎を出た時、僕の精神状態は少しまともじゃなかった。何が起きたのかよくわからぬまま、しばらく歩き回った。災厄がすぐそこまで迫っているという漠然とした予感だけがあった。

でもそのうちこう思った。ちぇっ、たまには仕方がないじゃないか。試験を受けなくて正解だ。ここのところ少し気が散っていて、ろくに勉強しなかったのだから。おかげで無様な真似《まね》をせずに済んだじゃないか。不合格になっていたら、成績の平均点にだって影響が出たろうし……等々。

よし、今日から二日ほど休んで、また勉強を始めよう。そして六月か、遅くとも七月には民事訴訟法の単位を取るんだ。この夏のうちに卒業というのは無理になったけれど、十二月には卒業しよう。それでも同じ学年の友だちの誰よりも早い。少し遅れたからってどうってことないさ。むしろ今までが飛ばし過ぎだったんだ。誰に文句を言われる筋合いもない。違うか？

そんなふうに考えてみたら不安が収まり、僕はいい気分で家まで歩いた。自分が元々、試験を受けることをひとに予告しない習慣の持ち主であることに感謝した。おかげで今日は、下手な嘘をつかずに済む。

僕は本当に二日間の休暇を取った。

続いて僕は休暇を延長した。勉強を再開する気にはまだなれなかったから。休暇はその後もさらに延長された。夜遊びが過ぎて、昼は睡眠に充てねばならなかったから。

そのうち、単純に、試験勉強のことは考えるのをやめた。

それに僕は数週間前から、まったく新しい科目の勉強を始めていた。

6

ある晩のことだった。停めた車のなかで一緒に煙草を吸い、どうでもいいようなおしゃべりをしていた時に、僕はフランチェスコにカードのトリックをいくつか教えてくれないかと頼んだ。こちらとしては軽い気持ちで言ってみただけだった。言うだけ言って実を結ぶことなく終わる、そんな話のひとつのつもりだったのだ。もちろん、彼のようにカードを操れたらいいなとは思っていたが、そんな頼みを彼が真剣に受け止めるわけがないと決めつけていた。

ところが彼は極めて真剣にこちらの頼みを受け止めた。

「本気で習いたいのか?」彼に問い返されて、僕は困ってしまった。フランチェスコという人間はいつだってひとの意表をつく反応をした。僕が真面目な話をすれば、彼はでたらめでも聞かされているみたいな態度を取った。するとこちらも調子が狂ってしまい、考えを改めてしまうのだった。確かにそうかもしれない、そこまで真面目な話ではなかったのかもしれない、と。

あるいはこちらは笑える話をしていたつもりなのに、彼は笑わず、むしろ驚き、ほとんど傷ついた顔をして、黙って僕をにらむ、ということもあった。それはごく真面目な話で、どこも笑えないし、茶化すべきではない、と説教されることもあった。すると僕はまたしても戸惑うか、気まずくなるかして、きっと彼のほうが正しくて、今度も自分は何かを見落としたのだろうと反省する羽目になるのだった。

　彼にはそんなふうに、なんにつけ反論の余地のない意見をずばりと述べる才があった。そしてその口ぶりには、自分の意見に同意せぬ者に対する軽蔑が必ず滲んでいた。この手のことを僕はあとになって理解した。当時は単純にこう考えていた。きっと彼のほうが、世界を把握し、色々な状況を把握する手段を僕より多く持っているのだろう。だからああして、なんでもうまく対処できるのだろう。

「カードを自在に操り、物を自在に操ることは、単に敏捷《びんしょう》で器用な手さばきの次元をはるかに超えた行為だ。手品師の真の能力、それは人々の心に影響を与える力だ。ひとつの手品を成功させるということは、ひとつの新しい現実を創り出すということなんだ。手品師が自分でルールを決める、もうひとつの現実だ。俺の言ってることわかるかい？」

「うん、たぶん。つまりそれは、思うに……」彼は僕の言葉を遮った。言うまでもなく、こちらの返事なんて興味なかったのだ。

「人生ってやつはマインドコントロールに次ぐマインドコントロールだ。そんなことはないと否定するやつは嘘つきか馬鹿だよ。問題はひとの心を操るか操らないかじゃない。意識して操るか、無意識のうちに操るか、のほうなんだ。たとえば、ここに新婚ほやほやの夫婦がいたとしよう。ある晩、帰宅した夫が妻に向かって言うんだ。昔の仲間で集まることになったよ、って。なんなら仲間たちにポーカーに誘われたことにしてもいい。出かけても構わないかい？　と夫は尋ねる。すると妻は答える。ええ、あなたがそうしたいなら、って。ただ彼女は答える前にちょっとためらい、顔には言葉とは真逆のメッセージを浮かべるんだ。だから夫は答える。君が嫌なら、僕は出かけないよ。ううん、平気、行ってらっしゃい。彼女は口ではまた外出を夫に勧める。でも顔はこう言っている。わたしのことなんてどうでもいいと思ってるから、あなたはひとりで出かけるのよね。そこで彼は困ってしまう。相反するふたつのメッセージを受け取ったからだ。そして苛立ち、何もどうしてもって話じゃないから、別に出かけなくてもいいんだよ、とまた言う。彼女のほうも口では、行ってくれて構わないと言い張る。結局、夫は罪の意識に負けて、今夜は出かけないと自分で決める。彼に妻を責めることはできない。なぜなら彼女は、そうしたければ出かけろと言ってくれていたのだから。愚痴をこぼすこともできない。何しろ出かけないと決めたのは彼自身なのだから。それゆえ彼は苦しむことになる。実は妻が夫の心を操ったのだが、ふたりともそうとは知らない。少なくとも意識はしていない」

僕は彼を見つめていた。いったい何が言いたいのだ？

「手品というものは――いかさまトランプとは、でもいいけど――日常的な現実の隠喩であり、人間関係の隠喩なんだ。誰かが何かを言い、同時に行動に出る時、そこで真に起きることは言葉と言葉の狭間、一挙一動の狭間に隠れている。特に一挙一動のほうだな。そしてそれは見かけとは異なっている。ただ手品の場合、行動に出た本人はそのことを自覚していて、事態の進行を自分でコントロールしているんだ。この世に起きる物事の本質、いわゆる真実ってやつは、世間一般の人間が感じるそれとはたいてい違う。なんにつけ物事は、俺たちがそうと信じ、見て、感じるのとは違う場所で、違う瞬間に起きるものなんだ。ひとの真意にしたって、表明されたそれとは違うのが普通だ。たとえば、世間の人間をいわゆる善行に導いた本当の誘因をひとつひとつ調べてみるといい。そうしてわかった事実がお前は気に入らないはずだよ。真実ってやつは耐えがたくて、ひと握りの人間のためのものだからな」

僕は口を挟もうとした。だが無駄だった。フランチェスコは概念を最後まで説明せねばならず、彼の演説は今まさに、彼が何よりも大切だと思っている段に差しかかろうとしていたのだから。

「たとえばポーカーだ。ポーカーのテーブルに着く者は別の人間をやっつけるためにそこに座る。悪意はポーカーには欠かせない要件だ。平凡なプレーヤーは幸運の女神が自分には優しく、敵には辛辣であることを願ってそこに座る。想像してみろ。この平凡君の前に誰かが——天使でも悪魔でもいい——現れて、次の試合でお前に大金を勝たせてやろうと告げたとする。そのかわり勝利の暁には稼いだ金の半分をよこせ、そいつはそう要求してくる。平凡君はどうしてそんなことができるのかと尋ねるが、そいつは心配いらないと答え、こう続ける。お前はただ、こちらの提案に乗るか乗らないか、それを決めるだけでいいんだ。乗るならば、俺に金の半分をよこす。それだけの話だ。

我らが平凡君はどうすると思う？　最初から勝つことがわかっているなんて、ポーカーのゲーム倫理に背くことだと言ってはねつける？　そんな提案をはねつける人間なんていると思うか？」

僕は煙草を一本抜き、火を点けた。すると一度吸っただけでフランチェスコに唇から引き抜かれ、横取りされてしまった。しかたなく僕はもう一本に火を点け、彼は話を再開した。

「平凡君は条件をきっと呑む。運命が最初から自分の味方だってわかっていても、彼はその試合のあらゆる瞬間を楽しめるはずだ。試合が終わって金を山分けする時だけは、若干不愉快な気分になるだろうが。

もうひとつ例を挙げよう。日曜ギャンブラーとプロのギャンブラーの試合だ。プロといってもいかさまのプロじゃない。本物の職業プレーヤーだ。プロにアマチュアが勝てる可能性はどれくらいあると思う？　俺たちを相手に勝負する時よりも確率は高い？　そんなことはないんだよ。どっちの場合も日曜ギャンブラーが勝てる可能性は同じで、つまりゼロだ。やり方は違っても結果は同じさ。運なんてまるで無関係なんだよ」

彼の緑色の瞳が、薄暗い車内できらめいていた。ほとんど根元まで吸った煙草の赤い火が彼の指のあいだに見えた。窓は左右とも下がっており、暑くも寒くもない穏やかな晩で、静けさをかき乱すのは、時おり通りかかる、マフラーをいじった原動機付き自転車くらいなものだった。

「俺たちがコンビを組む前、お前は普通にポーカーをしてきただろう？　でかい勝負でいいハンドが出来た時の興奮は覚えてるか？　それは、いわゆる運なんて無関係になった今のお前のポーカーでいいハンドが出来た時の興奮とどこか違っていたか？」

彼の言うとおりだった。忌ま忌ましいほど彼は正しかった。

「ひとは操り、操られ、だまし、だまされる。それも四六時中、そうと気づかないままにな。そして無意識のうちに傷つけ、傷つけられる。気づくのをみんな拒否しているんだ。そんなのきっと耐えられないから。手品は正直だよ。見かけと現実が異なることを最初からはっきり伝えているから。でもある意味では、大きく言えば、ポーカーでいかさまを働くのも正直なんだ。俺が言いたいのはつまり、運から状況の支配権を横取りして、俺たちが握るってことだ。お前ならわかるはずだよ。だからお前を選んだんだ。こんな話はほかの誰にもするものか。愚鈍で残酷な運というやつに俺たちは戦いを挑み、打ち負かしてやるんだ。わかるか？　わかるよな？　平凡なルールを片っ端から破って、運命の流れを自分たちで選ぶんだよ。俺とお前のふたりで」

フランチェスコは急に話をやめた。最後の言葉はいつになく甲高い声で発せられた。そして今は力尽きたようだった。彼は僕のポケットから煙草のパッケージを取ると、また一本火を点けた。前の煙草を消したばかりだった。ふたりとも吸い過ぎだと僕は思い、口のなかの嫌な味に気づいた。それからしばらくめまいのような感覚に襲われ、『全部たわ言だ。たわ言ばかりじゃないか』という言葉が脳内にこだました。奇妙な現象だった。なぜなら僕はその言葉を白い紙にでも書いてあるみたいに頭のなかで目撃すると同時に、やはり頭のなかで誰かが話しているみたいに聞き、しかも物理的な質感まである存在として感じていたのだから。

でも僕は黙っていたし、その言葉も、フランチェスコが煙草を半分近くまで一気に吸ってからまた口を開くと霧散した。

「教えるよ。こいつなら俺のやっていることを本当に理解できる、そう思って教えられる人間はお前だけだから」

僕がうなずくと彼は、悪いが家まで送ってくれと言った。ひどく疲れた様子だった。

僕はエンジンをかけ、カセットプレーヤーの再生ボタンを押した。ＢＭＷは照明の頼りない道を水銀のように滑らかに進んだ。

まだ若いレナード・コーエンの歌声が控えめなボリュームで車内に響いた。マリアンヌのことを歌った曲だ。フランチェスコはもう何も言わず、まっすぐ前を見つめ、心ここにあらずというふうだった。

突如として僕は孤独と恐怖を覚えた。凍えるような孤独と恐怖だった。そして何か子どものころのことを思い出した。でもその記憶は漠然としていて、しっかり捕まえる前に消えてしまった。朝、眠りと目覚めの狭間で見る夢みたいに。

それは決まって悲しい夢だ。

7

二日後、フランチェスコから電話があり、午後三時に会おうと言われた。レッスン開始だ。

僕はまだ彼の家に行ったことがなく、どんな感じか想像したことすらなかった。

そこは暗くて、息が詰まりそうな、集合住宅の一室だった。窓を閉め切った部屋に特有の饐《す》えたにおいがした。家具はどれも古いものだったが、まるで見栄えがしなかった。骨董品ではなくて、単にぼろい家具ばかりだった。

家のなかの整理は行き届いていた。でも、その片づき具合がどうもおかしかった。表層のすぐ下に何か場違いなものがあった。根本的に場違いな何かが。

フランチェスコが母親とふたり暮らしであることは知っていたけれど、彼女があんなに年寄りだったとはその午後まで知らなかった。痩せた顔がやけに恨みっぽく、刺々しかったのを覚えている。

フランチェスコは僕を自室に招き、ドアを閉じた。かなり広い部屋だった。そこだけは、家の残りの空間に漂うあの饐えたにおいもほとんどしなかった。子ども用の机が本で覆われていた。本は棚の上にも、床の上にもたくさんあって、ベッドの上にまで何冊かあった。西部劇の『テックス』と『スパイダーマン』の漫画本でいっぱいの大きな段ボール箱もひとつあった。壁はいずれも飾り気がなかったが、一枚だけ古いポスターが貼ってあって、ジム・モリソンの顔がどこか一点を見つめていた。夭折《ようせつ》の歌手の宿命を完全に予言するようなあの視線。

フランチェスコは何も言わず、僕の顔さえ見なかった。彼はたんすのひきだしを開け、トランプをひと組取り出すと、机の上に散らばっていた本を何冊かどかして場所を作ってから、僕に椅子を勧め、自分も別の椅子に腰を下ろした。そこで初めて彼は目を上げ、こちらを見た。そして長いことそのままの姿勢でいた。その顔にはどうしたらいいのかわからないとでも言いたげな、奇妙な表情があった。彼がそんなにも無防備に見えたのは初めてのことだった。僕は彼が愛おしくなり、ほろりときた。

それからようやく彼はトランプを机に置いた。

「うちの親父は俺が十三の時にこの家を出ていった。親父は母さんより年下だったんだけど、自分より若い女と駆け落ちをした。かなり年下の女だったよ。たぶん、そこまではよくある話なんだろう。その二年後、あいつは交通事故に遭った。その女と一緒にな。それでふたりとも死んじまった」

彼はそこで急に口をつぐみ、立ち上がって窓を開けた。そしてひきだしから灰皿を出すと、また座って、煙草に火を点けた。

「親父のことは今も許せない。いや、単に出ていったからじゃない。勝手に出ていって、俺をひとりぼっちにしておいて、その上、復讐の機会をこちらに与えずに死んじまったのが何より許せないんだ。死んだと知った時は変な気分だった。それに最悪な気分だった。どうしようもない辛さと凄まじい怒りを同時に感じた。逃げられた。そう思ったね。あの野郎、とんずらしやがった、って。実際に思い浮かべた言葉は別だったけど、とにかくそういう意味だった。それまで何度も妄想したんだ。大人になったらあいつにどう落とし前をつけさせてやろうか、って。そのころには俺は成功者になっていて、向こうはよぼよぼのじじいで、昔、捨てた息子との関係回復を願うかもしれない。でも、今さら都合よ過ぎだろ。そう言ってやりたかった。まだあんたが必要だった俺をひとりぼっちにした癖に、って。なのにあんなふうに死んじまうなんて、あんまり勝手だよ。借りを丸ごと残したまんまさ」

彼は自分の顔を両手で上下に何度もこすった。力をこめて、わざと痛めつけるように。

「畜生、俺はあの最低な親父が大好きだったんだ。家を出ていっちまった時は死ぬほど寂しかった。そうさ、俺はあれからずっと寂しかったんだ」

話は始まりと同じく、突然、終わった。彼はトランプの束を手に取り、片手で早業の練習を三つばかりやると、そろそろ始めようと言った。

彼の声は僕の聞き慣れたそれに戻っていた。表情もそうだ。

彼はトランプの束からハートのクイーンと、スペードとクローバーの二枚の10を抜き出した。

「スリーカードモンテは知ってるかい?」

三枚のカードを使ったギャンブルだということは知っていた。ただし実際に見たことはなかった。

「じゃあ、よく見ていてくれ。クイーンなら勝ち、10なら負けだ。クイーンなら勝ち、10なら負け」

彼は三枚のカードを机の上に静かに落として、横一列に並べた。左がクイーンだ。間違いない。

「クイーンはどこでしょうか?」

僕は人差し指で左のカードに触れた。めくれと言われてめくると、それはクローバーの10だった。

いったいどうやったんだ? 彼はあんなにゆっくりとカードを置いたのに、見間違えるはずがないと思った。

「もう一度」僕は頼んだ。

　すると彼はクイーンと片方の10を右手で取り、二枚を親指と人差し指のあいだと親指と中指のあいだに挟んで持った。もう一枚の10は左手で取り、親指と中指で挟んだ。

「クイーンなら勝ち、10なら負け。いいな？」

　僕は答えず、彼の指先に集中して、どんな動きも見逃すまいとした。彼は今度もゆっくりとした動作で三枚を並べると、クイーンはどれか当てろと言った。僕は今度も左のカードを指した。めくれと言われてめくると、今度も10だった。

　それから六、七回はゲームを繰り返したが、僕は一度もクイーンの場所を当てることができなかった。見ているうちに催眠術にかかりそうな、つかみどころのない動きを見せる両手の幻術にごまかされぬよう、あてずっぽうに選んでみても駄目だった。

　未経験者にあのフラストレーションを説明するのは難しい。ぱっと見は本当に単純なゲームなのだ。カードはたったの三枚。クイーンは間違いなくそこにあり、すべては目の前で、それこそ挑戦者の鼻先から数センチの場所で進行する。だというのに、クイーンは絶対に見つからない。

「このゲームで挑戦者が勝てる可能性は極めてゼロに近い。最初に覚えるのにぴったりなトリックだよ。大切な原理が全部すぐにわかるから」

　彼はスリーカードモンテのやり方を説明してから、二回か三回、前に輪をかけてゆっくりと繰り返してみせた。テクニックを僕に理解させるためだ。その時になっても僕は、もう仕かけも知っていれば、どこにクイーンがあるのかもわかっているはずなのに、つい間違ったカードを指差しそうになった。

次に彼は三枚のカードを僕に渡し、やってみるように言った。

僕はやってみた。繰り返し何度も。彼は僕のやり方を修正し、カードをどう持ち、どう落とせばいいか、視線はどこに向けるべきか――クイーンを見ちゃいけない――といったことを何から何まで教えてくれた。

彼はよき師であり、僕はよき弟子だった。

レッスンが終わった時、たぶん部屋に入ってから三時間は経っていて、両手が痛かったけれど、僕のスリーカードモンテはもういい線までいっていた。

僕はうっとりしてしまった。誰かに披露したくてたまらず、家に帰ったらすぐ親に見せてやろうと思った。フランチェスコはこちらのそんな胸のうちを察した。

「言うまでもないけど、どんな技も完全にマスターするまではひとに見せるなよ。手品をやって種を見破られるのは、むかつくけどよくあることだ。ただ、ギャンブルのテーブルでトリックがばれた日には、むかつくだけじゃ済まないからな」

僕は、よしてくれ、そんなの当たり前じゃないか、というふうに両手を上げた。まったく、言うまでもないことだった。

8

それは子どものころから繰り返し見ている夢だった。いつとも知れぬ過去についての夢、ひょっとすると現実にはありもしなかった過去の夢だ。夢の舞台はいずれも見覚えはないのに何やらほっとさせられる場所で、友好的な者たちがいた。そこには温もりがあり、希望があり、秩序があり、願望があり、興奮があり、光あふれる暖かな部屋があり、子どもたちが遊んでいて、聞き覚えのある声が微かに聞こえ、安寧があり、食べ物の香りと清潔な香りがした。

郷愁。少し悲しくて、甘い郷愁がその夢には漂っていた。

よく見る夢だった。筋らしい筋はなく、はっきり誰とわかる登場人物もいなければ、どことわかる場所も出てこない。にもかかわらず、そこが妙なところなのだが、その夢を見ていると、彼はとても落ちついた。

そうした夢のあとは、必ず最悪な目覚めが待っていた。

最悪な目覚めはいつも、母さんが死んだ時のそれと似ていた。

彼がもうじき九歳になろうというころだった。ある朝、目が覚めたら、家のなかがひとでいっぱいだった。でも母さんがいなかった。彼は、父親——大将——の部下の妻に預けられ、その家に連れていかれた。

「母さんはどこ？」

彼を預かった婦人はすぐには答えなかった。そして戸惑いと悲しみの入り混じった表情で彼をしばらく見つめていた。大柄な女性で、善良そうな顔が困っていた。

「あのね、お母さんは具合がお悪いの。今、病院なのよ」

「どうして？　何があったの？」男の子はそう言いながら、目から涙があふれ出すのを感じ、かつて覚えがないほどの絶望に襲われた。

「お母さんね、事故にお遭いになったの。それで今……危ないの」それ以上何も言えなくなって、女性は彼を抱きしめた。彼女は柔らかくて、彼の家のメイドと同じにおいがした。幼いジョルジョはそのにおいをいつまでも忘れなかった。

母さんは事故になど遭わなかった。

その前日の晩、父さんは出かけていて留守だった。よくあることだった。晩餐会《ばんさん》とか仕事とか、外出の理由はいくらでもあった。母さんが一緒に出かけることは滅多になかった。九時半ぴったりに、母さんはいつものように僕をベッドに入れ、いつものように額にキスをしてくれた。

それから母さんはその恐ろしく広い家——総司令官の官舎だから、誰よりも広かった——の僕の寝室から一番遠い場所まで行き、使用人用のバスルームにこもった。その手にはクッションがひとつと、何年も前に父さんに贈られた二二口径の小型拳銃があった。

誰も銃声には気づかなかった。クッションで消音され、やたら広くて陰気なあの家の暗い廊下を巡るうちにかき消えてしまったのだ。

まさにあの晩、三十歳になった母さん。

あれから母さんはずっと三十歳のままだ。

ジョルジョ・キーティ中尉は自分もそのうち壊れてしまうのだろうと思っていた。母親と同じように。あれは神経の病気だった。何年もあとに父親にそう説明されたことがあった。冷え切った、他人事みたいなあの声で。同情も、後悔も、何もこもっていないあの声で。

神経の病気。つまりは気がふれていたということだ。

そして僕は母さんによく似ている。それは間違いない。顔も同じなら、髪の毛の色も目の色も同じ。僕の顔つきにはどこか微かに女らしいところがあり、数枚だけ残されたピントの甘い写真を見ても、色褪《あ》せる一方の記憶のなかでも、母さんの顔つきにはどこか微かに男っぽくて、古風なところがある。

彼は正気を失うのが恐ろしかった。

自分は間違いなく母親のように壊れてしまう。そう確信する瞬間があった。きっと思考も行動もコントロールできなくなるのだろう。母さんがそうなってしまったように。狂気は僕にとって避けようのない宿命なのだ。その思いがどうにも頭を離れず、耐え切れなくなることもあった。

まさにそうした時、彼はスケッチをするのだった。

スケッチをし、絵を描くことは――ピアノの演奏とともに――彼の母親にとって、兵舎に隠されたあの家々における彼女の長く空虚な一日を埋める手段だった。常に過剰に清潔で、床は磨き上げられ、どこも同じワックスのにおいがして、物音ひとつせず、ひとの声もしない家々。

どの家も無慈悲だった。

ジョルジョはそうした点でも母親と同じだった。幼いころから複雑な絵の模写が得意で、思いついた空想上の動物をこの上なくリアルに描くのもうまかった。半分猫で半分鳩《はと》、半分犬で半分燕、半分竜で半分人間、等々。でも何よりも好きなのはひとの顔のスケッチだった。誰かの顔を見て、それを記憶に焼きつけておき、あとで――何時間あとでも、何日あとでも大丈夫だった――画用紙に模写するのだ。大人になってからもこれだけはよくやった。記憶を頼りにたくさんの人々の顔を描いてきた。そうした絵はどれも、彼が見た顔にそっくりなのにどこか違っていた。あたかも彼自身の不安と恐れが他人の顔だちに取りこまれてしまうみたいに。

無数の顔があった。気のふれた顔もあれば、不幸な顔もあった。冷たくて、よそよそしくて、近寄りがたい、まるで彼の父親のそれのような、非情な顔もあった。憂鬱《ゆううつ》と後悔を湛え、どこか遠くの一点をぼんやりと見つめる顔もあった。

9

データベースを利用した捜査からは何ひとつ成果が上がらなかった。彼らの追う連続レイプ犯と似たような手口の前科がある対象者は三十名ほどいた。レイプの常習犯数名と覗き屋や痴漢も対象に含めた。彼らは対象者をひとりずつ、全員調べた。

事件当時は服役中だった者もいれば、完璧なアリバイがある者もいた。体が不自由な者もいれば、老人もおり、どちらもその手の暴行事件を起こすには体のほうがついてこないはずだった。

最終的に三人の対象者が残った。アリバイもなければ、被害者たちが証言した犯人の断片的な身体的特徴とも矛盾しない三人だ。

キーティらは捜査令状を入手し、三人の家を捜索した。といっても、何を探せばよいのやら見当もつかなかった。とりあえず事件と関係のありそうな物をやみくもに探した。事件を報じた新聞記事の切り抜き一枚でもよかった。状況証拠とは言わずとも、捜査の糸口くらいは見つけたいところだった。

だが、大量のゴミとポルノ雑誌のほかは、何も出てこなかった。

彼らはひと月のあいだ、五つの事件現場周辺で聞き込みを行い、目撃者を探し回った。事件そのものは見ていなくても、直前に現場付近で待ち伏せをしていた怪しげな人影とか、犯行直後か、続く数日間に近くをうろついていた者はいなかったか。

キーティは何かで読んだことがあった。この手の犯罪者のなかには自分が暴行に及んだ場所の再訪を好む者がいると。暴行をまさにその現場で思い返し、暴力が与えてくれた全能感、支配の快感をふたたび味わうのだ。だから部下たちはもちろん、キーティ自ら、来る日も来る日も延々と歩き回り、商店主や守衛、門番や住人、郵便配達人や物乞いにいたるまで、写真を見せたり、質問を重ねたりした。

だが成果は皆無だった。

彼らが探しているのはひとりの幽霊だった。忌ま忌ましい幽霊め。キーティは頭のなかでそう呪いながら、目の前の部下たちに聞き込みの一時中断を命じた。六月の太陽が燦々《さんさん》と照らす朝のことで、五件目の事件から既に二カ月近くが過ぎていた。一連の事件が始まって以来、最も長い平穏な日々だった。口にはとても出せなかったが、いっそのこと、始まり同様、このままなんとなく終わってくれやしないかとキーティは願った。夜の頭痛が自然と収まることを祈る時と同じ気分だった。

二日後、六件目のレイプがあった。

キーティは夕食の時間にオフィスを出て、兵営を留守にしていた。番兵には二十四時までには戻る、何かあればポケットベルで連絡してくれと伝言してあった。そしていつものピザ屋に行ってから、町をぶらついた。いつものようにひとりで、行く当てもなく、ただふらふらと。

兵営に戻ったのは二十四時ごろ、一一二番通報があってから十五分が過ぎていた。ある男女が町で映画を観て帰宅する途中、古い公営共同住宅から泣きながら出てくるひとりの娘に出くわした。ふたりは憲兵隊《カラビニエリ》に通報し、現場にはただちに無線パトロール隊の車が二台急行、一台は被害者を乗せて救急病院へ、もう一台は男女を乗せて兵営に向かい、事情聴取を行ったのだった。

キーティが帰投した時、娘はまだ救急病院にいたが、治療はそろそろ終わるところで、まもなく部下たちが兵営まで連れてくることになっていた。

通報者の男女は――夫婦で、ふたりとも年金暮らしの元教師だった――有益な証言を何ひとつ提供できなかった。夫婦は映画館から帰宅するところで、歩いていたら嗚《お》咽《えつ》が聞こえたので振り向くと、ある建物の入口――わたしたちはその前を通り過ぎたばかりでした、と妻は付け加えた――から問題の娘が出てきたのだという。

その直前か直後に、誰か見かけませんでしたか？　いいえ、誰も見ませんでした。もちろん何台か車は通り過ぎましたし、わたしたちが彼女を助けようとしているあいだに通行人だってあったかもしれません。いえ、きっと誰かが通りかかったことでしょう。そう言い直したのは妻だった。夫婦のうち彼女のほうがリーダー格のようだった。でもその誰かを見かけたとまでは言えません。つまりそのひとの風体《ふうてい》は説明できないということです。

証言はそれだけだった。

夫婦が無益な供述調書にサインを済ませるころ、被害者の娘が五十前後の男性に付き添われて到着した。何がどうなっているのかまだ把握できていないという顔をしたその男性は、娘の父親だった。

彼女は小柄で、ぽっちゃりしていて、美人でもなければ、ブスでもなかった。どこにでもいそうな娘だ。机の前の椅子を勧めながらキーティは思った。

いったい何を基準に犠牲者を選んでいるのだろう？　キーティは考えていた。その横では、ペッレグリーニが例の新しい電子式タイプライターで供述調書の準備をしていた。それを使いこなせるのはペッレグリーニひとりだった。

「具合はいかがですか、お嬢さん？」そう尋ねながらキーティは、自分でも愚かな質問だと思った。

「ええ、少しましになりました」

「何があったのか、覚えていることを話してもらえますか？」

娘は答えず、うつむいた。キーティはマルティネッリ准尉と目を合わせ、小ぶりなソファーに座っている父親を視線で示した。マルティネッリは上官の意図を察し、父親に対して別の部屋に案内するから自分についてきてくれと丁寧に頼んだ。そう長くはお待たせしませんよ。

「お父さんのいる前で事件のことを話すのが嫌だったんじゃありませんか?」

娘はうなずいたが何も言わなかった。

「もしかするとそれは我々が相手でも同じかもしれませんね。男ばかりですし。なんでしたら女性の心理学者かソーシャルワーカーでも探して、同席させましょうか?」

言ってる途中からキーティは、こんな夜中にお前はどこで心理学者やソーシャルワーカーを見つけるつもりだと自分を呪った。しかし娘は、いいえ、結構です、ありがとうございます、と答えた。父親さえいなければいいという。

「では、覚えていることを話してもらえますか。ゆっくりで構いませんので、できるだけ最初から順にお願いします」

今夜は三人の友だちと一緒に出かけた。女ばかりで男抜きだったが、珍しいことではなかった。四人は中心街の店で飲み、おしゃべりを楽しみ、十一時半ごろ、彼女ともうひとりの娘が店を出た。明日はふたりとも大学の授業があって、あまり遅くなりたくなかったからだ。それで途中まで一緒に帰って、ふたりは別れ、それぞれの自宅を目指した。

いいえ、これまでは夜に女ひとりで帰っても、なんの問題もありませんでした。いいえ、こんな事件が続いてるなんて話、新聞で読んだことも、テレビで聞いたこともありません。

暴行の段階についてのカテリーナ——それが娘の名だった——の証言は当然、ずっと混乱していた。友だちと別れて五、六分は経っていた。彼女は普通の速さで歩いていた。事前におかしなことに気づくとか、誰かを見かけるといったことはなかった。歩いていたら、いきなり後頭部を何かで一度強打された。固い物だった。拳骨《げんこつ》か、何かの鈍器か。ちょっと気を失っていたようだった。気づけば、古い建物の玄関ホールにいた。男にひざまずかされた。ひどいにおいが漂っていた。ゴミと腐った食べ物、猫の尿のにおいがしたのを覚えている。男の声も覚えている。落ちついた、甲高い声だった。男は極めて冷静沈着だった。そして彼女に向かってあれこれと指示を出した。目を閉じて下を向いてろ、俺の顔を見ようなんて妙な気を起こすんじゃないぞ。言うことを聞かないと今ここで、殴り殺してやるからな。しかしそうした脅し文句も淡々としていて、まるで慣れた仕事でもこなしているみたいな口調だった。そして彼女は言われたとおりにした。

ことが済むと男にまた一発殴られた。強烈なパンチで、しかも今度は顔面を殴られた。それから、ここでおとなしくじっとしていろ、そして三百まで数えろと命令された。数え終わったら、立ち去っていい。さあ数えろ。俺に聞こえるように、大きな声で数えろ。彼女は命令に従い、三百まで数えた。あの、暗くて、臭くて、誰もいない玄関ホールで、大きな声で数えた。

いいえ、姿格好はわかりません。背は高かったような気がしますが、正確にはわかりません。

顔はちらりとも見ませんでした。

声をもう一度聞いたら、そいつの声だとわかりますか？

声ならわかります。彼女は答えた。あの声はきっと一生、忘れないと思います。

キーティは聴取を終え、調書にサインさせてから、娘に何か思い出したら兵営に電話をよこすよう求め、彼女のほうで何か必要になったら、もちろんその時も電話をしてくれて構わないと伝えた。娘は彼の言葉のひとつひとつにうなずいた。その動きは機械的で、少し調子の悪いからくり人形のようだった。

そして彼女は、やはりそんな感じの足取りで出ていった。

10

あの午後からカードのトリックの研究が僕の主な課題となった。いや、唯一の課題になったというのが正しい。

朝はいつも両親が出かけてから起きた。シャワーを浴び、服を着て、本当なら勉強せねばならない——そして親は勉強しているものと思っていた——法律関連書が机の上にきちんと並んでいるのを確認してから、トランプを取り出し、何時間も練習した。午後も同じだったが、もう少し慎重にやった。母親がたいてい家にいたからで、彼女を相手に次の試験はいつだとか、卒業はいつになるのかといった話をする羽目になるのは嫌だったから。

週に二回はフランチェスコの家にレッスンを受けにいった。お前には才能があると彼は言ってくれた。手先が器用だし、やる気もある、と。ほどなく僕は、以前には想像もしなかったようなことまでできるようになった。

特にスリーカードモンテだ。あまり上手になったものだから、いっそのことウンベルト広場の庭園にでも行って、その辺のベンチで適当な間抜けを相手にハートのクイーンの場所を当てさせてみようかという誘惑にかられたことも何回かあった。カードを混ぜるふりで実は最初とまったく同じ状態を維持するいかさまシャッフルも、三通りの方法で習得した。勝負相手にカードの束をカットさせたあとで、それを完全に元の状態に戻す技も覚えた。しかも片手だけで、不注意な観客を――あるいはプレーヤーを――だませる程度には上手にできた。

束の一番下のカードをごく自然な動作でまるで一番上から取ったみたいに配る技も覚えたし、シャッフルを細工するだけで自分の好きなカードを六枚、束の一番上に仕込めるようにもなった。フランチェスコならば二十枚まで仕込めたが、まあ、初心者にしては僕の六枚もたいしたものだとのことだった。

もちろん僕の腕はまだ真剣勝負でいかさまができるようなレベルではなかった。フランチェスコ並の完全な熟練にはほど遠かった。目を閉じたまま墜落をまったく恐れることなく綱渡りのできる彼の眩惑《げんわく》的な技術が僕にはなかった。

夜になっても僕はほとんどフランチェスコとしか出かけなくなった。あとは彼が選ぶ、その場限りの遊び仲間だけだった。以前の友人たちとは滅多に会わなくなった。彼らといても退屈だったのだ。自分が興味を持っていたわずかなことを話せなかったから。ポーカーの勝負のことも、ポーカーで稼いで派手に使っていた金のことも、カードトリックの腕前がどれだけ上達したかも。

そうこうするうちに暑くなってきた。春は終わりに近づき、夏がもうすぐそこまで来ていた。僕の人生と周囲の世界で、色々な新しいことが起ころうとしていた。マリアとの出会いもそのひとつだった。

それはある海辺の屋敷で勝負をした晩の出来事だった。その屋敷はトラーニ（バーリ北西約四十一キロの町）のそばにあった。

フランチェスコを招待したのは屋敷の主人だった。建設会社を経営する技師で、当局と係争中の訴訟をいくつも抱えた人物だった。この場合も、他のほぼすべての場合と同じく、フランチェスコがいったいどんな経路でそんな男と知り合い、屋敷に招待させることに成功したのか、僕には見当もつかなかった。年は五十前後で、僕の父親であってもおかしくなかった。きっと父さんはそんな比較を嫌がったろうけれども。

現地に着いて初めて僕たちは、屋敷でパーティーが開かれているのを知った。広さがテニスコートほどもある芝生の庭に、ご馳走《ちそう》を満載したテーブルが並んでいた。

屋敷に入ると、大広間らしき場所に、緑色のクロスをかけた小ぶりな円いテーブルがたくさん用意されていた。ポーカーのテーブルだ。勝負を楽しみにやってきた客がたくさんいた。でもただ酒を飲み、食事をし、音楽を聴いているだけの客も多かった。別のお楽しみのためにいる客もいたが、そのことに僕が気づいたのは宴も終盤になってからだった。男性客は例外なく僕たちよりかなり年上だった。ところが女性は僕たちと同年配の子が結構いて、みんな、ちょっと野卑な感じの初老の男たちと一緒だった。

フランチェスコは、例のごとく、完璧にくつろいで見えた。ポーカーが始まるのを待つあいだ、彼は数名の客からなる会話の輪をいくつも渡り歩いては、おしゃべりに加わっていた。まるで普段から彼らと毎晩つきあっているみたいな態度だった。

十一時ごろ、各テーブルのプレーヤーが揃《そろ》った。参加費がわりの強制ベット《アンティ》はひとり頭、五百万リラというのが、その賭場のルールだった。そんなとんでもない額から始まる勝負は僕たちも初めてだった。

あの晩は何もかもが桁違いだった。アンティがこの額じゃ、何が起きるかわからないぞ。そう思った記憶がある。

席に着いたあとになって、なんの前触れもなく、僕はパニックに襲われた。分不相応なくらい高レートで、自分なんかに勝てっこない、狂気のゲームに首を突っこんでしまったのではないかと急に恐ろしくなったのだ。手遅れになる前に逃げだしてしまいたい。このテーブルからも、この屋敷からも、その他もろもろからも。そんな衝動にかられた。

周りの人々の声が入り混じってぶーんというぼやけた音になり、何もかもがスローモーションで動いて見えた。

フランチェスコは僕がどうにかしてしまったのに気づいた。どうやって気づいたのかはわからないが、とにかく彼は気づいた。そこで——彼は僕の左隣に座っていた——テーブルの下から片手を僕の膝の少し上に置いた。そして、その手の感覚にこちらが飛び上がる間を与えず、太ももをぎゅっとわしづかみにすると、内側の柔らかで敏感な部分に指を食いこませた。

痛かったが、僕は必死に反応を隠さねばならなかった。それから、僕がテーブルの下に手を伸ばそうとしたところで、彼は太ももから手を放し、笑顔でこちらを見た。しばし僕は唖然として彼の笑顔を見ていたが、やがてパニックが収まっているのに気づいた。

僕たちは勝負を重ね、とてつもない大金を勝ち取った。コンビ結成以来の最高額だった。

時にひとはなぜか——これといった訳もなく——過去の出来事の細部を思い出せなくなる。カウンセラーに言わせれば、その手の記憶の選択的制限には何か無意識の理由があるということになるのだろう。実際はどうか知らない。確かなことは、あの晩いくら勝ったのか僕が覚えていないということだ。間違いなく三千万リラ以上だった。でも、そこで僕の記憶は機能を止める。三千二百万だったたか、三千五百万だったたか、四千万だったのか、あるいはもっとか？　まるで思い出せない。

いずれにしてもそれはその晩の最高額の勝ち額だったから、勝負が終わる前から、まだパーティーに残っていた客のあいだで噂が広まった。あのテーブルが今、物凄いことになっているらしいぞ、と。こうして少し観客が集まった。プレーヤーの背中に立たぬように彼らはテーブルから少し離れて、しかしゲームがよく見える程度には近くに立った。僕たちにとっては――僕とフランチェスコにとっては、という意味だが――その勝負はとっくに終了していた。大金のかかったゲームはすべて無事に終わり、稼いだ金はもう僕の懐に収まっていたからだ。

でも周囲には僕たちを見守る観客がいて、フランチェスコはひとりの手品師だった。そこで彼は特別に無料で、みんなを存分に楽しませてやることにした。また僕が勝つという展開はあり得なかった。いくらなんでもつき過ぎで絶対に疑われてしまう。何しろフルハウス二回、フラッシュ一回、フォーカード一回で何百万リラという大金のかかったゲームを四度も勝ったあとなのだから。一方、フランチェスコは、観客目線で見れば、大負けしていた。ならば、せめて一度くらいは、自分で自分に最高の手札を配る贅沢をしようではないか。彼はそう考えた。こうして最後の一周で我らが観衆は、エースのフルハウス（僕）と7のフォーカード（フランチェスコ）の対決を目撃する栄誉に浴したのだった。

はらはらどきどきするような最高のショーだった。最後にはフランチェスコも目を輝かせていた。何もやらせの勝負に勝ったからではない。ショーそのものに感動していたのだ。あの時、フランチェスコはマジックを披露する手品師だった。彼は自分のショーをまるで子どもみたいに楽しんでいた。

最高の大団円だった。自分がパニックになったのが嘘のようで、同じ晩ではなく、ずっと昔にあった出来事か、あんなことは実はなかったのではないかとさえ思った。

僕たちは清算を済ませ、席を立った。一番負けたのは屋敷の主人だったが、どうってことなさそうな顔をしていた。金には不自由していなかったのだろう。

もう相当に遅い時間だったが、屋敷にも庭にもまだ客がいた。フランチェスコは姿をくらましていたが、そうした状況では珍しいことではなかった。

僕は腹が減って、何か食べ物は残っていないだろうかと考えていた。

「あなたって、運がいいのはギャンブルだけ?」低くて、ほとんど男みたいな声がした。訛りを隠そうとしているみたいな、やや気どったしゃべり方だった。僕は振り返った。

栗色の髪、ショートカット。よく日焼けしていて、美人ではないが、大きな灰緑色の瞳が蠱惑《こわく》的だった。年は僕よりも上。それもかなり上だった。三十五くらいではないかと思いつつ、僕は答えに迷って、彼女を見つめていた。実際は四十ぴったりだとあとで知った。

「僕は運がいいんじゃない。腕がいいんだ。それにギャンブルだけの話じゃないよ」

「腕がいいからあんな大金をせしめたっていうの？　自分の腕であんなふうに勝つ方法はひとつしかないわ」

彼女はいったん黙った。

「いかさまね」

金縛りにあった気分だった。実際、筋肉ひとつ動かせず、言葉も声にならず、彼女に目の焦点を合わせることすらできなかった。

ばれてしまった。僕たちのことを訴えるか、脅迫するつもりだ。火矢のように脳天を駆け抜けたのはそんな考えだった。かっと頬が熱くなるのがわかった。

「嫌だ、ただの冗談よ」

いかにも楽しげな声だったが、直前の発言が本当に冗談だったのかどうかうまく判断のつかない声だった。

「わたしはマリア」彼女は名乗り、手を差し出してきた。そこで手を握ると、やけにきつく握り返された。日焼けした手首にはプラチナのブレスレットがきらめいていた。青い石がついたブレスレットだ。大きな石だった。宝石のことは今もよくわからないし、そもそもその晩はわからないことだらけの僕だった。それでも、このブレスレットを買うには今夜の僕たちの稼ぎ全部でも足りなさそうだと思った覚えがある。

「ジョルジョだ」僕は答えた。頭が機能を回復し、マリアの顔だちがまたはっきりと見えてきた。

「つまりあなたは腕がいいのね、ジョルジョ？　リスクを冒すのは好きなほう？」

「好きだよ」僕はためらいがちに答えた。ほかに答えようのない質問ではないだろうか？

「わたしも好き」

「リスクって……どんなリスクが好きなの？」

「トランプのリスクじゃないわ。あれはまがい物だから」

馬鹿なことを。一度、二千万か三千万、大負けしてみればいいんだ。大勝ちしたっていい。まがい物かどうか、それからまた聞かせてもらおうじゃないか。

そんなことは言わなかった。考えてみただけだ。実際には、たぶん君の言うとおりなのだろう、でも君が何を言わんとしているのか僕はもっとよく理解してみたい、というようなことを言った。そう言いながら彼女を改めて観察すると、細かなしわが目尻にたくさんあって、口角にもいくらかあった。表情の変化が実に豊かな女性だった。頬骨のラインがくっきりしていて、笑顔になると真っ白な歯が見え、獰猛《どうもう》な感じがした。

彼女はフランチェスコとどこか似ていた。仕草か、話し方か、話のテンポか。正確にどこだったのかはよくわからない。とにかく彼女と話していると、その何かが現れたり、消えたりした。もしかするとまっすぐに相手の目を覗きこんだかと思うと、即座にそらす癖かもしれない。それはひとを惹きつけながら、同時に突き放す何かだった。

彼女の言うまがい物ではないリスクがいったいどんなものなのか、マリアは説明してくれなかった。彼女はあいまいなことばかり言い――自分の言動について説明を求められた時のフランチェスコとまったく同じ反応だった――そのたび『もちろん、わたしが何を言いたいかわかるでしょ？　そうよね？』という顔でこちらを見つめた。

もちろんだとも。

おしゃべりをしながら僕と彼女は庭に出て、飲み物を選んだ。

マリアには熱心にジムに通う人間特有の雰囲気があった。彼女に夫があり、十五歳の娘がいると聞かされて、僕が信じられないと言うと、彼女は微笑んだ。向こうが望んでいたとおりの言葉をこちらが返したからだ。

夫は高級車のディーラーで、州内にいくつもショールームを持っている。出張で家にいないことが多い。そんなことを彼女はこちらの目を直視しながら言った。僕が耐え切れずに目をそらし、ワインをひと口飲まねばならなかったほど強烈なまなざしだった。

庭でそのまま座っていたら、フランチェスコがやってきて、僕たちの前に立った。すると彼とマリアのあいだで妙な目配せが素早く交わされた。あまりにも妙だったので、ふたりを互いに紹介するのを忘れたくらいだった。それから彼が僕に声をかけた。

「ここにいたのか。十五分は探したぞ。そろそろ行こうぜ。もう四時になるし」

「ちょっと待っててくれ。すぐ行くから」僕は答えた。

彼は車で待っていると言い、マリアに無言で挨拶をすると、離れていった。

僕は改めて彼女と向き合ったものの、困ってしまった。また会えるか彼女に聞きたいのに、こちらにはその時間もなければ、どうすればいいのかもわからなかったからだ。つまり、相手の女性に夫がいる場合、どうアプローチすべきなのか、僕には見当もつかなかった。ところが彼女のほうは落ちついたもので、何をどうすべきかもよく心得ていた。

彼女はポーカーのテーブルのひとつから、勝ち負けの記録と計算に使うブロックメモを取った。そして電話番号をひとつ記すとメモを切り取り、僕に渡して、午前九時から午後一時のあいだであれば、いつでも気軽にかけてほしいと告げた。

僕は誰に挨拶することもなく屋敷を出て、駐車場でフランチェスコと落ち合い、車を出した。そして時速百九十キロで飛ばした。彼はシートを倒し、薄目を開けていた。

時おり口元にふっと笑みが浮かぶのが見えた。ひとを小馬鹿にしたような、いつもの笑みだ。道中、僕たちは最後までひと言も口をきかなかった。

寝る前に服を脱いだら——外はもうほとんど朝だった——左ももの内側に痣が出来ていた。恐怖に取り憑かれた僕の目を覚ますためにフランチェスコがわしづかみにした箇所だった。

11

翌朝――日曜日だった――僕は当然、寝坊をした。わずかに開いたドアの隙間から料理の香りと我が家のにおいが部屋のなかまで流れこんできていた。腹が減った、起きよう、そしてまっすぐテーブルに向かおう。そう思った。目が覚めてすぐに昼食をとるのが僕は前から好きだった。普通は元日とか、わずかな特別な機会にしかできないことだ。

起床直後にその朝すべきことを決めねばならぬストレス――特に日曜日の朝はひどい――から完全に解放された心地よさがある。

いいぞ。

ところが、まだベッドから出ぬうちに、じわじわと妙な不安が迫ってくる感覚があった。ある種の罪悪感と、差し迫った災厄の予感が一緒くたになったような嫌な感じだ。

ついにばれてしまうのか。今から起きて、テーブルに着くと、僕の顔を見た父さんと母さんがとうとう気づいて、僕の恥ずべき行いの一切が露見するのか。

そう思ったら、悲しくなり、郷愁にかられた。できるものなら、あのいつもの、家庭的な喜びを静かに味わいたかった。でもそれが永遠に失われたことを僕は理解しつつあった。

だから僕は――にわかに、しかし一心に――願った。どうか母さんと父さんが家にいませんように。なぜなら今朝ふたりに会えば、絶対に見抜かれてしまうから。理由は自分でもわからなかった。どうしてよりによってその日曜日の朝なのか。ただ、とにかく必ず見抜かれるという確信があった。

ベッドを出て、顔を洗い、さっと着替えて、食堂に向かった。そのあいだもあの嫌な感じは肌の下でずっと蠢いていた。蟻走感《ぎそうかん》のようでもあれば、不快な微熱のようでもあった。

食事の支度はもう出来ており、テレビの画面には非現実的で、見る者を不安にする映像が流れていた。

その日は一九八九年の六月四日だった。李鵬《リー・ポン》の軍隊が天安門で学生たちを虐殺した日だ。僕が何千万リラという大金をいかさまポーカーで勝ち、四十歳のどん欲そうな女性といちゃついていたころに彼らは殺されていたんだ。そんなことを思った。

ほとんどの放送時間を北京の事件に割いた長いニュース番組をテレビで観たのを覚

えている。その記憶は一種のオーバーラップのあとで、父さんの姿に変わる。ローストビーフの最後のひと切れをいつまでもフォークでいじっている姿だ。

父さんはその肉片を食べもせずにひたすら皿の上で移動させていた。時おり赤ワインをすすっては、また肉片をポテトピューレの細かな残りかすのあいだで動かすという動作が繰り返された。母さん自慢のポテトピューレだな、と思ったが、そんなことを考えている場合ではなかった。

僕は待っていた。母さんも待っていた。母さんの顔なんてとても見られなかったが、僕にはわかった。彼女の不安がひしひしと伝わってきたから。

ついに父さんが口を開いた。

「お前、何か大学のほうがうまくいってないのか？」

「どうして？」僕は驚いたふりをしようとして、大げさに聞き返してしまった。大根役者もいいところだった。

「最後に試験を受けたのはもう去年だろう？」

父さんはゆっくり、ぽつりぽつりと話すひとだった。父さんの顔に目をやると、そこには苦悩の跡があり、しわがあり、見たくなかった心痛があった。だから僕は目をそらした。父さんは言葉を続けた。

「どうなっているのか、俺と母さんに教えてくれないか？」

とても言いにくそうだった。僕にその手の問いかけをせねばならぬ日が来るとは思ってもいなかったのだろう。それまで僕は問題らしい問題を起こしたことがなく、勉強に関する問題も皆無だった。問題児は姉の役目で、両親にしてみれば彼女ひとりで十分というところだったのだ。なのに、お前はどうしてしまったんだ？

その時、ようやくわかった。ふたりは僕の異変について、何が起きているのかと、これまでに何度も、長い時間、話し合ってきたのだ。はたして僕に問いかけてよいものか、事態を余計に悪化させるだけではないか、散々迷ったのだろう。

僕の示した反応は、いかにも不意を突かれた愚か者らしいそれだった。自分の犯した過ちを認める勇気のない人間の反応だ。つまり、ふたりを罵ったのだ。

卑怯《ひきよう》なふるまいだった。両親は僕より弱かったし、まさに親であればこそ、誰よりも無防備だったのだから。

僕が何をしたって言うんだい？　まだ二十二なのに、卒業まであと一歩のところまで来ているんだぞ？　それが少しペースを落としたくらいでなんだよ？　馬鹿馬鹿しい。ちょっとスランプに陥る権利も僕にはないの？　どうなんだよ？

ひどいことを散々わめいてから、僕はとうとう立ち上がった。ふたりはずっと無言のまま座っていた。

「出かけてくる」そう言い捨て、僕は出ていった。

ふたりに腹が立ってならなかった。向こうの言い分が正しかったからだ。そして自分にも腹が立ってしかたなかった。

僕は怒りに震え、ひとりぼっちだった。

翌朝、月曜日の九時半に、僕はマリアに電話をかけた。

12

僕の声を聞いても彼女は驚かなかった。これっぽっちも。きっとその朝、僕から電話があると知っていたみたいな対応で、今日は用があるから明日の朝に会いましょう、と言われた。

明日の朝、来てね。そう、うちへ。もちろん、念のために先に電話をかけて。わかったよ。じゃあ、明日。うん、明日。チャオ。チャオ。

通話が終わってから、僕はしばらく受話器を握ったままでいた。会話が実に単刀直入で、遠回しな表現のひとつもなかったことに呆気に取られていた。僕はいったいどこに向かっているのだろうかと思った。

とりあえず翌日は、彼女の家だった。

念のためにまず電話をかけること。

いくらかでも体裁を取り繕うための言葉を彼女は一切発さなかった。遊びにきてちょうだい、おしゃべりでもしながら、何か飲みましょう、といった台詞はなく、明日の朝、来てね。それだけだった。

こちらは空しさと、単純で愚かしい興奮が入り混じった気分だった。

そんな奇妙な脳内化学反応の結果、頭脳がショートを起こし、スローモーションがかかったような状態になった。何か考えようとしてもまともに頭が働かなかった。頭のなかでイメージの連続再生が勝手に始まり、速度は遅いのに制御ができなかった。母さん。父さん。現実よりも年を取ったふたりの顔。ふたりを画面からなんとか追い出したら、今度は姉さんが出てきた。姿はぼんやりしていて、目を凝らしてもよく見えない。

つまり、僕は実の姉の顔が思い出せなかったのだ。でも悲しかったので、彼女も追い払った。母さんたちほど苦労はしなかった。ところが今度はかわりにフランチェスコが入ってきた。彼の姿もぼやけていた。それから過去の光景が次々に切り替わり、時をさかのぼっていった。中学時代の思い出の数々、小学四年の夏休みの一日目（よりによってなぜあの日で、どうして僕はそんなものを覚えているのか？）、大泣きをする男の子の姿、僕がまだ小さかったころの何かのパーティーでの出来事だ。どうしてあの子は泣いていた？　男の子のことがかわいそうでならなかったが、僕は助けてやれなかった。その子を年上のふたり組の男子が意地悪な顔で馬鹿にした時も何も言えなかった。僕は見て見ぬふりをして、ひどく屈辱的な思いをしただけだった。さらに時を遠くさかのぼったイメージが続いた。あまりに遠くて区別ができないほどだった。しかもどれも動きが遅かった。

何もかもがやけに遅くて、耐えがたいほどだった。

僕のなかで何かが崩壊を続けており、やがて我慢の限界が来た。

自分の部屋に行って、ダイアー・ストレイツのカセットをかけた。ノップラーのエレキギターが静寂を追い払い、僕の頭を侵しつつあったものすべてを追い払ってくれた。僕はトランプを手に取り、練習を始めた。音楽が終わっても、やめなかった。それ以外の物事は一切価値がないみたいに。二時ごろ、帰ってきた母さんが玄関のドアに鍵を差す音がして、ようやくやめた。手がどちらも痛んだけれど、頭のほうはもうすっきりして、落ちついていた。

結氷した湖のように。

食事のあと、僕は寝た。睡眠は効果的な逃避手段であり、最高の天然麻酔薬だ。起きたら六時近かったのと、前日の両親との衝突のあとでは家にいるのも嫌だったのとで、すぐに出かけた。

六月にしては、暑くなかった。行く当てもなく歩き回るうち、気づけば本屋にいた。

いつものパターンだ。

常連の仲間はひとりもいなかった。というより、僕が入った時、客はひとりもいなかった。

陳列台と書棚のあいだを歩きだしてから気づいた。もはや本にすら僕は関心を失っていた。

本屋に来たのは、飲み屋かカフェに行くのと同じで、単なる習慣的な行動だった。ほかにどこに行けばよいのかわからず、フランチェスコ以外の誰とも会わなくなっていたから、誰と会えばよいのかもわからなかったからだ。しかも、彼と会う日取りは向こうが決めることになっていた。

僕は何冊かの本を手に取り、ぼんやりとページをめくった。でもそれは機械的な動作に過ぎず、どこまでも退屈で空虚な行為だった。

好奇心を覚えたのは、ゲームと趣味のコーナーで『手品大全』という本を見つけた時だけだった。聞いたこともない出版社の本で、見かけたのはあとにも先にもそれきりだ。カードトリックの章を開いてみた。でも解説されていたのはホームパーティーの余興レベルのたわいもないトリックだけだったので、がっかりして元に戻した。

それから『ジャグリング完全マニュアル　ボールからクラブ、ディアボロ、トーチまで』を読んでみようとしたところで、僕の名字を呼ぶ声がした。恥ずかしいくらい大きな声だった。

「チプリアーニじゃないか！」

僕は声の聞こえた左手を見た。声の主は小太りな男だった。僕を呼んだ時、向こうは公募試験対策本の棚の前にいた。素朴な笑みを顔に浮かべてこちらに近づいてくるその顔を見るうち、誰だか思い出した。マストロパスクア。中学時代の同級生だ。異論の余地なくクラス一の馬鹿とみんなにみなされていた男。でも成績はクラス最下位ではなかった。試験のたび、彼はラバのように頑固に一日八時間も勉強して、全科目で及第点を取ることに必ず成功したからだ。

彼と僕が友だちであったことは一度もなかった。三年間を通じてせいぜい三十語も言葉を交わしたかどうか。それも大半は毎週土曜の放課後に路上サッカーをやっていた時に限った話だったはずだ。

彼と会うのは中学最後の筆記試験日以来だった。

近くまで来ると、彼は僕を抱きしめた。

「チプリアーニ」彼はまた僕の名字を呼んだ。愛情のこもった声だった。やっと見つけたぞ、懐かしの親友よ、とでも言いたげな声だ。

そうして何秒も僕を拘束してから――こちらは本屋に誰か知りあいが入ってきて、

その光景を目撃されるんじゃないかと冷や冷や物だった——マストロパスクアはようやく解放してくれた。

「会えて嬉しいよ、チプリアーニ」

僕の声が次のように答えるのが聞こえた。

「僕もさ、マストロパスクア。元気だったか？」

「おかげさんでね。ケツはいつだってばっちり安全さ《センプレ・コル・クーロ・コペルト》」

ケツはばっちり安全。それは中学時代の僕たちが愛用していた言い回しだった。マストロパスクアの語彙《ごい》はあのころからたいして変わっていないようだった。

「そっちこそどうだい、ケツはばっちり安全か？」

僕はあのころの仲間うちの言い回しをあれこれと思い出していた。僕のほうは高校に進学すると同時に捨てて、さっさと忘れた言い回しだった。明らかにマストロパスクアは違ったのだろう。もはや誰も使わなくなったとはいえ、多くの意味と示唆にあふれ、懐かしい思い出を喚起してくれる言語として大切にしてきたらしい。

「もちろん。いつだって、ケツはばっちり安全さ」また僕の声がまるで他人の声みたいに答えた。

「だよな、チプリアーニ。ああ嬉しいな。今はどうしてるんだい？」

いかさまポーカーで稼いでる。勉強はやめたよ。明日、四十のおばさんと寝る予定だ。あとは両親を泣かせてる。だいたいそんなところかな。

「法学部をもうじき卒業するよ。そっちこそどうなんだ？」

「マジかよ。法学部をもう卒業？　さすがだな、中学のころからいかにも弁護士になりそうだったもんな。口頭試問だって凄くうまかったし」

弁護士になるつもりなんて到底ない、そう答えそうになったが、やめておいた。自分が将来何になるかなんて、以前ほどはっきりした考えはなくなっていたから。すると彼が話を続けた。

「俺は獣医学部に入ったんだけど、難しくてさ。だから最近じゃ公募をあれこれ受けてるんだ」

棚から取った本を見せられた。『国家警察官採用試験対策』という題名だった。

「公務員はいいよな。なれたら大学なんてさっさとやめてやるよ。それこそ一生、ケツはばっちり安全だもんな」

僕はうなずきつつ、彼の名字しか思い出せないことに気がついた。カルロだったか？　いや、それはアッピナンテの名前だ。あいつもかなりぶっ飛んでたな。

ニコラか？

ダミアーノ。

ダミアーノ・マストロパスクアだ。

マストロパスクア、モレッティ、ニグロ、ペッレッキア……。

「サッカーはまだやってるのか、チプリアーニ？　右サイドバックだったよな？」

もう何カ月もボールを蹴っていなかった。そう、ポジションは右サイドバックだ。マストロパスクアは頭脳明晰《めいせき》ではないが記憶はよかった。

「ああ、ずっとやってるよ」

「俺もだよ。週に一度、土曜の午後にヤピージャ地区のグラウンドで。トレーニングには一番だもんな」

トレーニングね。自分の視線が彼の太鼓腹へと下がるのを止められなかった。ズボンのサイズは54というところか。身長は百七十前後。彼はこちらの視線を気にしなかった。

「チプリアーニ、知ってるかい？」

「何を？」

「俺の中学時代の最高な思い出のひとつは、フェッラーリのやつの授業で空想的な作文を書かされた時にお前が書いたあの笑える話なんだ。ほら、先生もクラスのみんなも全員、動物とか怪物に変身させたあれだよ。あのフェッラーリが十点満点をつけてさ——満点なんてあの時限りだったよな？——それからみんなの前で読んでくれたじゃないか。あれは笑ったなあ。笑い死ぬかと思ったよ。フェッラーリまで笑ってたもんな」

いきなり僕は過去に吹きこまれて十年前に連れ戻された。渦巻きに吸いこまれて十年前に連れ戻された。

国立ジョヴァンニ・パスコリ中等学校。オラツィオ・フラッコ高等学校、通称『イル・フラッコ』と同じ建物にあった。窓にはひとつ残らず鉄格子が入っていて、これはいつかある男子生徒が起こした事故が原因で取り付けられたものだった。その少年はくだらない賭けに乗って、建物の外壁を飾る軒蛇腹《コーニス》の上を歩きだしたのだが、つい途中で下を見てしまったのだ。僕は当時まだ小学生だったけれど、校舎の隅々まで聞こえたという悲鳴の話は年上の少年たちから聞かされた。その悲鳴は何百人という少年少女たちの血と青春の日々を凍りつかせた。

パスコリ中学とオラツィオ・フラッコ高校は寒い学校だった。正面に海があるために、立て付けの悪い窓からすきま風が吹きこむのだ。だから十一月から三月にかけては本当に寒かった。フェッラーリ先生の姿を思い出しながら、僕はふたたびあの寒さを肌に感じ、鋭い風音を聞き、あの独特なにおいを――埃《ほこり》と木と少年たちと古い壁のにおいが一緒くたになったものを――嗅いだ気がした。

フェッラーリ先生はとても優秀な教師で、いい意味で有名だった。彼女のクラスに我が子を入れたくて、親たちはコネを使って推薦を求めたものだ。

美しい婦人だった。目は青く、白髪を短くカットし、頬骨のラインがくっきりとしていた。声は低くて、煙草のせいで少ししわがれていて、ピエモンテふうの訛りが微かにあった。年齢は僕が中学生のころ、五十歳から六十歳のあいだだった。

先生は一九四五年四月二十六日、おそらくまだ二十になって間もないころに、パルチザンの山岳部隊と一緒にジェノバの町へ入城している。手にはイギリス製の機関銃を抱えていたそうだ。

中学の三年間、先生が怒ったところを見た覚えがない。彼女は怒りをあらわにする必要もなければ、声を上げる必要さえない、そんなタイプの教師だった。

いけないことを言うかするかした生徒があれば、先生は相手をただじっと見つめた。たぶん何か言葉も発したとは思うのだが、僕が覚えているのは先生の視線と頭の動きだけだ。ゆっくりと首を振りながら、首から下はぴくりとも動かさず、不運な生徒の目を見つめるのだ。

先生は怒る必要なんてなかった。

僕の作文がもらった十点満点は異例な高評価だった。フェッラーリ先生は普段、最高でも八点しかくれなかったからだ。九点だって滅多になかった。生徒の作文を彼女が教室で読み上げるというのも――しかも笑い話だ――例のないことだった。

それに、彼女まで読んでいて笑いをこらえ切れなかった箇所があったというのは本当だった。

数学と科学の教師を自分がどんな動物に変身させたかは覚えていない。でもきっと面白かったのだろう。なぜなら先生がそこでいかにも楽しそうに、声を上げて笑った覚えがあるからだ。あんまり笑ったもので、朗読を中断し、作文用紙を教壇に置いて、両手で顔を覆ってしまったくらいだった。クラスのみんなも笑っていた。僕も一緒になって笑ったけれど、僕の笑いは主に、得意満面な表情をごまかすためだった。当時、十一か十二だった僕は、大きくなったら有名なユーモア作家になってやろうと思った。とても幸せだった。

マストロパスクアが何か言う声で過去のイメージはかき消えた。話題を変えたらしく、よくわからなかったが、僕は力強くうなずき、目を細めて、笑みを浮かべた。

「一度、盛大に同窓会をやろうよ。公募の試験が済んだら、俺がみんなに声をかけるからさ」

同窓会か。そいつはいいや。すぐに一度やって、次回は三十、その次は四十になった時にでもやればいい。僕はまたうなずき、改めて微笑もうとしたが、自分の笑顔が引きつりつつあるのがわかった。チプリアーニ、お前って相変わらずの読書家だな、会えてよかった。

僕もさ、嬉しかったよ。またな、チプリアーニ――僕たちはハグを交わした――ああ、また会おう、マストロパスクア。

彼は警察官採用試験の対策本を持ってレジに向かった。僕は同じ本棚の前に残り、ブリッジの本を眺めるふりで、元同級生が本屋を出るのを待った。振り返ると彼はもういなかった。元来た場所にまた吸いこまれて消えたのだろう。それがどこであるにせよ。

そこで僕も立ち去った。海岸通りまで歩き、何かから逃げるようにさらに進んだ。町はずれまで来て、最後の建物の前を通り、ある移動式の売店まで来た。そこが南の果てで、散歩でその先まで行く者はまずいなかった。僕は売店でビールの大瓶を三本買い求めると、最後の一本の街灯を支える石の台に腰かけた。海に向かって座ったが、特に何を眺めるつもりも、考えるつもりもなかった。

そのままそこでビールを飲み、煙草を吸って、長いこと過ごした。日の光はゆっくりと薄れていった。とてもゆっくりと。水平線もやはりゆっくりと淡くなっていった。いつまで待っても日が暮れず、しかも僕には行く当てがなかった。時々、もうこのまま立ち上がれない、蜘蛛の巣か何かにからめ捕られたみたいに、きっと身じろぎひとつできない、という予感がした。

あたりが暗くなってやっと僕はその花崗《かこう》岩の台を下り、座っていた場所にビールの空き瓶を立て、海に向けて一列に並べた。そして、きびすを返して歩きだす前に、紺青色の背景を前に立つ、その三つの赤紫色のシルエットをしばし眺めた。そこに並んだ瓶には何か意味があるはずだと思った。海の前で平衡を保ち、誰かに倒されるのを待っている、その三本の瓶には。

当然、そんな意味なんて見つからなかった。そもそも意味があったとすればの話だが。

家までは歩いて一時間近くかかった。頑張って早足で歩いても、それだけかかった。疲労と酔いで朦朧《もうろう》としながら、うつむき、目の前の歩道だけを見つめて歩いた。それから長いこと眠った。暗くて、深い眠りで、不可解な夢をいくつも見た。

13

火曜の朝は雨が降っていた。同じ調子で降り続け、なかなかやまぬ雨だ。六月にしては珍しいことだった。

雨音で早くに目が覚めてしまい、あとはもう眠れなかった。ベッドを出たのは八時になるかならないかという時刻だった。電話をかけるにはまだ早過ぎたので、なんとか時間を潰さねばならなかった。そこでゆっくりと朝食をとった。歯を磨き、髭を剃った。それから服を着替える前に、まだ早かったので、自分の部屋を片づけることにした。

ラジオを点け、ＣＭをあまり挟まず、イタリアの曲ばかりかける局を見つけてから、作業に取りかかった。

古い新聞や雑誌、もう不要なメモやノート、机のひきだしの奥に重なっていたがらくた、いつからそこにあったのか、ベッドの下に忘れられていたぼろいスリッパを集め、大きなゴミ袋ふたつにまとめた。本は本棚に片づけ、マグリットの『光の帝国』

のポスターを貼り直した。相当前から粘着テープ一片だけで壁から斜めにぶら下がり、今にも剝《は》がれそうになっていたのだ。濡《ぬ》れ雑巾で埃まで拭き取った。子どものころ小遣い目当てに家事を手伝ううちに覚えた技だ。

そしてシャワーを浴び、着替えると、まっすぐ電話のところに向かい、迷う前にかけた。

またしても単刀直入な会話が待っていた。業務連絡みたいなものだ。すぐに来る？うん、行くよ。家までの道順を教えてくれないか？　電話番号からして彼女の家は町の郊外、カルボナーラ地区のあたりではないかと僕は見込んでいた。説明を聞くと、予想どおりだった。カルボナーラ地区から二キロほど行った、有名なテニスクラブのあたりだという。なるほど、金持ちの屋敷が並ぶエリアだ。

家を出た時、雨は相変わらず同じ調子で、一面灰色の空から降り続けていた。僕は車に乗りこみながら、町の中心部を出るまでに三十分はかかるだろうと考えていた。渋滞の度合いは最悪な日のそれだった。普段の僕であれば苛立つところだ。ところがその時は、長いこと車に乗ったままでいることになると思うと、逆に心が落ちついた。渋滞で動けなくなった車のなかで、ラジオを家で見つけたのと同じ局に合わせて、音楽を聴きながら、何も考えず、その半端な時間をどう活用することもなく過ごす、というのは悪くない考えに思えた。

こうして僕の車はゆっくりと町を横切っていった。二重駐車の列のあいだを抜け、発展途上国ばりにひどい水たまりのあいだを抜け、半袖シャツに黒い傘を差して不機嫌な顔をした人々とレインコート姿の市警のあいだを抜けて。僕はラジオを聴きながら、フロントガラスにびっしりとついた細かな雨滴を払うワイパーの単調な動きを目で追いかけていた。そのうち自分がワイパーの動きに合わせて頭を微かに振っているのに気づいた。そんなふうにして件《くだん》のテニスクラブ付近まで来た時、自分でもどこをどう通ってそこまでたどり着いたのかよくわからなかった。

屋敷の庭は、高さが二メートルはある黄土色のレンガの壁で囲まれていた。壁の上からシトロンの生け垣が顔を覗かせ、モスグリーンとターコイズの中間的な緑色に輝いていた。残りの世界は白黒に見えた。

僕は車を降り、インターホンのボタンを二度押すと、返事を待たずに車に戻った。そしてその瞬間に思った。これじゃまるで誰かにプログラミングされたとおりに動いているみたいだ、と。自分の意志で決めた動作などひとつもなかった。

自動開閉式の門はすぐに、音も立てずに開いた。なんだか夢に出てくる門みたいだった。

門からの並木道をゆっくりと進むうち――道の奥、まだ遠くのほうに、二階建ての屋敷が見えていた――いきなり不安になった。非現実的な気分に圧倒され、逃げだしたくなった。

とにかく何もかもが現実離れしていて、自分とは完全に無関係なことに思えた。背の高い松並木のあいだを車はゆっくりと進んでいたが、僕はUターンすることにした。ところがバックミラーを見れば、門が、開いた時と同じように、音もなく閉じるところだった。

車はそのまま勝手に前進して、屋敷に到着した。

ポーチにマリアが立っていて、右手を指差した。最初、彼女が何を言わんとしているのかわからず、脱出路を示しているのかと思った。予期せぬ問題でも起きて——夫か?——そっちから逃げろという意味だと思ったのだ。僕はパニックになりかけながら、同時にほっとしていた。

それからまもなく気づいた。彼女は車を停める場所を指示していただけだった。ツタで覆われた屋根付きの駐車場があって、そこに停めた。いつからあるのか見当もつかぬほどおんぼろなランチアの隣だ。黒っぽい小型車もあった。マリアの車だろう。

駐車場からポーチまで歩きながら、僕はスローモーションで動いているような気分だった。そのあいだも雨は僕の上に降り続けた。

彼女は、いらっしゃい、入って、と言うと、僕が挨拶に答えるのを待たずにさっさと家に入った。なかは異様なほどきちんと片づいていて、芳香剤入りの洗剤のにおいが漂っていた。

キッチンで僕たちはフルーツジュースを飲んだ。それから少しおしゃべりをしたが、彼女の話で覚えているのは、午前中は誰も家に上げたくないので、メイドは昼食の時間に来ることになっていて、僕がその時間までに出ていかないといけない、ということだけだ。

そうしてまだキッチンにいるうちに彼女が唇を重ねてきた。彼女の舌は硬くて、肉厚で、乾いていた。僕の到着直前に首につけたらしい香水のにおいがした。つけ過ぎな上、ひどく甘い香りだった。

そこから寝室までの順路は覚えていない。もちろん夫婦の寝室ではなかったはずだ。来客用の寝室だったのかもしれない。あるいは浮気相手とのお楽しみ専用の部屋か。清潔で、きれいに片づいていて、ベッドがふたつ並び、明るい色の木材で出来た家具がひとつあって、庭に面した窓がひとつあった。窓からは二本のヤシの木が見え、木の向こうには生け垣が見えた。

家のなかは静かで、外からはぱらぱらという雨音しか聞こえてこなかった。車の騒音も、人声も何も聞こえず、本当に雨音だけだった。

マリアの体は筋肉質で痩せていた。ジムで相当鍛えたのだろう。エアロビクス、ボディビルディング、あとは何をしていたのか。

でも途中で、仰向けになった僕の上で動く彼女を見ていたら、乳房に妊娠線があるのに気づいてしまった。その瞬間のイメージは——あの老いた乳房と鍛え抜いた体の組み合わせは——今も写真さながらにはっきりと記憶に刻みこまれている。拭い去ることのできない、悲しいイメージだ。

僕の体に密接した彼女が一定の動作を規則正しく繰り返すあいだ——こちらも体操でもするみたいに動いていた——あの甘過ぎる香水のにおいに加えて、何か別のにおいがしていた。香水ほど人工的ではないが、同じくなじみのないにおいだった。

終わりに近づくと、彼女は愛しいひと《アモーレ》と僕に呼びかけた。一回。二回。三回。何度も何度も彼女は僕をそう呼んだ。しかも間隔がどんどん短くなっていった。子どもの遊びに似ていた。同じ言葉をひたすら繰り返すうちに、脳が軽くショートして意味がわからなくなる、あの遊びだ。

アモーレ。

終わったあと、僕は煙草が吸いたくなったけれど我慢した。彼女が嫌いだと言っていたからだ。そこで裸で仰向けになったまま、身じろぎもせず、彼女の話を聞いていた。向こうも裸で、仰向けだった。彼女は時おり片手を太もものあいだに入れ、石けんでも塗るみたいな仕草をした。

彼女は話し続け、僕は天井を眺め、雨はやまず、時間は流れるのをやめたみたいだった。

それからの記憶は完全に欠落している。自分がまた服を着て、その部屋まで来た時の順路を逆に進み、彼女と次回以降の約束をして、別れを告げるまでの記憶がまったくない。あの朝のいくつかの光景は克明に覚えているのに、残りはすべて失われてしまった。それも即座に。

外に出ると、まだ雨が降っていた。

14

六月のあの火曜日まで、僕の記憶は時系列に沿って普通に連続している。それから先は、出来事のひとつひとつが奇妙に加速しだし、リズムも不規則でシュールになっていく。記憶に残っているのはたくさんの断片的な場面ばかりで、カラーの場面もあれば、白黒の場面もあり、たいていはある種の夢と同じで無音だが、場面の動きと合っていない奇怪な音が聞こえる場合もある。

そうした場面を僕は外側からしか眺められない。いわば観客の視点だ。あれから何年ものあいだ、僕は頭のなかで何度も、自分の経験した状況に戻ってみようとした。記憶の場面を実際に自分がいたのと同じ視点から改めて眺めてみたかったのだ。でも、成功したためしがない。

今もそれは同じだ。こうして書きながら、僕はあきらめずに試みている。でも今度はうまくいったと思ったとたん、必ず、目には見えないゴム紐《ひも》か何かに弾き飛ばされ、元いた場所がわからなくなってしまう。そしてふたたび同じ場面に焦点が合った時には、また観客になっている。視点は前と別で、もっと接近していることもあれば、遠ざかっていることもある。時には、これがちょっと恐ろしいのだが、上から俯瞰《ふかん》していることもある。

なんにせよ、常に観客の視点だ。

マリアの元にはよく通った。たいてい午前中だったが、夜のこともあった。彼女の家はいつだって静かで、恐ろしく清潔だった。そこを出ていく段になると僕は必ず軽い吐き気に襲われ、不快感を乗り越えたくて、もう二度とここには来るまいと自分に言い聞かせた。

だが数日もすればまた彼女に電話をかけていた。

両親とのそのころの会話はひとつも覚えていない。ふたりとは極力会わないようにしていたし、会っても目をそらしていたからだ。

家には毎晩遅くに帰り、毎朝寝坊をした。それから家を出て、海かマリアの家に行くか、単純に車で町を出て、エアコンをかけ、音楽をがんがん鳴らしながら適当に流した。そして夕方には帰宅して、シャワーを浴び、服を着替えてからまた出かけ、夜遅くまで帰らなかった。

ポーカーの勝負の場面はたくさん覚えている。僕たちのスペイン旅行前後の勝負だ。エアコンの利いた紫煙にかすむ部屋での勝負もあれば、誰かの海の別荘のテラスや庭での勝負もあった。クルーザーの上でも一度やった。

そして一度、とある娯楽同好会《チルコロ》でやった。要は裏カジノだ。あの勝負は一生忘れられないと思う。

フランチェスコは基本的に裏カジノでの勝負を避けていた。危険で、無用なリスクにわざわざ身をさらす羽目になるから、というのが彼の説明だった。チルコロやカジノは常連が多い。麻薬中毒者のたまり場と似たようなもので、みんな顔見知りだ。だから月に四、五回、多い時には六回も試合をする僕たちのペースではすぐに目立ってしまう。ほぼ毎回、僕が大勝ちするのも、僕とフランチェスコがいつも一緒なのもそのうち気づかれる。そのうち誰かにじっくり観察されて、僕の勝ち額がでかいのは、決まってフランチェスコがカードを配る時だと気づかれてしまうというのだった。

だからそうした場所を避けて僕たちは勝負していた。次々に新しい賭場と初対面のカモを見つけるフランチェスコの驚異的な才覚のおかげだった。バーリを出て遠征することも多かった。相手はたいていアマチュアで、次に会うことがあるとしても一度、雪辱戦につきあう時だけだった。

いったいどうやってフランチェスコがあんなに多くの勝負を共通の知人が皆無な人々だけを相手に手配できたのかは今も謎のままだ。

ただ時を経るにつれ、テーブルを囲むプレーヤーの人種が少しずつ変わっていった。

当初は必ず金持ちが相手だった。それも相当な金持ちだ。ポーカーで五、六百万負けようが、いや、一千万負けようが、不愉快は不愉快でも、本人にとっても家族にとっても悲劇というほどではない者ばかりだった。ところが、やがてそうした大金持ち――彼らは徐々に減っていった――に混じって別の人種がテーブルを囲むようになった。しがないサラリーマン、僕たちと似たような大学生、ただの工員、果ては年金暮らしの老人まで姿を見せるようになり、そのうち彼らばかりになった。時には貧乏人に毛が生えた程度の者までいた。また時には本物の貧乏人もいた。貧乏人も金持ちと同じように負けたが、彼らにとってそれは完全に同じことではなかった。

事態は僕と彼が最初に交わした約束とは違う方向に進みつつあり、勝負のたび、足下の地面が徐々に崩れていく感触があった。

崩壊の先に何が待っているのかは知りたくなかった。

そのチルコロの入口には、ランニングシャツ姿の丸禿げの男がいた。背中から黒々とした濃い体毛がはみ出していたのを覚えている。ニコラに会いにきたと僕は男に告げた。実はニコラが誰かも知らなかったが、フランチェスコからそう言えと指示されていたのだ。男は目だけ動かしてあたりの様子をうかがうと、なかに入れとあごでうながした。まずは広間を横切った。古いエアコンがうるさい音を立てるばかりでまるで利いていない部屋で、一見無害そうなゲーム機が十台ばかり並んでいた。インベーダーゲームやカーレースや銃撃戦のゲームなんかだ。その晩、ゲーム機で遊んでいたのはほんの数人で、それがみんな大人だったので、僕はそこを歩きながら、彼らはどんなゲームをやっているのだろうかと考えるでもなく考えていた。フランチェスコの説明によれば、その手のゲーム機にはたいてい特殊な装置が組みこまれていて、装置のスイッチを入れると――リモコンでオンにするか、なんの変哲もない小さな鍵を使うものもあるとか――この上なく危ないビデオポーカーに変身するのだそうだ。客が店主にちょっと遊ばせろと申し出たとする。それが初めての客であれば、店主は、うちにはビデオポーカーなんて置いていないとぶっきらぼうにあしらう。私服の刑事か憲兵《カラビニエリ》かもしれないからだ。だがなじみの客か誰かの紹介があれば、店主は件の鍵を使うかリモコンのボタンを押すかして、画面を切り替える。ビデオポーカーは一度の賭け金はほんの数千リラでも、それを何時間も延々とやり続けて、何百万という大金をすってしまう者たちも少なくない。例の特殊な装置に十五秒間、通電がないと、画面は自動的に元の無害な合法ゲームに切り替わる。誰かの絶望した妻から匿名《とくめい》の手紙でも届いて、警察の立ち入り検査があったとしても、警官が目にするのはそちらの画面というわけだ。

ゲーム機の広間の次はもっと狭い部屋で、ビリヤード台が三つ並んでいた。球を突く者はなく、エアコンも広間よりはやや利いていて、また別の男に、誰に会いにきたのかと尋ねられた。僕もまたニコラだと答えた。

男は僕にそこで待っていろと命じ、部屋の奥にあった小ぶりな金属製のドアのところまで行くと、インターホンを通じて何か伝えたが、僕には聞き取れなかった。それから一分もせぬうちにフランチェスコがドアから顔を出し、僕に入れとうながした。コードでぶら下がった裸電球ひとつでかろうじて照らされた廊下を彼のあとについて進み、狭い上に急な階段を下りると、ようやく目的地に着いた。そこは天井の低い地下室で、緑のビロード張りの丸テーブルが六台か七台あって、一台を除き、既に席が埋まっていた。部屋の奥にはバーカウンターのようなものがあり、いかにも悪そうな、やつれた感じの老いた男がなかに立っていた。

そこはエアコンがよく利いていた。むしろ利き過ぎなくらいで、入ったとたんに肌が粟《あわ》立った。客が盛大に煙草を吸い、換気はエアコンだけが頼りの部屋らしい饐《す》えたにおいがした。各テーブルの上には緑色のしゃれたランプがひとつずつ吊り下がっていて、しけた郊外の裏カジノを本格的に見せようと頑張っていた。結果、全体の雰囲気はシュールでもあり、わびしくもあるといったところだった。薄暗い地下室、黄色い光の傘、立ち昇る紫煙が絡み合って出来た何やら不吉な感じの渦、そんな光と闇の狭間でテーブルを囲む者たち。

僕たちはカウンターに向かった。そこでフランチェスコから、やつれた老人と凡庸な見かけのふたりの男を紹介された。そのふたりが僕たちの対戦相手だった。もうひとり、まだ来ていない相手がいた。その晩は五人でプレーすることになっていたのだ。そいつを待つあいだ、フランチェスコがその賭場のルールを教えてくれた。

テーブルをひとつ使うためには五十万リラを店長に支払う。僕たちは五人だからひとり十万リラずつとなる。引き換えに先方からは新品のカードをひと組とポーカーチップのセットと一杯目のコーヒーが提供される。僕たちには翌朝までプレーする権利がある。追加でコーヒーや酒、煙草などがほしければ、その分は別途支払う。最初の強制ベット《アンティ》は五十万リラで、勝負が終わったら、稼いだ金の五パーセントを店主に残していくこと。これはもちろん勝者の義務だ。

五人目の男性はそれから何分かしてやってきた。彼は苦しそうに息をつき、古びた白いハンカチで顔の汗を拭いながら、懸命に遅刻を詫《わ》びた。何もかもが微妙にずれた感じのする男性だった。襟が妙な形をした白いシャツは三十年は前の物に見えた。灰色の髪は少し伸び過ぎで、左手の人差し指と中指は煙草のやにで黄ばんでいた。

深く黒い隈《くま》に囲まれた目はやけに従順そうで、時々ちらっと怯えるような色を浮かべた。髭は剃りたてで、アフターシェーブのにおいが僕に遠い子ども時代の何かを彷《ほう》彿《ふつ》とさせた。祖父の顔だったか、おじの顔だったか、とにかく、僕がとても小さかったころに既に立派な大人だった誰かの顔に嗅いだにおいだ。それは過去からやってきた何かだった。

彼自身、過去からやってきた人物のようだった。ネオリアリズム映画か白黒のテレビニュースから飛び出してきたみたいだった。

彼は弁護士だった。少なくともそのように僕は紹介された。名字は覚えていないが、みんなは弁護士《アッヴォカート》先生と呼ぶか、ジーノと呼びつけにするか、ジーノ弁護士《ラッヴォカート・ジーノ》と呼んでいた。

五人でテーブルを囲むとまずコーヒーが出て、カードとチップセットが届いた。十万リラの利用料を払おうと思い、財布を出そうとしたら、フランチェスコに視線とわずかな頭の動きで止められた。そこは、先払いを求めるような賭場ではなかったのだ。誰が元締めであったにせよ、金が足りずに清算できない客の扱いには慣れていたのだろう。

それから僕たちは何時間も勝負を続けた。間違いなく普段よりもずっと長かった。あの晩を振り返る時、僕に見えるのは紫煙のもや、電灯の明かり、そして影だ。もやのなかにかいま見えるのはジーノ弁護士の顔と仕草だけ、しかも、ばらばらに切り離されたおびただしい数のフィルムのコマに映ったそれだけだ。残りふたりのプレーヤーは顔も名前も覚えていない。仮に次の日に再会したとしても、僕はふたりに気づかなかったのではないか。

勝負の最初から最後まで僕はあのひとばかり見ていた。年は少なくとも五十は超えていて、呼吸が苦しげで、常に煙草に――MSの一番きついやつを吸っていた――火が点いていて、一見、何事にも動じなさそうな表情の男性。そんな彼のことがどういう訳か気になってならなかった。

このひとは髭を剃ったばかりなんだなとまた思ってから、勝負のためにわざわざ剃ってきたのだと気づいた。こんな煙くて汚らしい地下室で、僕も含め、色々な愚か者や悪人と肩を並べて博打を打つために。

父さんと同じ年格好じゃないか。やがてそう気づいて、僕は気まずくなった。

ゲームに負けて賭け金を失うたび、あのひとは口の左端をぴくりと震わせた。でもまたすぐに笑顔に戻り、『心配ご無用！　本当にまったく心配いりません。一度負けたくらいでなんですか！』とでも言いたげな表情を浮かべるのだった。

彼は何度も何度も負けた。勝負にことごとく乗ったからだ。几帳面《きちょうめん》であると同時に熱狂的な戦い方だった。汚らしいチップという形でテーブルに置かれた金のことなどうでもいいみたいだった。もしかすると、ある意味、本当にそう思っていたのかもしれない。あのひとは金とは違う何かのためにそこに座っていたのかもしれない。

それでもあのひとがテーブルの中央にチップを置く時の毎度大げさなほど丁寧な手

つきには、どこか熱に浮かされたような、病んだところがあった。しかもそうして賭けたチップは、ゲームが終われば、彼の手元にはまず戻ってこないのだった。あのテーブルに僕とフランチェスコがいなかったとしても、彼は同じように負けていたはずだ。

試合が終わったのは明け方の四時だった。僕たち五人が席を立った時、ほかのテーブルはもう空で、ランプは大半が消えていて、あたりには灰色がかった不気味なもやが漂っていた。

当然、僕が勝ち、凡庸な外見のふたりの片方も僕ほどではなかったが一応勝った。あとでフランチェスコが説明してくれたのだが、そいつは借りを作ると危ない相手だったらしい。それに機嫌を損ねるのもまずかった。だからわざと勝たせたのだそうだ。例によって彼は、ごたごたは一切抜きで、万事順調に進むようにことを運んだのだった。

残りの三人は、フランチェスコも含めて全員負けた。特にジーノ弁護士が派手に負けた。あのひとは何本目になるとも知れぬ煙草を、ほとんど空になったくしゃくしゃのパッケージから抜き、火を点けた。そして僕に向かってこんなことを言った。あなたさえよければ負け分は小切手で払わせてほしい。こんな大金はもちろん持ち合わせてないから。それにあなたさえよければ、小切手には少し先の日付を振り出し日として書かせてほしい。心配はご無用、近々ある顧客から報酬を受け取ることになっているので。なに、二、三日で片づく話です。いずれにしても、あなたさえよければ、念のために日付は一週間後にさせてほしい。僕は問題ないと答えた。でもなんとなく、フランチェスコの顔は見られなかった。

やつれた老人への支払いをみんなで済ませ、借りを作ると危ないという、あの凡庸な外見の紳士に対してフランチェスコが現金で負け分を清算し、さらにいくばくかの札のやりとりが終わると、僕の手には一枚の先日付小切手だけが残された。優雅かつ不機嫌な感じの筆跡で、貴族っぽいな、と思った覚えがある。あのひとのみすぼらしい容貌とはひどくかけ離れた筆跡だった。それはかつて——過去のどこか忘れられた片隅に——存在したであろう、今の彼とは似ても似つかぬ人物の名残だったのかもしれない。

15

一週間後、ジーノ弁護士が小切手に記した日付に、僕とフランチェスコは金を手に入れて山分けするために銀行に向かった。そう、いつものように。

出納係《すいとう》はおなじみの確認をひと通り済ませると、申し訳ないが口座残高がマイナスなのでこの小切手は振り出せないと言った。そんなことは初めてだったので、僕は愚かにも、何か悪事を働いている現場を押さえられたような気分になってしまった。きっと出納係は僕がその小切手をどこで手に入れたかを尋ねてくるだろう。そう思った。それから彼は質問を重ね、こちらの後ろめたそうな顔をじろじろ眺めるうち、真相に気づいてしまうのだ。沈黙は数秒続いた。ひどく長い数秒間だった。僕は言葉に詰まり、そこにいる自分がとにかく恨めしかった。何をしにきたかなんてもうどうでもよかった。

それから、すぐ後ろにいたフランチェスコの声がした。彼は出納係に対して、すまないがその小切手を返してほしい、明らかに顧客とのあいだになんらかの誤解があったようだと説明した。「きっとうちの客が何か誤解をしたんでしょう」彼は本当にそう言った。よくあることだ。我々のほうで内々に問題を解決するので、ことを大げさにする必要はないし、抗議やその他も不要だ。手間を取らせて悪かった。ではごきげんよう。

ほどなく僕たちは銀行を出て、夏のバーリ特有の蒸し暑い空気に身をさらしていた。

「あの最低野郎。俺にしたって、こうなることはわかっていたはずなのに」そんなふうに怒るフランチェスコを見るのは初めてだった。彼は本当に怒っていた。

「全部俺のせいだよ。裏カジノに行ったのも間違いなら、ああいう輩を相手にするのも間違いだったんだ。畜生め」

「ああいう輩って?」

「ジャンキーどもだ。ギャンブル中毒の連中だよ。あいつらポーカーテーブルの依存症なんだ。あの弁護士野郎なんて、まさにその典型だ」フランチェスコの言葉と口調はいつになく暴力的で、傲慢だった。どういう訳か僕にはそれが自然なことに思えたが、自分がどうしてそう思うのかはわからなかった。

「あいつの賭け方、見たか?」そこで彼は間を空けたが、僕の返事を待ってのことではなかった。だから黙っていた。

「ああいう輩はヤク中がヘロインをやるようにギャンブルをする。つまりヤク中と一緒で、信用しちゃ駄目なんだ。あいつらは母親の金を盗み、父親の金を盗み、妻の金を盗み、子どもの金まで盗んで、一度でも多く勝負をしようとする。ダチに金を借りたって、返しやしない。その上、自分じゃ凄腕ギャンブラーのつもりで、話だけ聞いてりゃ、科学的なメソッドまでマスターしていて、負け知らずって感じだ。ところがいざ卓を囲めば、正気じゃない賭け方をしやがる。そして負ければ、またすぐに勝負したがる。やればやるほど、もっとやりたくなるんだ。生きてる実感が湧くものだから、やらずにはいられないんだよ。哀れなやつらさ。あいつらほど信頼ならない人間はそういない。そんなことわかっていたのに、俺はあいつと卓を囲んだ。俺の責任だ」

フランチェスコは語り続けたが、僕は途中で気がそれてしまった。彼の声を遠くに聞きながら、どうして彼がそこまで怒っているのかその理由がわかったような気がしたのだ。一瞬、いや、実はもっと長い時間だったかもしれないが、ともかく彼の言葉の隠された意味をつかんだと思った。

ところが、その感覚はやがて消えてしまった。やってきた時と同じくらい突然に。

それから何年もあとになって僕はこんな文章に出会った。『病的な賭博行為とは制御不能なものを制御しようとする試みであり、プレーヤーにあたかも自らの運命の主人になれたかのような幻想を与える』それを読んだ時、あの朝、自分が何を察したのかをはっきりと思い出した。

ジーノ弁護士を非難するフランチェスコがあんなにも恨みがましかったのは、あの不幸な男性が彼に瓜《うり》ふたつだったからなのだ。フランチェスコにとってあのひとは自分を写す鏡も同然だった。そんな鏡を見せつけられて耐えられなくなったフランチェスコは、それを破壊することで己の不安をも打ち砕こうとしていたのだ。

あのふたりはどちらも同じ熱病を魂に抱えていた。フランチェスコもまた、カードを操ることで――そして人々を操ることで――自分は運命を思いのままに支配できるという幻を必死に追っていたのだ。

ふたりとも、手段こそ違っていたが、同じ断崖のへりを歩いていた。

そして僕は彼らを追い、そのすぐ後ろを歩いていた。

僕たちは屋外バールのパラソルで覆われたテーブルに座った。ファシズム政権時代の大きな建物が建ち並ぶ海岸通りの、絵画美術館の近くにある店だった。

フランチェスコはあの小切手の金は是が非でも取り返さないといけないと言った。彼自身は自分の負け分を試合の晩のうちに支払い済みだった。既に顔も思い出せなかった例の危ない紳士を相手に負けた分だ。あの男が勝負の正当性に疑いを持たぬよう、わざと負けたのだ。それにテーブルの使用料もあれば、僕が裏カジノの店長に払った賞金のマージン分もあれば、ほかにもあれこれ出費があったというのだった。

何よりもまず、そうした損益を手段を選ぶことなく回収しなければならないと彼は言った。まるで会社の収支問題でも話し合っているような無感情な口調だった。でも彼の表情が僕は気に入らなかった。あれは実に嫌な顔だった。

何かが間違った方向に進みつつある。そんな予感がした。何か、確実に悪いものが、すぐそこまで迫っているという予感。このままでは何かの一線を超えて、後戻りできなくなるという予感だ。

そこで僕は、あの哀れな弁護士のことはあきらめたらどうかと控えめに提案してみた。僕たちにとってそこまで必要な金ではないし、金は十分過ぎるほどあるのだから、損した分は半分ずつ負担ということにして、この話は切り上げようじゃないか、と。

ところがこれがフランチェスコの気に障った。

彼は歯を食いしばり、苛立ちをこらえる顔で少し黙った。そしてこちらの顔は見ずに、硬い小声でまた語りだした。分をわきまえることを知らぬ部下に説教をするような、やや甲高い、冷え切った声だった。僕は赤面した。でも、彼は気づかなかったのではないかと思う。

金の問題じゃない。少なくともそれだけの話じゃない。ギャンブルで貸した金をそのままにしておくわけにはいかないんだ。そんなことをすれば余計な疑いを招いて、俺たちに不利な噂がそのうちどうにかしてきっと広まってしまう。それは俺とお前にとって終わりの始まりになるだろう。あの金は絶対に回収しなくちゃいけない。それも全額、耳を揃えて。

僕は当然の疑問を口にしなかった。ジーノ以外に誰も知らない話だというのにどうしてそんな噂が広まる？　ギャンブルの負けを不渡りの小切手で払ってやったなどと、あのひとがわざわざ自分で言いふらすはずがないじゃないか。

僕が言い返さなかったのは、フランチェスコにそんな口調で話すのをやめてほしかったからだ。僕に腹を立ててほしくなかった。せっかく相棒として認めてもらったのに、格下げはごめんだった。

だから僕は自分に言い聞かせた。選択の余地はないのだ。彼が正しい。こんな事態を看過するわけにはいかない。このままではあまりに危険だ。僕たちはあの金を回収しなくてはいけない、なぜなら――戸惑いながらも僕は続けた――そうしないと僕たちは終わりだからだ。確信を持てぬまま、僕は心のなかであれこれと理屈を並べ、自分の説得を試みた。

そうして心で言葉を連ねているうち、僕の当惑は軽くなっていった。フランチェスコの言い分の正しさを認めるための理由が徐々に見つかるにつれ、当初の不安が、それしか道はないのだという、愚かしくも頼もしい、偽りの確信へと変わっていった。

こうして最後には僕もうなずいた。不快ではあるが避けては通れぬ作業の必要性を同僚に説得されたビジネスマンのような態度で。

なぜなら僕たちが何も好き好んであの金を取り立てにいくわけではないのは明白で、言うまでもない事実なのだから。

16

約束は午後八時、場所はチェーザレ・バッティスティ広場の公園、中央郵便局と僕の通っていた法学部の校舎に面した側とした。

何分か遅れていくと、フランチェスコはもう来ていた。話に聞いていた男も一緒だった。

男は名をピエロといった。中肉中背、顔だちもごく普通で、年は三十五か、もうちょっと行っているかというくらい。ごく平凡な容貌、と言いたいところだが、髪形だけは異様だった。不自然な金色をした長髪を、奇抜なピンク色のゴム紐でポニーテールにまとめていたのだ。手には黒い革のセカンドバッグがあり、ぱんぱんに膨らんだそれはどういう訳か妙に卑猥な感じがした。

ピエロは僕をジーノ弁護士の元へ連れていき――自宅の場所を知っているとのことだった――負債返済の説得を手伝ってくれることになっていた。それも手早く、つべこべ言わせず、余計な御託は一切抜きで。

出発前にフランチェスコが近くのカフェ・デッラ・ポスタで僕とピエロにアペリティフをおごってくれた。そこは前の年まで僕が授業やゼミのあとでよく立ち寄ったカフェだった。試験のあとにもよく行った。

きんきんに冷えたプロセッコを飲み、ピスタチオを嚙み砕きながら、以前の生活を振り返るうちに、僕は非現実的な感覚にとらわれてしまった。最近の一連の出来事、とりわけ今起きていることが、まるで自分のことではないような感覚だ。しかもそれと同時に、以前の生活すら自分のものではなかったような感覚まであった。そんなふたつの虚ろな感覚のあいだで僕は宙吊りになっていた。どちらの感覚も鋭いのに鈍くて、鮮明なのに漠然としていた。

カフェを出ると、フランチェスコは――もちろん彼まで一緒に来るわけにはいかなかったので――僕たちに別れを告げた。ピエロと握手を交わし、僕の肩をぽんと叩いた彼は、いかにも満足そうだった。

僕とピエロは裁判所の近所まで来た。日中は殺風景で、暗くなれば危険な区域だった。ピエロは三階建てのみすぼらしい小ぶりな建物を指し、あいつはそこに住んでいると方言で言った。そこで道路を挟んだ向かいに停まっていた車のボンネットに腰かけ、僕たちは待った。

ピエロはバーリ総合病院で介護士として働いていた。ただし——本人が言うには——仕事には気が向いた時にしか行ってなかった。つまりほとんど行っていないということだ。同僚がタイムカードを押してくれ、職場の医長も何も言わないといぜなら、車が盗まれるとかその手の厄介事が起きて、いざ特別な手助けが必要となれば、みんなが彼を頼るからだそうだ。

彼はしゃべり方が淡々としていて、方言と標準語が半々といったところだった。そしてヘビースモーカーだった。煙草の銘柄はカルティエで、半分まで吸っては、右手の親指と中指で巻き紙と中身をもみ砕いて消す癖があった。

ジーノ弁護士は三十分後にやってきた。あの夜とまったく同じ格好だった。同じ白いシャツに同じ古いカットのズボンを穿いて、くわえ煙草で歩いてきた。

僕たちは道を横断し、向こうが自宅のある建物の入口にたどり着く寸前に止めた。あのひとはまず僕を見て、微笑もうとしたところでピエロに気づいた。笑みはそのまま唇の上で凍りついた。

「こんばんは、先生。コーヒーでも飲みにいきましょうや」ピエロは言った。

「いや、もう帰らないと。今日は朝から出ずっぱりでしたので」

するとピエロはあのひとにぐっと近づき、相手の肩に片手を置いた。

「コーヒーを飲みにいきましょう」ピエロはまた言った。やはり淡々とした口調だった。感情が一切滲まず、脅しにすら聞こえない声だった。ジーノ弁護士はもう言い返さず、抵抗もしなかった。あきらめたらしい。

僕たちは角を曲がり、そのまま黙ってブロックの終わりまで歩き、もう一度曲がった。すると短い袋小路に出た。そこには店もバールもなかった。

「先生、この小切手はどういうことかね」

僕たちは閉ざされた錆だらけのシャッターの前で足を止めた。そこはちょうどランプの点いていない街灯の下だった。ピエロの口調は相変わらずで、質問をする時もほとんど最後の疑問符が聞こえなかった。ジーノ弁護士が何か言いかけたところで、暗がりにピエロの片手が一閃《いっせん》した。セカンドバッグを持っていないほうの手だ。手は半円の軌跡を素早く描き、僕の父親と同年配のあのひとの頬を勢いよく張った。

あまりに強烈なびんたに弁護士の頭がぐらつき、衝撃で首が伸びるように反《そ》るのを僕は目撃した。ボクシングの試合をスローモーションで再生したシーンみたいだった。アッパーカットを叩きこまれた頭が本人の意思とは無関係にぐらぐらと揺れ、やがて選手は白目を剝《む》いてリングに倒れる。そんなシーンだ。

あのひとが前髪を横に梳《す》いて禿げをごまかしていたのを僕はその時、初めて知った。それまでは気づかなかったのだが、長く伸ばした前髪がひと房、びんたの勢いでずれてしまったのだ。禿げ上がった頭の中央が今や丸見えで、ずれた前髪のほうは額から鼻先へだらりとぶら下がっていた。

僕はパニックめいた感覚に襲われた。ただしそれは普通のパニックとはかなり違っていた。恐怖と羞恥心に加え、愚かしく卑劣で恥ずべき狂喜らしきものまで一緒になっていた。それは人間が他者に対して圧倒的な力を行使する時に覚える狂喜だった。

僕はどうすればいいのかわからなかった。あのひとは口元をわななかせていた。子どもが泣きそうになって必死に涙をこらえているみたいに。前髪はみっともなくぶら下がり、かつらみたいだった。

その時、自分のなかで何かが一気に膨れ上がるのがわかった。それは、狭過ぎる配管を猛烈な勢いで進む鉄砲水のように、こちらの意志とは無関係に僕を駆け抜けた。そして、ついに僕もあのひとに手を上げた。

びんたを一発お見舞いしたのだ。ピエロのそれほど強くはなかったが、やはり痛かったろうし、同じ側の頬だった。

あれは僕を襲った発作を鎮めるためのびんただった。悪意あるびんたであり、怒りのびんたでもあった。その怒りは、誰かの弱さと卑怯な態度を目《ま》の当たりにして、同じ弱さと卑屈な心が自分にもあることに気づく——あるいはあると認めることを恐れる——時に感じる種類の怒りだった。誰かの失敗を目の当たりにして、自分も遅かれ早かれ同じ失敗をするにちがいないという不安を振り払おうとする時の怒りだ。

僕はあのひとにびんたを一発お見舞いした。すると相手のこちらを見る目に一瞬、驚きの光が宿り、すぐに消えた。かわりに浮かんだのはあきらめの色で、自分はこうして殴られても仕方のない人間だという顔になった。

そこで僕は口を開いた。自分がたった今してしまったこと、そして、なおもしていることについて考えずに済むように。唇の縁に感じていた、陰険な笑みが浮かぶのを阻止するために。あれは、自分のなし遂げた偉業にご満悦という笑みだった。しかし僕が口を開いたのはあのひとを守るためでもあった。ピエロがまた暴力を振るうのを防ぐためだ。いつのまにか僕はその場の主導権を握っていた。

「どうしてあんたは僕たちにここまでさせるんだ?」

僕はがっかりした顔を作った。がっかりはしているが、相手の事情も理解するつもりはあるという顔だ。まるであのひとが僕の古くからの友人であって、こちらは信頼を裏切られたところだが、あなたの出方によってはまだ許すつもりがありますよ、とでも言いたげに。

ジーノはみじめな見栄を張り、前髪を元に戻そうとした。今度は対話の時間で自分が答える番だと察し、少しでも落ちついた体《てい》を取り繕おうとしたらしい。

「でもこっちだって金がないんだ。払えるものなら払ってあげたいが、今は持ち合わせがない。問題が起きてしまってね。なんとかかき集めてみてもいいが、とにかく今はまだ払えないんだよ」

馬鹿げた衝動に僕はかられた。わかりました。じゃあ、結構です。そう答えてしまいたくなったのだ。びんたなんて張ってすみませんでした——でも約束は約束ですから——そちらでお金の用意ができたら、また会うことにしましょう。それだけ言って立ち去り、消えてしまいたかった。

ところがそこでピエロが割りこんできた。それまでずっと黙っていたのは、たぶん驚いていたのだろう。僕が思いがけぬ行動に出て、事態がそんなふうに進んだものだから。

余計な言い訳は聞きたくないとピエロは言った。先生には手形にサインをしてもらう。分割で枚数は十枚か、多くてもせいぜい十二枚まで。当然、利息も付ける。支払いの遅延分と迷惑料として。俺たちは——そう、彼は俺たちと言った——お前さんの手形を銀行で割り引いて即現金化させてもらう。期日までに毎回きちんと払ったほうが身のためだ。彼はやはり淡々とした調子でこう続けた。手形が一枚でも不渡りだとわかったら、俺はまたお前さんに会いにくる。そして腕を一本へし折らせてもらう。

ジーノ弁護士は僕を振り返った。僕のような若者がそうした場に参加していることが信じられないという顔つきだった。僕は目をそらし、重々しくうなずいた。こんなメッセージをこめたつもりの演技だった。僕も当然、こういうことは嫌なんです。でも、あなたがふざけた態度を取れば本当に仲間の言うとおりになります。どうか僕たちにそんな真似はさせないでください。

法的に言えば、お前はたった今、脅迫罪を犯したんだぞ。

そんな言葉が僕の意思とは無関係に心に浮かんだ。その文句は耳に響くと同時に、活字になって見えた。何かの文書か、それこそ裁判記録にでも記された文字のように。

そのまま三人は身じろぎもせず、しばし黙りこんだ。

「やっぱり、コーヒーを飲みにいきましょうや」最後にピエロが言った。「いったん座って落ちついて、先生には手形を用意してもらって、それでお別れってことで」

するとあのひとは最後にもう一度だけ、ささやかな抵抗を試みた。

「でもこんな時間に手形なんてどこにも売ってないでしょ？　煙草屋はもうみんな閉まってしまったし」

「こっちでちゃんと持ってきたから。心配ご無用です」ピエロはそう言って例の卑猥に膨らんだセカンドバッグに触れた。あの男は紛《まぎ》れもないプロだった。

僕たちはとあるバールに向かい、店の奥の、ほとんど倉庫のなかみたいなテーブルに座った。僕は少しめまいがして、変な吐き気もした。コーヒーが来ても飲めなかった。ピエロは自分のカルティエのパッケージを出すと、僕たちにふるまった。ジーノは、いいえ、結構、せっかくですが自分のやつを吸うので、と断った。ピエロは、例の口調で、一本取るようにと繰り返した。だからあのひとはカルティエを一本抜いた。僕もだ。でも火は点けたものの、僕の煙草は吸わぬまま灰になった。

ジーノ弁護士は手形にサインをした。僕はその紙切れを見つめ、十二枚だったか、十二枚だったか。彼はうなだれて文字を記した。僕はその紙切れを見つめ、例の優雅な文字をいかにも辛そうに書くその手を見つめた。僕の目はあの青白い手に、あの使い捨てボールペンに、あの安っぽい小ぶりなテーブルの緑がかった天板に釘付《くぎづ》けだった。

ことが済むと僕は立ち上がり、手形をつかんで、ひとまとめに丸めてズボンのポケットにしまった。そして棒立ちになった。次に自分がどうすべきなのか、何を言えばいいのかわからなくなってしまったのだ。思いつくのは馬鹿げた挨拶ばかりだった。ありがとうございました、またいつかお会いしましょう、とか、次はもう少しましな状況でお会いしたいものですね、とか。申し訳ありませんが、約束は約束ですし、残念ながら借金は返済を前提にするものですから、なんてのもあった。そうして頭をよぎる台詞はどれも敬語だった。出会った場所さえ違っていたならば、父さんと同じ年格好のあのひとに対して僕はそんなふうに接していたはずだ。

卑怯にも自分の無念を伝えるべく、あのひとに手を差し出そうとしたまさにその時、僕の連れが——僕の共犯者が——口を開いた。

「行きましょうや」飽き飽きしたという声だった。素人が気安くプロの仕事の真似事をしちゃいけません、とでも言いたげだった。あるいはそんな口調は単なる僕の想像で、彼はそこを去りたかっただけなのかもしれない。まだ少しためらってから、僕はあのひとに背を向け、挨拶ひとつせず、入口に向かった。

ドアのところまで来て、振り返ってみた。店の奥で、ジーノ弁護士は同じ席にそのまま座っていた。片手で頰杖を突き、反対の腕はだらりと脇に下げて。一見、何かがちょっと気になってそれを眺めている、というふうだった。

でもあのひとの視線の先には、漆喰《しっくい》の剝げかけた壁しかなかった。

17

昨夜、四十滴の鎮痛剤はろくに効かなかった。頭痛は和らいだが、あの重たい影が片目とこめかみの上を離れない。おなじみのその鬱陶《うっとう》しい感覚はいつまた急に脈打ちだして、耐えがたい痛みに転じるともしれなかった。

「中尉、入ってもよろしいですか」

「カルディナーレか、入ってくれ」キーティは部下に椅子を勧め、煙草のパッケージを手に取ると——取った瞬間に、煙草なんて吸ったらまた頭痛が始まるかもしれないぞ、と思ったが——部下に一本勧めた。だが丁重に断られた。

「自分は結構です、中尉。煙草はやめたもので」

「ああ、そうだったね。で、なんの用かな？」

「実は、我々が調べている例の……変質者の事件に関する資料をすべて読み返してみたんです」

キーティは煙草を唇から抜いた。まだ火は点けていなかった。そして曹長に向かってほんの少しだけ身を乗り出した。

「それで?」

「考えたのですが、一番大切なことはどこで事件が起きたかではない、そんな気がするんです。むしろ、被害者の女性たちがどこからやってきたか、ではないでしょうか」

「どういう意味だい?」

「六人の被害者はみな、飲み屋やディスコといった夜間営業の店を出たあとに襲われています。うちふたりはそうした店でウェイトレスとして働いていました。二日前の被害者を含む残り四人は常連客《アッヴェントリーチ》でした」

アッヴェントリーチ? そんな言葉が本当にあるのか? キーティは疑問に思った。

「六人がそうした店にいたとどうしてわかった?」

「調書に書いてあります」

そのとおりだ。調書に書いてあったのにキーティは気づくことができなかった。犯行手法に共通点はないか、犯人の風貌についてのわずかな証言、いや、ほとんど皆無に等しい証言に共通点はないかと、彼自身、調書なら何度も読み直した。でも、犯行の前に何が起きていたかなど気にも留めなかった。自分よりも賢明に推理を働かせた部下にキーティは軽い嫉妬を覚えた。

「レイプ野郎は店の常連ではないかと思うんです。やつは店内を見回して、犠牲者を選ぶんでしょう。もしかすると男の連れがいない女の子だけを選んでいるのかも。ほら、女子だけで来てるグループって結構いますから。そして目当ての娘が店を出ると、そのあとをつけて……要するに、目的を果たすわけです」

「続けてくれ」

「すると店で働いていたというふたりはどうなる？」

「同じことですよ、中尉。やつは飲み屋に出かけます。遅めの時間かもしれません。それでウェイトレスかカウンターの女の子に目をつけるんです。それから席に着いて、飲んで、待つんでしょう。閉店時間になると店を出て、その子に付き添いも迎えもいないとわかれば、あとを追って……」

「……となると、同じ店に何度も通っている可能性もあるな。ターゲットを選び、相手の習慣を研究するために。うん、あり得る、あり得るぞ」

そこでキーティは煙草に火を点けた。頭痛なんて構うものか。そうしてカルディナーレの推理をもう少し振り返りながら、彼の心は部下を賞賛する気持ちと、自分で気づけなかった悔しさと、捜査の手がかりをできるだけ多く見出そうとする努力のあいだで揺れていた。追求すべき道筋が初めて見えたという軽い興奮が高まりつつあった。少なくともそれは、まるで光の見えなかった捜査の行く手にようやく現れた有効な仮説だった。

「六人は事件の前にどの店にいたのか証言しているのかな？」

「証言のある娘とない娘がいます。全員を改めて聴取するべきでしょう。事件の夜に、あるいはそれより前の夜に、誰か妙な人間は見かけなかったか。男のひとり客とか」

「いいね。もちろん六人とももう一度、聴取しよう。いや、やっぱり最後のひとりからにしよう。それに彼女の友だちの話も聞きたい。あの子、おとといは友だちと四人で飲んでいたと証言していたよね。四人をすぐに呼ぼう。記憶もまだ新しいはずだから」

彼は煙草をもみ消した。半分までしか吸っていなかったが。

「凄いぞ、カルディナーレ。脱帽だ。四人には今日のうちに来てもらおう。まずはカテリーナなんとかというあの娘を呼んで、友だちの連絡先を訊こう。しかしたいしたものだな、君は」

まったく、たいしたもんだ。キーティは新しい煙草に火を点けながらまた言った。

曹長は既に部屋を出たあとだった。

頭痛はもはやその影もなかった。

18

カテリーナなんとかは、あの晩のことは、ほかに何も覚えていなかった。あの店で変わった男を見た覚えもないという。確かに彼女は同じ友だちグループとあの店にしょっちゅう行っていた。しかしあれより前の晩も、数週間前までさかのぼって思い出してみても、特に気づいたことはないそうだ。事件より前の日に誰かにあとをつけられていたかどうかもわからないと彼女は答えた。

三人の友人のうちふたりの証言もほぼ同じ内容だった。

四人目も期待できなさそうな雰囲気だった。可愛い娘で、胸も大きくて、わざとあだっぽい表情をするのだが、あまり賢そうには見えなかった。キーティと一緒に聴取を行っていたカルディナーレとペッレグリーニは彼女にすっかり目を奪われていた。

「では、ええっと……」

「ロッセッラよ」

「ああ、失礼、ロッセッラさんでしたね。まずは住所、氏名、生年月日を教えてもらえますか」

　情報を書き留めると、キーティはあの晩の出来事をロッセッラにも話してもらった。カテリーナとダニエラは翌日に大学の講義があるので先に帰った。彼女とクリスティーナはもう少し残って飲み、おしゃべりをして過ごした。

「なるほど、ありがとう。さて、今度はそれより前に起きたことを思い出してもらいたいんです。つまり、お友だちふたりが先に帰ってしまう前のことです。店に誰か気になった人間はいませんでしたか。男のひとり客で、若者かもしれません。なんと言うか……変わった感じのする？　ひょっとすると同じ店で別の晩にもご覧になったことのある男かもしれません」

　ロッセッラは首を横に振った。そして言葉でも同じように、いいえ、そんなひとはいませんでした、と否定しそうなそぶりを見せた。これでカルディナーレの思いつきも不発に終わり、捜査はまたスタート地点に逆戻りかと思われた。ところがやがて娘は首を振るのをやめ、集中するような顔になった。何か思い出したらしい。

「そう言えば、途中でひとり、男のひとが店に入ってきて……でも彼のはずがないわ」

「どういうことですか？　それは誰ですか？」

「わたしたちが席に着いてそれほどしないうちに、そのひと……店に入ってきて、カウンター席に座ったんです。でも十分もしたら、出ていってしまいました。でも彼のはずがないわ」

「どうしてそう思うんです？　理由を教えてください」

ロッセッラはキーティをまっすぐに見つめ、また首を横に振った。じれったい沈黙のあとで、彼女はこう続けた。

「だっていい男だったから。あんなイケメンが女の子を襲うはずがない。女なんてよりどりみどりだろうし。カテリーナのあとを追ったりするはずが……」

あんなイケメンがよりによってカテリーナみたいな子を襲うはずがない。おそらく彼女はそうしたことが言いたかったのだろうが、キーティは相手の言葉を遮った。

「その男を前にもご覧になったことは？」

「ありません。間違えないわ。だって絶対、覚えているはずだし。でも何度も言いますけど……」

「また顔を見たら、その男性ですが、彼だとわかる自信はありますか？」

もちろんわかりますとも。その口調からは単に顔を確認するだけではなくて、是非ともお近づきになりたいという気持ちが透けて見えた。

キーティはまずその男の容貌をロッセッラに説明させ――身長百八十センチ、目は明るい色、髪は黒っぽい――調書に記録してから、あらかじめ用意しておいた被疑者候補全員の写真アルバムを見てもらった。ただし、彼女の言うアラン・ドロンみたいな男がブラックリストの変質者のなかにいる可能性はないだろうと思っていた。

事実、そこに問題の男の写真はなかった。娘はいかにも嫌そうな渋面で、不気味な顔のオンパレードをさっさとめくっていった。生まれつき不細工な顔もあれば、内面に抱える深い闇に歪められた顔もあり、あるいはもっと単純に、記録用の撮影前に受けた殴打で歪んだとおぼしき顔もあった。アルバムを閉じ、思わずという感じで手元から勢いよく遠ざけてから、彼女は首を横に振った。キーティはしばし身じろぎもせず、押し黙っていたが、やがて言った。

「ロッセッラさん、その男性の顔ならよく覚えている、そうおっしゃいましたね？我々には似顔絵を描く係がいるんですが、ひとつ顔だちをご説明いただいて、似顔絵作りに協力してもらえますか」

「いいですよ。でも彼のはずがないと……」

「ええ、わかりますよ。そのひとが我々の探している男のはずがない、そうですね？十中八九、ロッセッラさんのおっしゃるとおりでしょう。でも、仮説という仮説をひとつ残らず検証するのが我々の仕事なんです」

口ではそう言いながらもキーティの思いはまるで違っていた。不条理な興奮を彼は覚えていた。その興奮をあえて言葉にすれば、それはおよそこのようになるはずだった。『たぶんそいつだ。たぶん、そいつが犯人だ。なぜかわからないが、そいつは完璧に当てはまる。何に当てはまるのかはわからない。とにかくぴったりなんだ』

「ペッレグリーニ、あの……名前をなんといったか、似顔絵係を呼んでくれ。口ひげを生やした曹長だ」

「ニッティですね、中尉。でも、おりません」

「どういうことだ？　ニッティはどこに行った？」

「療養中です。バイクで事故を起こして、腕を折ったんです。それもよりによって利き腕を」

会話は途切れ、沈黙が降りた。

「警察に頼んで、似顔絵係を貸してもらうのはどうでしょう？　向こうには少なくとも二名はいるはずですし……」

「何を言いだすんだ、君は？　警察に電話をして、例のアパートの玄関ホールで悪さをする変態野郎の捜査で絵描きが必要だからひとり貸してくださいと頼めば、気持ちよくはいと了解してもらえるとでも思っているのか？　もちろんです、ほかならぬ憲兵隊のみなさんのお願いですから。はい、これがうちの係です。お代なんて結構。用が済めば、我々は失礼しますし、当然、そちらの捜査に首を突っこむつもりなんてこれっぽっちもございません。君はそんな返事を期待しているのか？」

ペッレグリーニは首をすくめ、唇をぎゅっと閉じた。ちょっと提案しただけなのに、どうせほかに打つ手もないんでしょう？　とでも言いたげな顔だった。

しかしキーティにはひとつ別のアイデアがあった。ちょっと馬鹿げてはいるが……いや、そうでもないのか。

その部屋に集合した部下たちには伝えにくい内容だった。

でも、どうしてなのだろう？　彼は考えてみた。僕は絵が得意だから、容疑者の似顔絵を描いてみようと思っている。そう部下たちに告白するのが少し恥ずかしいから。

それが理由だった。

そこで彼は単純に何も言わず、行動に移ることにした。

「カルディナーレ、悪いんだが、白い紙を何枚かと鉛筆と消しゴムを持ってきてくれ」

曹長は中尉を何も言わずに見つめた。眉間《みけん》にしわを寄せ、少しいぶかしげな目をしている。指示の意味がよくわからないという顔だった。まあ、当然だろう。

「どうした？　ぐずぐずするな」

曹長ははっと我に返り、出ていった。そして数分後、紙と鉛筆と消しゴムと鉛筆削りを持って戻ってきた。

「さてと、君たちは部屋を出て、僕とロッセッラさんをふたりきりにしてくれ」

キーティはそれだけ言うと、あとは何も付け加えなかった。訳は訊いてくれるなという合図だ。ふたりの部下は顔を見合わせることもなく、黙って出ていった。

彼と娘はそれから少なくとも一時間は部屋を出なかった。ペッレグリーニとカルディナーレが戻ってきた時、机の上には一枚の似顔絵があった。

ペッレグリーニはつい訊いてしまった。

「えっ、これ中尉が描いたんですか？」

キーティは答えず、しばらく沈黙を守った。そして視線を似顔絵からふたりの部下の顔へ、そこから娘の顔へと移ろわせた。

「ロッセッラさんはこの絵が二日前の晩に店で見かけた男に似ているとおっしゃってるんだ……」

彼女は周囲を見回し、何か言おうとして、結局うなずくに留めた。妙に居心地悪そうだった。また何秒か、気詰まりな沈黙が続いた。

それからキーティは娘に向かって、ご協力に感謝しますと言い、あとは調書にサインをしてもらえれば帰ってもらって構わない、また何か訊きたいことが出てくればその時はこちらから改めて連絡すると伝えた。そして自ら彼女に付き添い、司令部の廊下と階段を進み、出口まで送った。

オフィスに戻ると、ペッレグリーニとカルディナーレはキーティの机の前に立っていた。彼が入ってきたとたん、ふたりは話をやめた。

「それで？」

沈黙。先ほどと同じ種類の沈黙だった。

「どうかな、これで捜査の手がかりがとりあえず出来たと思うんだが」

またしても返事はなく、ふたりはうなずくばかりだった。

キーティは何が問題なのかと彼らに訊いてみようかと思った。何か問題があるのは明らかだったからだ。でも自分でもなぜかよくわからぬまま問いを呑みこみ、似顔絵のコピーを取ってくるようにふたりに命じた。彼らが戻ってくると、被害者全員にそれを見せるよう指示した。そして事件について改めて聴取し、暴行を受ける前に彼女らがどの店にいたかを聞き出し、さらに——相手がそこのウェイトレスでなければ——その店には以前にも行ったことがあったかどうかも確認するよう求めた。彼はそうしたことをやたらと早口に告げた。一刻も早くひとりになりたかったのだ。

「いつ始めますか、中尉？」

「十分前からだ。こちらからは以上だ」

そしてキーティは手を振り、出ていってくれという仕草をした。彼にしては無愛想な態度だった。いや、ぶっきらぼうそのものだった。ふたりの部下は驚き、敬礼をして出ていった。彼は机を前に座ったまま、動かなかった。

ようやくひとりになれた。これでやっと似顔絵の原画を落ちついて眺めることができる。

彼は自分の描いた絵に長いこと見入った。時とともに緊張が高まり、全身の筋肉がこわばっていった。

部下たちはこの絵に何を見たのだろう？　そして僕には何が見えている？　これはひとりの無名なサイコパスの犯罪者の顔なのか、それとも気味が悪いほど自画像によく似た何かなのか？　見れば見るほど、彼にはそれが紙で出来た恐ろしい鏡としか思えなくなってきた。

緊張はついには耐えがたいほどになった。

キーティは似顔絵を乱暴に丸め、ポケットに突っこむと、オフィスから逃げだした。

19

被害者の娘たちは誰ひとりとして似顔絵の顔に見覚えがなかった。事件の晩に行った店も全員異なっていた。最初の供述に付け加えることがある者はひとりもいなかった。

彼女たちがいたというバールや夜間営業の店で似顔絵を片手に聞き込みが行われた。すると店主のひとりがどこかで似顔絵の男を見たことがある気がすると言った。おそらくは自分のバールだと思うが、自信はないという。キーティらはその店主を相手に何時間も粘ったが、ほかには何ひとつ思い出してもらえなかった。見たような気はするのだが、それがどこだったかも、いつだったかもわからない。それだけだった。

数日後、七件目のレイプ事件が発生した。

土曜の夜のことで、無線パトロール隊の車が一台、司令室からの指示を受けて理工学部付近に急行した。電話で匿名の通報があり、服を引き裂かれ、明らかに取り乱した様子の若い娘がひとり、車の上に座って泣いているというのだった。

憲兵隊《カラビニエリ》の車は警察のパトカーよりわずか数秒先に現場に到着した。警察署にもやはり匿名の通報があったとのことだったが、通報者が憲兵隊のそれと同一人物かどうかまでは確認できなかった。

娘を救急病院に連れていったのは憲兵隊で、ほぼ同時にキーティも病院に到着した。車は傍受室で夜勤中だった部下のひとりに運転させた。

犯行手法が過去六件と同じであることはすぐに確認できた。ただし、以前に増して乱暴で、自制が利かなくなっているようにキーティには思えた。犯人がその意図とは無関係に進化──あるいは退化──を遂げつつあり、ただのレイプではもはや飽き足らなくなったみたいだった。

性的暴行を加えられる前に娘は長いこと殴られ、ことが済んだあとにまた殴られていた。その点を除けば犯行の流れは過去六件と同じだった。被害者に背後から近づいて、頭部を拳で殴り、朦朧とした相手を引きずって古い建物の玄関ホールに連れこみ、また殴ってから、絶対に目を上げるんじゃないと命じて口腔性交《オーラルセックス》を強要、それからまた殴り、決してそこを動かず、五分間、声に出して三百秒を数えろと言いつけて、姿を消す。

今度の娘も、過去の六人がみなそうであったように、いわゆる美人ではなかった。ほとんど骨と皮みたいに痩せていて、髪は短く、ボーイッシュで、触れたら木のように硬そうな雰囲気の娘だ。救急病院の当直医の診療室で事情聴取を受けるあいだ、娘は目をなかば閉じて質問に答えながら、暴行を受けた時に壊れてしまった、レンズの分厚い、古臭い眼鏡をずっといじっていた。

犯人の外見について彼女は何ひとつ証言できなかった。ただ、声だけは覚えていた。ほかの被害者と同じだ。甲高いささやき声で、どこか別の場所から聞こえてくるみたいな声だったという。彼女は本当にそう言った。どこか別の場所から聞こえてくるみたいな声でした、と。キーティは背筋がぞくりとした。

彼女がほかの娘たちと違っていたのは、事件現場にどこかの店から来たわけではない、という点だった。彼女は飲み屋にもワインバーにも行っていなかった。友だちの家に勉強に向かい、家に帰る途中だったのだ。それはよくあることで、いつも同じ道を通っていたが、問題など一度も起きたためしがなかった。少なくとも今夜までは。

「よくわかりました。ご協力ありがとうございました。今晩は大変な目に遭ったばかりですし、ここまでにしておきましょう。明日、ご自宅にこちらから電話をします。それでもし、ご気分がよければ、兵営まで御足労願い、正式に告訴をお願いします。できるだけ体を休めて、もし我々にまだ伝えてないことを何か思い出したら、どうか忘れずメモしておいてください。ご本人には些細なことに思えても、捜査する我々には重要な手がかりになるという場合もありますから。では、おやすみなさい」

たわ言ばかりだ。兵営に戻る車のなかでキーティは思った。車内は沈黙に包まれていた。

『新人刑事のお仕事マニュアル』なんて本があったら、いかにも出てきそうなたわ言ばかりじゃないか。士官学校時代はもちろん卒業後も、何から何まで真面目に勉強してきたつもりの彼だった。本から学術論文から専門誌から片っ端から読んできた。でも現実の世界は別物だった。今、彼らが翻弄《ほんろう》されているひとでなしの犯罪者のように、つかみどころがなく残酷だった。

僕たちはひとつの仮説にたどり着いた——正確にはカルディナーレの思いつきだが——するとどうだ、あの野郎はこちらの動きに気づくか、知ったかしたみたいじゃないか。そしてやつは犯行の手口を変えた。もう夜間営業の店には行かず、道ばたで待ち伏せをするようになった。それじゃ煙をつかむような話で、探しようがない。だがなぜだ？　やつはどうやってこちらの追跡に気づいた？

あるいはそんな推理自体、一から十までたわ言なのかもしれなかった。犯人は単になりゆき任せで行動しているだけで、彼らはもう何カ月も捜査を続けながら、何もわかっていないのかもしれなかった。

まったく何ひとつとして。

キーティはゆっくりと片手を閉じて拳を握ると、自分の額を拳固で叩いた。痛いのも構わず、一度、二度、三度と続けた。

アルファロメオ33を運転する憲兵はそんな上官を横目でちらりと見たが、そのあいだも前方の道路から視線はそらさなかった。

20

八月。苛々するような濃密な暑さに包まれた、かわり映えのしない日々が続いていた。夜になっても空気にはほとんど気体とは思えない質感があって、ぐっしょり濡れた生暖かい毛布のようにねちっこく僕たちをくるんだ。

ある日の午後、僕たちは港のンデッレ・ラ・ランツァと呼ばれる魚市場の近くを散歩していた。岸に引き上げられた漁師のボートが並んでいるあたりだ。八月十五日の聖母被昇天の祝日まであと一週間かもう少しという時期だった。例によってフランチェスコがずっとしゃべっていた。時々ちょっと言葉を切っては、僕がひと言ふた言、口を挟む間をくれるのだが、そんなもの彼はひと言だって聞いちゃいなかった。そしてまた口を開けば、途中だった話を単に続けるか、話題を変えるのだった。

やがて彼はふたりでバカンスに行こうと言いだした。車に乗って出発するんだ。お前の車のほうがいい、旅行向きだ、と彼は言った。たとえばスペインなんていいじゃないか。予約なんて一切しないで行くんだ。

途中で一度か二度泊まって、休み休み行こう。もっと細かく区切ったっていい。たとえばフランスで連泊したっていいじゃないか。要するに俺たちの気の向くままにしようって話だ。

僕は即座に賛成した。そして混乱気味の多幸感をにわかに覚えながらこんなことを思った。これはひょっとすると、うまい具合に大団円を迎えることができるかもしれないぞ。

確かに――僕は胸のなかでつぶやいた――今日まで僕はまともじゃない時期を過ごしてきた。嘘みたいなことをずいぶんとやった。自分にそんなことができるなんて昔なら信じられなかったはずのことを。僕は危ない橋を渡り、幸いにも落ちずに済んだ。よし、彼と旅に出て、それが終わったら新たな生活を始めよう。実際は以前の生活に戻るのだけれど、前とは違うはずだ。僕は向こう側の世界をこの目で見てきた。そして貴重な経験を積んだ。そろそろ家に帰る頃合いだ。

ケルアックの名著『オン・ザ・ロード』の有名な会話の部分を思い出した。何年か前にそこだけ暗記したことがあったのだ。

俺たちは行かないといけない。そしてたどり着くまでは、立ち止まっちゃいけないんだ。ディーンは言う。

行くってどこへさ？　ケルアックの分身、サルは尋ねる。

わからない。それでも俺たちは行くしかないんだ。

そうだ。僕たちは行くしかない。そして最後に僕は家に帰るのだ。それが何を意味するにしても。

そう思うと気分が楽になった。何か過酷なレースで、ゴール直前までやってきたみたいに。もはや完走したも同然だった。旅から戻ってきたらフランチェスコに告げよう。もうたくさんだ、と。君と一緒にあんな冒険ができて最高だったけれど、僕はここまでにしておく。僕はいつまでも君の友だちだ。でも、この先はお互い別々の道を進むことにしようじゃないか、と。

帰ったら勇気を出して、伝えるべきことをきちんと伝えるんだ。僕は本気だった。

「じゃあ、出発はいつにする？」

僕の問いかけにフランチェスコは笑みを浮かべた。いつもの意味深な、抑制の利いた、結局のところ何が言いたいのかよくわからないあの微笑みではなく、ごく普通の笑顔だった。それを見て僕は急に悲しくなってしまった。たった今、自分は彼という親友を捨てようと決意したのだという罪悪感もあれば、彼について、そして僕たちについてますます頻繁に抱くようになっていた一連の疑念への後ろめたさもあった。

「明日だ。明日の朝。今から荷物を用意しよう。俺はルートをざっと検討しておくから、そっちは明日の朝、早いうちに迎えにきてくれ。暑くなる前に出たいな。七時ぐらいでいいだろう」

僕は帰宅した。数日前から家には僕しかいなかった。両親は、オストゥーニ（バーリ南東約七十四キロの町）近郊にある、友人の農園《マッセリア》に滞在中だった。僕はまずその友人の電話番号を探した。母さんと父さんと話がしたかった。ふたりとすぐに話したいという不意の切迫感に僕は襲われていた。あの日曜の昼食の時に親子のきずなを凍てつかせた氷がやっと解けた気がした。ちょっとバカンスに行ってくる、一週間かそこらで戻るよ。ふたりにそう告げたかった。どうしても必要な休暇なんだ。でも、戻ったらまた勉強を始めるから。ここ何カ月かずっと態度が悪かったことは反省しているよ。ちょっと難しい時期だったんだ。でもやっと終わったからさ。一瞬、今までの出来事を洗いざらい正直に打ち明けてしまおうかと思ったが、考え直した。とりあえず今はやめておこう。いつかその時が来たら話せばいい。電話番号を押しながら、僕は少し緊張していた。とは言っても、ほんの少しだ。気分は上々だった。これからは何もかもが好転するという予感がしていた。

呼び出し音は長いこと鳴ったが、誰も出なかった。

たぶんまだみんな海にいるのだろうと思った。母さんは、人混みが消えたあと、日が沈むまで砂浜に残って本を読むのが好きだった。泳ぐのも夕方か朝早いうちを好んだ。父さんは違ったけれど、母さんの好みに合わせていた。

僕はちょっとがっかりした。でも旅に持っていく荷物を大きなバッグに詰めこんでから、またかけ直すことにした。

ところがその作業にかなりの時間がかかった。

まずは自分の部屋の洋服だんすからシャツを一枚取ると、居間のテーブルに置いた。どうしてわざわざ部屋から遠い場所にあるそんなテーブルで荷物をまとめることにしたのかは自分でもわからない。それからまたシャツを二枚持ってきて、さらに別の二枚を取りに向かい、前に選んだシャツの一枚をたんすに戻した。部屋から居間に向かって歩きながら僕はどの——そして何本の——ズボンを持っていくべきか迷った。二本で十分だろう。薄手のジーンズとカーキのチノパンツでいい。当然、もう一本穿いていくわけだし。コットンのセーターも一着いるな。フードパーカーのほうがいいか？　両方持っていく？　馬鹿馬鹿しい、スペインは暑いんだから、コットンの薄手のセーターが一着あればいいじゃないか。でもどれにする？　それにジャケットは？　いいレストランか、カジノにでも行くことになったら、やっぱりジャケットも一着はいるだろう。でもバッグじゃジャケットは持っていけないぞ？　スーツケースのほうがいいかもしれない。ああでもスーツケースは全部、母さんたちが持っていってしまった。ジャケットは抜きだ。それにカジノに行こうなんて、どうしてそんなこと思った？　待てよ、ジャケットは車まで手に下げて持っていって、なかに吊ることだってできるな。靴は二足。いや、一足は履いていくんだし、あと一足でいいか。パンツは十枚。それだけあれば洗わなくて済むだろう。いや無理か、十日で帰ってこられる気がしない。じゃあ洗剤の箱も入れておくか？　馬鹿だな、そんな物は必要になってから向こうで買えばいい。ホテルの石けんで洗ったっていいじゃないか。靴下はどうする？　夏は普通、履かないよな。五足もあれば大丈夫。本当に大丈夫か？　バッグにしまう順番は一番下にズボン、その上にシャツ、それからTシャツ、パンツ、靴下の順番でいいのか？　それとも逆のほうが便利なんだろうか？

一時間が過ぎてもバッグに入れたのはわずかな物だけで、テーブルの上は荷物が山積みで、僕はもうへとへとだった。それに自分が愚かしくてならなかった。テーブルを前にして僕は石となり、途方にくれた。

やがて、このままじゃどうかしちまうぞと自分を叱りつけ、手当たり次第に荷物を詰めていった。そしてバッグがほぼいっぱいになると、最後に音楽カセットを十本ほどと新品のトランプをふた組入れて閉じた。

それでやることがなくなってしまった。親にまた電話をしてみたけれど、今度も呼び出し音が空しく鳴るばかりだった。固くなってしまった前日のパンをツナ缶と一緒に食べ、ビールを軽く飲んだ。本を一冊持ってテラスに座ってみたけれど、半ページも読んだら飽きてしまった。早めに寝ようかとも思ったが、最悪なアイデアだとすぐに気づいた。眠気もない上に、まだひどく暑かったのだ。べとべとに湿ったシーツのなかで、きっと寝返りばかり打つ羽目になる。想像してみただけで息が詰まった。

そこで出かけた。あたりに人影はなかった。無人の通りは何やら不穏で、不吉だった。見慣れた場所でたまに起こる現象だ。いつものようにただ通り過ぎればよいものを、ふと周囲を見回したばかりにそんなふうに見えてしまうことがある。

あの建物の入口はいつからああして二枚の木の板で封鎖されているんだ？　元々崩れそうな建物だったが、その時、初めて気づいた。それに我が家から百メートルも離れていない、あの通り沿いの狭い家に住んでいた老婆はどこに行った？　いつも道ばたの椅子に腰かけて、涼んでいたじゃないか。でもその晩――それともいつから？――老婆の姿はなく、いつも開いていた家のドアが閉まっていた。誰もいないその家は光を失った不気味な単眼のようだった。

悪寒がうなじから全身へ広がる感覚があった。背後を確認したいという衝動を僕はこらえ切れなかった。誰もいやしなかったが、それでも安心できなかった。母さんと父さんが家にいてくれたなら。それにふたりはどうして電話に出ない？　何かあったんじゃないか。いや、今まさに何かが起きているのではないか？　その晩のことは、何年経ってもなかなか忘れられなかった。自分の愚かなふるまいの数々、あの差し迫った危機の予感。交通事故。心筋梗塞。よりによって僕が悔い改めたまさにその時に何もかもが駄目になってしまうという予感。最後にふたりに会ったのは正確にはいつのことだったか思い出そうとしてみた。たった数日前のことなのにうまくいかなかった。ところが両親と最後に口をきいた——というより喧嘩した——時のことは覚えていて、それが気に入らなかった。母さんと父さんに、いや、ふたりのどちらか一方にでも災厄が降りかかるようなことがあれば、僕は死ぬまで耐えがたい罪悪感を抱えて過ごすことになると思った。泣きたい気分だった。いっそのこと車を走らせて、オストゥーニまで行こうかとも考えたが、すぐにあきらめた。別にそれが馬鹿げた考えだからではなく、単純に、両親が泊まっていた農園の住所を知らず、行く当てがなかったからだ。

十五分は歩いたころ、四十前後の中年男に出くわした。男は、ひどく醜い太った小型の雑種犬を連れていた。ところが本人はとても痩せていて、首も手首もボタンをしっかり留めた長袖の白いシャツを着ていた。男の顔には表情らしき表情がなかった。すれ違った時、彼の汗のにおいが鼻を突いた。

二十年前、僕と同じくらいの年だったころ、彼はどんなふうだったのだろうと思った。どんな将来を思い描いていた？　夢はあったのだろうか。あんなみじめな犬ころを連れて、ボタンを全部きちんと留めたシャツを着て、八月の夜に、どれも似たりよったりな家々と、歩道に乗り上げて停めた車の列のあいだを歩く羽目になるなんて思いもしなかったのではないだろうか。彼はいつごろ自分がどこに向かいつつあるのかを理解したのだろう？　そもそも理解したことがあったのだろうか。そしてこの僕の顔は、二十年後にはどうなっている？

その時、マフラーの故障した車の騒音がマンゾーニ通りから聞こえてきた。僕はマンゾーニ通りと交差するプティニャーニ通りにいた。

僕は自分に言い聞かせた。もしも運転手が男性だったら何もかもがうまくいく。今度のスペイン行きも、その他もろもろ含めてみんなきっとうまくいく。車と僕は同時に交差点にたどり着いた。僕は息を呑んだ。車はフィアットのドゥーナというステーションワゴンで、プティニャーニ通りにゆっくりと入ってきた。

運転していたのは太ったおばさんだった。タンクトップを着て、長い髪をひとつにまとめ、暑さにうんざりした顔をしていた。前に身を乗り出して運転するその姿は、今にも精根尽きてハンドルに向かって崩れ落ちそうだった。

町の中心部に向かって遠ざかっていくドゥーナを見送りながら、僕は無理やり笑顔になり、声に出して自分をあざ笑った。「お前のろくでもない予言なんて知るもんか、ジョルジョ・チプリアーニ」

僕の言葉を耳にした者はなかった。

家に帰ると、母さんたちに電話をするにはもう遅い時刻だった。翌朝、サービスエリアからかけることにした。暑さを紛らわすために寝室の窓を大きく開けたまま、僕はベッドに横になった。

でも長いこと眠れず、寝返りばかり打っていた。うとうとするころには雨戸のシャッターの隙間から朝日が差しこんでいた。そして夢を見た。

僕は車で移動中だった。そこは高速道路のような場所で、あたりに人家はなく、ある種の冬の朝のように灰色で寂しい風景だった。何かとても重大なことを見逃している、そんな不安とともに僕は運転をしていた。それから遠くのほうにこちらに向かって——逆方向から——どんどんスピードを上げて近づいてくる一群の何かが見えだした。そこで理解した。近づいてくるのはどれも車で、僕は反対車線を逆走していたのだった。

いったいどうしてこんなことに？　どうして僕はこんなところにいる？　しかもその高速道路はあまり道幅が広くなかった。それどころか車の集団が近づいてくるにつれて、どんどん狭くなっていくではないか。死にたくなかった。僕にはまだまだやりたいことがある。どうしてよりによってこの僕なんだ？　この手のことはもっと別の人間に降りかかってしかるべきではないか。今や道幅は狭く、もう高速道路などではなかった。めちゃくちゃに細い道だった。僕はゆっくりとしか身動きができず、しかも動きは遅くなる一方、恐怖もつのる一方だった。それにこの近づいてくる、耳をつんざくばかりのサイレンはなんだ?

死にたくなかった。

だって、死んだあとには、何もないのかもしれないから。

目覚まし時計のありきたりなアラーム音を聞きながら、僕はぱっと目を開いた。そして横になったまま、数秒間、ふたつの世界の狭間でなお揺れながら、ベッドのそばに脱ぎ捨てた靴を眺めていた。

三十分後、僕はフランチェスコの家の下で、インターホンの前に立っていた。僕たちの旅が始まろうとしていた。

21

どこで読んだのか思い出せないが、昼間は幽霊もみんな隠れている、という言葉がある。あまりぱっとしない文句だし、独創的というほどでもない。でもそれは本当だ。あの朝、僕の気分は悪くなかった。一時間かそこらしか寝ておらず、見た夢は悪夢ばかりで、夜の散歩で通った道にしても幽霊だらけだったというのに。

愛車ＢＭＷを時速百八十キロで飛ばせば、何もかもが元どおりずっとシンプルになった。前の晩に自分が今度の旅に与えた意義にすら既に自信がなかった。というより、そんな前向きな決意の数々を思い出したら、不愉快になった。何も考えたくなかった。考えるのはまたにしようと思った。とても天気がいい上にそこまで暑くない日で、僕たちは音楽をがんがんかけて気分よく飛ばしており、なんだってできそうな気がした。僕は陽気というより、ハイになっていた。感覚が普段より鋭敏で、五感が強化されたみたいだった。何もかもがとても簡単で、シンプルに思えた。色という色がやけに鮮やかに見えるのも、聴き慣れた曲でも初めて聴くような気分がするのも、なんとなく原始的なものを感じた。ハンドルを握っても、シフトレバーのノブに触れても、足下のペダルを踏みこんでも新鮮だった。

十時ごろ、サービスエリアに入った。アブルッツォ州だったか、もしかしたらもうマルケ州まで来ていたかもしれない。ふたりともカプチーノを飲み、レモンクリームのタルトを食べた。どうしてそんな細かいことをはっきり覚えているのかは僕もさっぱりわからない。でも、タルトの載っていた小皿の上に残されたくずを二本の指でつまんだ自分の仕草まで覚えている。タルトの皮の食感も、カプチーノと入り混じったクリームの味も。

サービスエリアを出る前に両親に電話をかけた。でも前夜とは気持ちが変わってしまっていた。できるものなら、かけたくはない電話だった。そのタイミングでふたりと口をきけば、せっかくの軽やかな気分が台無しになるのは目に見えていたから。お前にだって色々と責任があるとか、責任を感じるべきだとか、その手の説教が待っているはずだ。そして僕はまた悩まざるを得なくなる。そんなのは嫌だった。それでも当然、電話をしないわけにはいかなかった。なんの断りもなく蒸発はできない。

予想どおりの展開となった。いや、予想より悪かった。スペインに行くって？　どうして前もって話してくれなかったんだ？　それに車で行くってどの車だ？　そう問われて僕はようやく気づいた。ふたりはＢＭＷのことを知らないのだ。おかげでこちらは苦しい嘘を重ねる羽目になり、向こうは僕の嘘に気づいたが、さりとて何が真実なのかを知らなかった。僕はまたしても自分の無様なしくじりに腹を立てた。そしてまたしてもふたりにひどいことを言ってしまった。会話は最悪な終わり方をした。どちらも別れすら告げず、受話器を叩きつけるようにして切ったのだ。

シャッターを一気に引き下ろすような幕切れだった。

「構うもんか」プリペイドカードを吐き出す公衆電話をにらみながら僕は言った。それから、近くで電話の順番を待っていた太ったおばさんに軽蔑をこめた視線を向けた。こちらの会話を明らかに最初から最後まで盗み聞きしていたからだ。怖そうに目を背ける彼女を見て、意地の悪い快感を覚えた。「構うもんか」僕はまた言うと、車に向かって歩きだした。

それからの記憶はすべてひどく混乱している。スペインまでのドライブの最後のはっきりした記憶はあのレモンクリームのタルトとカプチーノだ。僕たちはイタリア半島を縦断し、フランス南部を横切った。運転は交替して続け、休憩もろくに取らなかった。出発当初は気の向くままに行こうという話になっていた。好きなところで休憩しよう。たとえば途中で見つけた海辺のどこかで一日二日滞在したっていい。何しろこれはバカンスなんだから、気楽に行こうぜ、と。ところが走りだしてみれば、それはなんの意味もない提案だったのだとわかった。やがてフランチェスコはバレンシアにちょっとした知りあいがいると言った。

それでバレンシアが目的地となった。僕たちはとにかくそこまで行かねばならなかった。そのあとのことはこんな順番で記憶している。まぶしい太陽、赤い光で宇宙を丸ごと染めてしまいそうな夕日、サービスエリアで三十分の仮眠をとった時の夜闇、開けっぱなしの車の窓。自分のトラックを降りて、茂みで小便をするひとりの運転手。男は最後にげっぷをすると、運転席に戻って眠った。煙草、パニーノ、コーヒー、そしてまた煙草、カプチーノ、サービスエリアのレストランのトイレ、国境の検問、交通標識の表記言語が変わる。光、薄闇、暗闇、また光、先に進まねばというあの切迫感。音楽。スプリングスティーン、ダイアー・ストレイツ、ニール・ヤング。それからフランチェスコの持ってきたヘビーメタル系の凶暴なカセット。頭がどうにかなりそうな、あの破滅的な騒音。進めば進むほど僕たちは寡黙になっていった。まるで何か果たすべき任務があって、それに精神を集中しているみたいに。ただ僕は、その任務がどんなものなのかを知らなかった。

自分があのドライブのあいだ何を考えていたのかまったく思い出せない。何も考えていなかった可能性もある。フランチェスコの言葉もひとつも覚えていない。僕たちは前進を続けた。進めば進むほどへとへとになったが、立ち止まることは許されていなかった。

バレンシアに到着したのは出発からほぼ丸一日が過ぎたころだった。冗談みたいな見た目のホテルに部屋を取ると、僕たちは服も脱がずに眠りに落ちた。

外では大気が灼熱《しゃくねつ》していた。

22

目が覚めたのは午後七時ごろ、全身汗まみれだった。フランチェスコは先に起きたらしく、バスルームからシャワーの水音が聞こえた。そこはどう見てもおかしな部屋だった。壁紙の図柄は馬の頭で、二台のベッドはベッドカバーが不揃いで、テレビは馬鹿でかいのがひとつあったが、それが白黒テレビで、六十年代の製品なのだ。疲れと違和感でまだぼんやりしたまま、僕はそのテレビを長いこと見つめていた。妙なにおいがしていた。不快だが、なじみのあるにおいだった。しばらくして自分がその悪臭の源だとようやく気づいた。最悪だ。だからフランチェスコがタオルを腰に巻いてバスルームから出てくると、即座に入って体を洗った。

それから八時ごろ、ふたりともまともな姿に戻ったところで僕たちは出かけた。フランチェスコは例の現地の友人に電話をかけ、イタリア語とスペイン語とフランス語をちゃんぽんにして話した。ニコラという男が今はバレンシアにはおらず、数日後に帰ってくる。そこまでは僕にもわかった。フランチェスコに驚いた様子はなく、こちらからまたかけると先方に約束をした。その時の彼の口調がどこか妙だった。

通話を終えたフランチェスコは、ニコラは昔からの友人だと教えてくれた。あいつもバーリの出身だが、スペインにもう二年以上住んでいて、あちこち転々としながら色々な仕事をして暮らしている、と。説明はそこまでだった。僕はニコラには特に関心がなかった。何しろ今やすっきりと目が覚めて、気分爽快な上、お腹が減っており、しかもそこはスペインだったのだから。

食事を終えてから――もちろんバレンシア名物パエリアだ。ビールもたらふく飲んだ――僕たちは町の散策に出かけた。スペイン名物のバルをはしごして歩いた。どこも営業中で、客でいっぱいだった。そのうちある公園に着いた。小ぶりのテーブルが暗がりに並んでいて、中央に大きな売店があり、たくさんのひとたちがテーブルに座ったり、立ったり、地面にじかに座ったりと好きにしていた。あたりの空気はハシッシュ（大麻の樹脂を固めたもの）臭かった。僕たちは空いているテーブルを見つけて座った。ドライブ中とは反対に、僕も彼もやたらとおしゃべりだった。ふたりともハイになっていて、顔を突き合わせるようにしてしゃべるのだが、相手の言うことなんてどちらも聞いちゃいなかった。ふたりは饒舌に語り合った。僕たちの自由について、薄っぺらいルールに左右されないこの反抗的な生き様について。常識という古びたペンキの下に隠された物事の真の意味を俺たちは追求し、世間の連中には理解不能なモラルに従って常識を拒否してやるんだ……。

たわ言のオンパレードだった。

注文を取りにきたウェイトレスはスペイン語でこんにちはと声をかけてきたが、僕たちの会話を聞くと、すぐにイタリア語に切り替えた。

彼女はフィレンツェの人間だった。正確にはフィレンツェ県のポンタッシエーヴェという町の出身だ。名前はアンジェリカ。美人ではなかったが、愛嬌のある顔をしていて、フランチェスコばかり見ていた。そして僕たちにどこの出身かと尋ね、バーリにはギリシアに行く時にちょっと立ち寄ったことがあるけど、かっぱらいに気をつけろと注意された、なんてことを言った。相変わらずフランチェスコばかり見ながら注文を取り終えると、彼女はすぐに戻ってくると約束して離れていった。

「彼女、どう思う？」フランチェスコに訊かれた。

「可愛いね。愛嬌があるって意味だけど。美人じゃないが、いい感じ。君に気があるみたいだな」

もちろん気がついた、というふうに彼はうなずいた。

「友だちになっておこうか。あの子が仕事を終えるのを待って、一緒に出るとかして。ニコラがバレンシアに戻ってくるまで、彼女を当てにできたら便利だろうし」

「もう少しましなホテルも教えてもらおうか。あんなひどいところじゃなくてさ」僕は提案したが、彼は答えなかった。あのホテルで満足していたらしい。そこへアンジェリカが、僕たちの頼んだ二杯のカイピリーニャを持って帰ってきた。

「どうしてスペインで働いているの？」フランチェスコが彼女に尋ねた。

アンジェリカは答える前に、ちょっと周囲を見回した。ほかのテーブルに彼女を必要とする客はなさそうだった。

「わたし大学生なんだけど、もう一年もテストを受けてなくて。外国語学科でスランプになっちゃったんだ。だからしばらくこっちで過ごして、スペイン語を磨きながら、自分が何をしたいのか考えてみたいと思って。そっちは？」

「俺は哲学部の学生で、こっちは友だちのジョルジョ、法学部だ。ふたりとも七月に試験が全部終わって、あとは卒論発表だけだから、二週間ばかりスペインで過ごすことにしたんだ。それで今、バレンシアにいるってわけ。ここって何時までやってるの？」彼は例のごとく自然と嘘をついた。でも僕は気にしないことにした。せっかくいい気分なんだし、そんなこと、どうでもいいじゃないか。

アンジェリカはまたあたりを見回し、庭の反対側のテーブルで彼女の注意を引こうと手を挙げている客がいるのに気づくと、早口にこう答えた。

「特に決まってないの。二時だったり、三時だったり。日によるわ。お客さんがいる限り、閉めないから」彼女はそこでひと呼吸置いた。次に自分がしようとしている発言を検証するみたいな間だった。そしてひと息に告げた。「わたし、もう行かなきゃ。でも、急いでなければ待っててもらえる？　長くて一時間かな。それで家まで送ってもらえたら嬉しいんだけど。歩いて十五分くらいのとこに住んでるの。そうしたらゆっくり話せるし、バレンシアとか、この辺の見どころも紹介できるし」

俺たちは別に急いでないし、喜んで待たせてもらうとフランチェスコは答えた。それで彼女は仕事に戻り、僕たちは同じテーブルに居座った。居心地は最高だった。暑さも緩み、どうしようもなく魅力的なのんびりムードに僕はひたっていた。時は止まり、責任は失せ、僕自身、溶けてなくなったみたいだった。アルコールのせいもあれば——先に飲んだビールと、その時飲んでいたきつい酒と——いかにも異国の場末らしい雰囲気のせいもあったろう。

アンジェリカと三人で店を出たのは、一時間半とカイピリーニャ三杯が経過したあとだった。僕は昔から酒には強かったので、酔ってご機嫌ではあったが、意識はまだはっきりしていた。だからアンジェリカが服を着替えてきたのみならず、仕事中はまとめていた髪をおろしているのにも気づいた。長いとび色の髪だった。化粧まで直していた。

それから閉店間際の別のバルでラムをそれぞれショットグラスで二杯ばかり飲んだ。

店主はアンジェリカの友だちで、僕たちにつきあって自分も飲み、代金は受け取ろうとしなかった。

そしてまた三人で歩きだした。今やアンジェリカとフランチェスコは僕のことなどそっちのけで、ふたりでばかり話していた。当然の流れだ。そこで少し後ろを離れて歩くことにした。

あたりを眺める僕の顔には呆けたような笑みが浮かんでいたはずだ。午前三時を回っているというのに、どこの通りもまだひとで賑わっていた。いるのは若者グループとか、酔っぱらいとか、ガンギマりしたヒッピーだけではなかった。奇妙な襟付きの白い半袖シャツを着た老紳士たちもいれば、子どもたちにおじいさんとおばあさん、犬まで連れた家族連れもいた。尼僧のふたり組ともすれ違った。遠ざかっていく彼女らを僕は長いこと見守っていた。その光景を胸に刻むためだ。翌朝になって、いや、十年後になっても、あれは夢ではなかったかと自分の記憶を疑わずに済むように。はっきりそう意識した覚えがある。

何もかもが夢のようで、現実とは思えず、陶酔感とほのかな懐かしさに満ちていた。

家に着くとアンジェリカは僕たちに向かって部屋で何か飲んでいくかと尋ねた。だがそれは明らかにフランチェスコひとりに対する質問だった。僕はもうへとへとだし、飲み過ぎたと嘘をついた。この手の機微がわからなくなるほど酔っちゃいないけどな、と心ではつぶやきながら。こうしてフランチェスコとアンジェリカはあの汚らしい木のドアの向こうに消えた。その前に彼女はおやすみなさいと言って頬にキスをしてくれた。

それからホテルが見つかるまでに一時間以上かかった。その前に僕はまた二軒ほどバルをはしごして、また二杯ほどラムを飲んだ。なかなか止まらない小便を終えて横になると、ベッドがぐるぐると回りだした。あるいはベッドは止まっていて、部屋のほうが回っているのか？ それでガリレオを思い出した。近代科学の手法を発明した偉人だ。それともニュートンだったっけ？ ああ、なんだかぜんぜん思い出せないけど、お前なら絶対に思い出せるはずだぞ。なんだよ、酒には強いはずだろう？ みんながそう言ってたじゃないか。でも、みんなって誰だ？ それに、絶対に思い出せるはずってどういう意味だよ？

そして、いきなり、すべてが消えた。

23

激しい衝突音で目が覚めた。音は外から聞こえた。僕は起き上がり、よろよろと窓辺に向かった。口のなかがコンクリートでも練ったみたいだった。罵り文句をふたつばかり吐いて、口がまともに機能することを確認した。それから鎧戸を開き、窓から顔を出した。

二台のトラックの追突事故だった。一触即発といった様子のふたりの男が激しく身ぶり手ぶりをしながら、左右の脚へ体重を交互に移して揺れていた。歩道には人だかりが出来ていて、対決を見物していた。ふたりはどちらも大柄で体格がよく、そっくりな黒っぽいコットンのTシャツを着ており、立派な肩と太鼓腹に布地がぴったりと貼りついていた。ふたりの動きはほとんどリズミカルで、何か振りつけにでも従っているみたいだった。その光景は全体的に妙に息が合っているというか、不自然にシンメトリカルなところがあったが、その理由が僕にはわからなかった。

だが、やがて気づいた。二台のトラックが瓜ふたつだったのだ。車種も同じなら色も同じ——白と赤紫の二色——で車体の横に記された社名まで同じだった。どちらも同じ引っ越し会社のトラックで、ふたり組の大男が着ているTシャツにしても会社の制服だったのだ。そうとわかると僕は急に興味を失い、肩をすくめてから、窓に背を向けた。

フランチェスコがまだ帰ってこなかったので、のんびりすることにした。シャワーを浴びて、服を着て、階下で朝食をとり、煙草の一本も吸うとしようか。時刻は九時だったので、そうこうするうちに十時にはなるはずだった。それでもフランチェスコが帰らないようであれば、その時は改めて考えることにした。

はたして彼は戻らず、僕はそわそわしてきた。前夜の高揚感はもはやなく、今や、そのみすぼらしいホテルの朝食ルームで、僕の不安はつのり、パニックめいた感覚に襲われた。数分程度の気の迷いだが、荷物をまとめて、ひとりで逃げようかとまで思った。

それから自制心をいくらか取り戻すと、僕はフロント係にバレンシアの地図をもらい、フランチェスコに書き置きを残して、外に出た。

ひどく暑かった。灼熱した朝の町は、前の晩に僕がさまよった、ちょっと夢のようで現実離れした雰囲気のあの町とはまるで別の場所だった。店はどこも閉まっていて、道行く者はわずかで、みんな猛暑にげんなりした顔をしていた。街角には祭りのあとにも似た寂寥《せきりよう》が漂っていた。

ホテルを出た時、僕にはバレンシアが、美しいがもう若くはない女に見えた。それも一晩中愛を交わしたあとで、朝、改めて見た女だ。前の晩はきれいに着飾り、しっかり化粧をして、香水もつけていた彼女。それが今はどうだ。起きがけの目は眠たげで、髪だって長過ぎるようだ。彼女はぼろいTシャツを着てうろつく。できるものなら今、この場にいたくなかったと僕は思ってしまう。そしておそらくは彼女のほうも、今、僕にここにいてほしくなかったと思っている。

僕は意固地になって町を歩き回った。日が高くなり、暑さが余計に厳しくなるにつれ、さらに足を速めた。ただし進行方向はめちゃくちゃだった。行く当てもなければ、その町のことは何も知らず、もらった地図も開かなかったから、要するに、自分でもどこに向かっているのかわからなかった。

朽ちかけた建物の並ぶ通りを歩き、大きな公園に出た。ひとりの老婦人が、何も尋ねてないのに、僕たちのいるそこはトゥリア川の元河床だと教えてくれた。何年も前に川を水路で迂回《うかい》させて、干上がった河床を公園にしたのだそうだ。

獰猛な太陽が輝いていたバレンシアのあの日の記憶は、音のない奇妙な記憶として残っている。無声映画のように映像だけの記憶なのだが、その映像がカラーで、色調がまたやけに激しいのだ。

何時間も歩き回り、とあるバルで足を止め、色褪せたおんぼろパラソルの下、タパスを食べ、ビールを飲んでから、ホテルを探してまた長いこと歩いた。ようやく見つけた時には、こんなみすぼらしい宿でもエアコンのためなら我慢してやろうという気分になっていた。音はやかましかったが、きちんと利いたし、外気は四十度を超えていたから。

フロントで部屋の鍵を求めると、係の男が、ご一緒の紳士《カバリエロ》も戻ってきて、部屋にいると教えてくれた。それを聞いてほっとした。

部屋のドアをノックした。もう一度叩いても返事がなく、三度目でやっと、何やら返事をするフランチェスコの声がし、まもなくドアが開いた。彼はブリーフに黒いTシャツだけという格好だった。

フランチェスコは何も言わずにベッドに腰かけ、そのまま二分ほど身じろぎもしなかった。うっすらと開いた目は床の上の何かを見つめているようでもあった。彼はゆっくりと覚醒していったが、まるで二日ほど貨物車で旅をしてきたみたいな顔をしていた。そしてついに頭を左右に振ると、目を上げて僕を見た。

「どうだった？」僕は尋ねた。

「相当なすけべだったぞ、あのアンジェリカちゃんは。サーカスばりの曲芸をこれでもかと披露してくれたよ。なんだったら近いうちにそっちも一度、楽しませてもらえばいい」

それを聞いてこちらはなぜか不快な気分になったが、その理由を認識する暇をフランチェスコはくれなかった。彼は言った。今夜、仕事上がりのアンジェリカを迎えにいって、そのまま海を目指して出発しよう。南のほうの海だ。海には日の出の時刻に到着する。一番美しい時間だ。まだビーチに誰もいないうちに泳ぎまくって、それからアンジェリカの友だちがやっているレストラン付きの宿に行こう。そこに泊まるかどうかは向こうで決めようか。明日の夜は彼女も仕事が休みだから。

いい計画だと思ったが、いずれにせよフランチェスコは僕に意見なんて求めていなかった。例によって、自分の決断をこちらに伝えただけだ。

「そうだ今夜、出る時、トランプを忘れないでくれ」

その指示を最後に、彼はベッドに寝そべり、こちらに背を向けて、二度寝の態勢に入った。

僕は指示の理由を尋ねなかった。

24

僕たちはバレンシアを午前四時ごろに出た。町にはまだ人通りがあった。アンジェリカをバルで拾ってから彼女の家に寄り、小ぶりな荷物をひとつ積んで出発した。

運転は僕で、彼女は助手席に座り、フランチェスコは後ろの中央に座った。

夜明け前のその時刻に出発するということは、世界の知られざる輝きに向かって進むということだ。僕たちが町を出ていくかたわら、夜は終わりつつあり、夜の住人たちもみな家路に着こうとしていた。涼しかったので、窓を下げ、エアコンは切って走った。まだ曙光は見えなかったけれど、僕たちは声を潜めておしゃべりしながら、その到来を待っていた。

僕は元気だった。早めに晩まで寝ておいたのだ。起きた時にはあたりはもう暗くなっていた。夜闇と一緒に例の不快感も溶けてしまった。力がみなぎり、元どおり、なんでも来いという気持ちになっていた。フランチェスコも元気だった。ただ部屋を出る直前に彼はひとつ、妙なことをした。

「お前は俺の友だちか？」ドアの手前でいきなりそう尋ねてきたのだ。僕は返事をためらった。冗談なのかどうか判別がつかなかったのだ。

「お前は俺の友だちか？」彼は質問を繰り返した。その口調はいつになく真剣で、ほとんど絶望的と言ってもよかった。

「なんて質問だよ。友だちに決まっているじゃないか」

彼はそうかというふうにうなずくと、そのまま数秒、僕を見つめた。それから抱きしめられた。力のこもった抱擁で、僕はどうしたものかわからず、なされるがままになった。

「じゃあ行こうか、友よ。トランプは持ったか？」

トランプなら持っていた。そして僕たちは能天気な悪党コンビみたいに出発した。夜に向かって、朝に向かって、ふたりを待っているすべてに向かって。残りのことは、それがなんであれ、どうだってよかった。

アルテアに到着した時、日はまだ昇っておらず、大気はある種の夢のようにどこまでも澄んでいて、微動だにしなかった。ビーチには短パンにTシャツ姿のかなり高齢の老婦人がひとりいるだけで、その周りを大きな犬が走り回っていた。毛むくじゃらで風変わりな雑種犬だった。ゆっくりとした小さな波が渚《なぎさ》をそっと洗っていた。

僕たちは三人とも完全に無言のまま、服を脱いだ。スペインの見知らぬビーチで迎えたあの日の出の時ほど、自分は今、本当にいるべき場所にいると思えた瞬間はこれまで数えるほどしか覚えがない。僕たちはそろそろと歩いて海に入っていった。あたりの雰囲気はほとんど聖なるそれで、もうすぐ起きることへの期待に満ちていた。無限の可能性を予感させる空気だった。

沖に向かって三人はゆっくりと泳いでいった。互いに数メートルずつ離れ、頭を水面から出して泳いでいたら、急に世界が桃色に染まり、至福の輝きで満たされた。海から昇る太陽を見つめるうちに、頬を滴る水滴に涙が混じるのがわかった。

朝食のあと、僕たちはビーチの波打ち際にタオルを敷いてくつろいだ。そのころには海水浴客が姿を見せ始めていた。

「トランプを出せよ」フランチェスコに言われた。

僕がデイパックからトランプを取り出す横で、彼はアンジェリカにこう説明した。

「ジョルジョはね、手品の名人なんだ」フランチェスコの表情は真剣そのものだった。

僕には彼がふざけているのがわかった。僕と彼女をふたりとも、それぞれ違う形でからかおうとしていたのだ。わかっていても僕は彼の言葉に内心、鼻高々だった。

「ほら、何か見せてやれよ」

僕は逆らわず、実は本当の名人は彼のほうだとも言わずに、彼女にいくつかの手品を披露した。そして胸のなかで、凄いぞ、うまいじゃないか、と自画自賛した。アンジェリカは眉間に軽くしわを寄せて僕を見つめていたが、瞳に浮かんだ驚きの色がどんどん濃くなっていった。

フランチェスコに次はスリーカードモンテを披露しろと言われた。僕は黙ってハートのクイーンとスペードとクローバーの10を束から取り出した。

「これなら勝ち」そう言って僕はクイーンを見せ、「これなら負け」と言って二枚の黒い10を一枚ずつ見せた。鼓動が高まるのがわかった。ほかの手品ではそんなことはなかった。砂に敷いたタオルの上に僕は三枚のカードを裏向きにそっと並べた。

「さあ、クイーンはどこでしょう?」

アンジェリカはカードを一枚めくった。クローバーの10だった。

「もう一度やって」僕を仰ぎ見るようにして彼女はせがんだ。わざとらしい厳しい声で、目は小さな女の子みたいに笑っていた。

「よし。これなら勝ち、これなら負け。こっちの手はそっちの目より素早いぞ。これなら勝ち、これなら負け」

僕は三枚を並べた。彼女はずいぶん長いことカードを見つめていた。何かトリックがあるとわかっていながらも、彼女の目は右端のカードがクイーンだと告げていた。

そして結局、そのカードを指差した。スペードの10だった。それから僕はスリーカードモンテを色々な手口で何度も繰り返したが、彼女は一度も当てられなかった。二回ばかり、間違ったカードを選んだあとで、アンジェリカは残りの二枚も開きたがった。僕がクイーンを隠したのではないかと疑ったのだ。

「信じられない。初めてよ、こんなの見るの。ずっと映画の作り事だとばかり思ってた。凄いな、すぐ目の前でやってるのに」

その時だった。フランチェスコがジョルジョの得意技でちょっと楽しもうじゃないかと提案してきたのは。話を聞きながら、僕は彼が最初からそのつもりでいたのを確信した。

何キロか移動して、別のビーチに行こう——ここはもう、誰かの注目を集めてしまった可能性があるからな——それで三人で協力して、小遣い稼ぎをしようじゃないか。

僕が口を開こうとしたら、アンジェリカに先を越された。面白そうだと彼女は言った。フランチェスコを見やると、彼はにやにやしながらこちらを見返した。海水浴に来たカモから巻き上げる小銭なんて本当はどうでもよかったはずだ。彼の望みは僕のために新たな通過儀礼を執《と》り行うことだった。僕とアンジェリカの通過儀礼だ。彼のこの新しいゲームはなんとなくいかがわしかった。僕と彼女が抱き合うように仕向けておいて、ふたりが愛を交わす現場に立ち会わせろと要求してくるようなものだ。彼は僕たちに自分が決めたとおりの行動を取らせ、その場面を堪能《たんのう》したがっていたのだ。

僕は数秒黙り、それから肩をすくめ、ただうなずいた。君たちがそこまで乗り気なら構わないよ、というふうに。

するとフランチェスコから計画の説明があった。そこから何キロか移動して、別のビーチのそばに駐車する。まずは僕が先に進み、できるだけ人通りのある場所で、三枚のカードをいじりだす。ふたりは遠くから僕のことをしばらく観察する。十五分か二十分かしたら、フランチェスコが近づいてきて金を賭ける、というより、賭けるふりをする。彼は何度も負けて、わざと派手に怒って人目を引く。それからアンジェリカがやってくる。そのころには既にいくらか観客が集まっているはずだ。僕に誘われて彼女は金を賭け、まずは勝ち、そして負け、また勝つ。そこまでくれば必ず観客の誰かが賭けたいと言いだすだろう。

アンジェリカは僕のために路上詐欺師向けスペイン語スピード講座をやってくれた。勝つカード《カルタ・ケ・ガナ》、負けるカード《カルタ・ケ・ピエルデ》。クイーンはどこでしょうか《ドンデ・エスタ・ラ・レイナ》？　残念《ロ・シエント》、あなたの負け《ア・ペルデ》です《イド》。おめでとう《エノラブエナ》、あなたの勝ち《ア・ガナード》です。

当然、フランチェスコの予想どおりにことは運んだ。僕たちはアンジェリカの案内に従って、オランダ人とドイツ人とイギリス人の客が多いというキャンプリゾートのビーチのそばまで行った。僕はよく冷えたビールを売店で買ってから、ビーチに向かう砂の小道を入ってすぐの松の木陰に陣取った。そして半分に畳んだタオルを地面に置くと、腰を下ろし、ビールを少し飲み、煙草に火を点けた。そして通行人には構わず、三枚のカードをいじりだした。何をしているのかと歩度を緩める者があっても、僕が目を上げ、無言でにやりとするだけだったので、みんな去っていった。

十分ほどしてフランチェスコがやってきた。彼は立ち止まり、ぼけっとした表情で僕のことをじろじろ眺めた。こちらも演技は自然とできた。目を上げてから下ろす、という動作を僕は三度繰り返した。それでも彼がまだそこにいたので手を止め、勝負したいかと英語で尋ねた。ウッド・ユー・ライク・トゥ・ベット？ 続けてやはり英語で、派手なジェスチャーを交えつつ、勝負のルールを説明した。そのころには足を止める者もちらほら出てきた。こちらの説明が終わると、彼は千ペセタ紙幣を一枚、僕の前の砂地にじかに置いた。僕もデイパックから同じ紙幣を一枚ひっぱり出して、彼の札の上に重ねた。観衆がふたりのやりとりをきちんと追っていることを僕は確認した。

「勝つカード《カルタ・ケ・ガナ》、負けるカード《カルタ・ケ・ピエルデ》」続いて僕は、不必要に素早い手さばきで三枚のカードを地面に置いた。トリックは抜きだ。普通にちょっと注意すれば、誰でもクイーンの位置は当てられたはずだ。

フランチェスコは僕をにらんだ。自分では抜け目ないつもりの間抜け野郎を彼は見事に演じていた。そして間違ったカードを指差した。僕は観衆のひとりの表情を横目で見た。背が高く、大柄で毛深い、梨みたいな体形をした男性で、顔はそばかすだらけ、髪は赤毛だった。こんな単純なゲームをなんで外すんだ？　畜生、俺が賭けていたら。男はそういう顔をしていた。

僕はフランチェスコが指したカードを表にすると、彼はもちろん、なりゆきを見守っていた人々にもそれを示した。そして笑みを浮かべ、ほとんどすまなさそうに肩をすくめてから、勝った金を手にした。するとフランチェスコはジェスチャーと言葉の両方でもう一度勝負したいと告げ、僕たちは同じことを繰り返した。ただしクイーンの場所だけは変えた。今度もトリックは使わなかったから、普通に注目していれば誰であれ、クイーンの位置を当てることができたはずだ。ところがフランチェスコはまた外した。梨形の大男はそわそわしていた。勝負したくてたまらなかったのだ。これでカモは決まった。

そうこうするうちにアンジェリカもやってきた。興味津々の観衆は七、八人いた。やがて三十歳前後の斜視気味の痩せ男が、スペイン語で、賭けてもいいかと尋ねてきた。僕はアドレナリンが出るのを感じつつ、もちろんだと答えた。真剣勝負のスタートだった。男は金を賭け、僕はカードをごまかし、間違ったカードを選ばせて勝った。彼は勝負を繰り返して二度目も三度目も四度目も負け、下手をすると五度目も負けた。

そこでアンジェリカが前に出た。僕の見立てだと、彼女はほぼ完璧なスペイン語を操った。アンジェリカは金を賭け、まず勝利し、次は負けて、また勝ち、また負けて、次も負けた。トリックは使わなかったから、梨形の大男はもう大興奮だった。アンジェリカが自分はここまでにしておくと言い、フランチェスコが改めて勝負しようとすると、大男は文字どおり彼を押しのけ、俺の番だと言った。こっちの番だよ。僕はそう思い、胸のうちで意地悪な笑みを浮かべた。

あとは予定どおりだった。大男はまず負けて、次も負けて、そして勝ち、それから負けて、次も負けて……。

何度勝負したかわからないが、僕は時計を眺め、英語とジェスチャーといんちきスペイン語（イタリア語の単語の語尾にすべてSを足しただけ）をちゃんぽんにして、もう遅いからやめると伝えた。

大男は激怒し、態度が威圧的になった。こっちが負けているんだから、俺には勝負を続ける権利があるというのだった。僕は怯えの混じった驚きの表情を作って周囲を見回した。それから、それまでに勝った金を全部ひとまとめにつかむと、砂の上に置き、大男を見返した。最後に一度、全額を賭けますが、勝負に乗りますか？

彼は一瞬、戸惑う顔をした。疑惑か不安か何かが頭をよぎったみたいな表情だった。するとフランチェスコがなんだったら自分がその勝負に乗ると言いだした。それを聞いて大男は考えるのをやめた。考えていたとすればの話だが。これは俺の勝負だぞ、そう思ったのだろう。「ふざけんな《ファック》」

大男は金を数え、僕の賭け金のそばに置いた。やはり砂の上だ。僕は困ったような、怯えたような表情を装っていた。

僕は右手に二枚、左手に一枚のカードを持って、相手に見せた。そしてまた口上を繰り返し、カードを並べた。次にもう一度、今度は右手だけ使っていったんカードを集め、改めて並べた。いかさまギャンブラーのあいだではとどめの一撃《コルポ・ディ・グラツィア》と呼ばれる手口で、普通、スリーカードモンテの最後に用いる。まさにその時のように。

クイーンは左のカードだった。観衆は静まりかえっていた。大男はしばしためらった。彼の直感は中央のカードが絶対に当たりだと告げていた。それでも彼はためらった。僕は胸の高鳴りを覚えながら、相手の目が左右に行き来するのを見つめていた。そしてついに大男は片手を、自分の選んだカードの上に置いた。

中央だ。

僕はカモが選んだカードの下に人差し指を突っこみ、ひっくり返した。

スペードの10。

とたんに観衆の沈黙が砕け散り、様々な言語が入り混じって聞き取りようもない感想の渦となった。

僕が手を伸ばし、紙幣を——僕の賭け金と彼のそれを——集めようとした時、大男は柔らかな砂地にいきなりひざまずき、残り二枚のカードを乱暴にめくった。アンジェリカが最初のビーチで示したのと同じ反応だ。ハートのクイーンを手にして数秒のあいだ石になった男の顔には、ドアを破ろうとして体当たりしたら、鍵などかかっていなくて派手に転んだ人間が浮かべそうな表情があった。彼はカードを忌ま忌ましそうに砂の上に投げ捨てると、苦労して立ち上がり、悪態をつきながら去っていった。響きからしてイギリスかアメリカの英語らしかったが、ひと言もわからなかった。

僕は何も言わず、金とカードとビールの空き瓶を拾い集めた。そして、観衆が感想を言い合いながら三々五々離れていくなか、自分も立ち去った。

アルテア在住のアンジェリカの友人のところに、結局、僕たちは泊まらなかった。夕暮れ時に出発し、夜になってバレンシアに戻った。するとアンジェリカから彼女の家に寄って何か飲んで、マリファナ煙草でも軽くやらないかという提案があった。僕はふたりをそこまで送って、自分はホテルに戻ると答えるつもりだったが、フランチェスコに先を越された。

「いいね、そうしよう。ジョルジョ、お前も来るだろ？」

ああ、もちろんだとも。こうして僕とフランチェスコは彼女の家に上がった。

アンジェリカの家はワンルームのアパートだった。部屋には中庭に面した小さいバルコニーがひとつあり、バスルームにドアはなく、一応の目隠しに薄汚いカーテンがかかっていた。暑い部屋で、なかから漂ってきたにおいは僕に、実家の近くにある、リベルタ地区の貧しい家々を思い出させた。子どものころ、そうした家々の前を通りかかれば、ドアを開け放った玄関のカーテン越しに、住人の話す声や物音、怒号や叫び声がよく聞こえた。料理のにおいが漂白剤その他のにおいと一緒くたになって表まで届くこともあった。僕は時おり想像した。あのカーテンの向こうに異次元か並行世界への通路が隠れていたら面白いだろうな。

僕たちはラムを飲み、アンジェリカがあらかじめ巻いておいたマリファナ煙草を何本か吸った。ああした時は大概そうだが、三人の会話の内容は支離滅裂だった。やがてアンジェリカは自分の煙草を深く吸ってから——それで最後だったのかもしれない——この煙をあなたに回したいと僕に言った。僕は薄目を開け、呆けたような笑みを浮かべて彼女を見た。すると彼女は返事を待たずに僕の口を自分の口で塞《ふさ》ぎ、煙を勢いよく吹きこんだ。僕は咳《せき》こみ、ふたりがげらげらと笑う横で、なんとか格好をつけようとした。それから彼女は笑うのをやめ、今度はキスをしてきた。固く攻撃的な唇で、分厚いゴムのパッキンみたいだった。舌も同じで、弾力性があり、力強かった。

そのあとの場面は混乱していて、途切れ途切れにしか覚えていない。彼女のキスは続き、その手が下に向かい、僕のズボンの前を開く。彼女の唇はもう僕の唇の上にはなく、違う場所にある。僕は裸だ。彼女も裸で、僕の上でゆっくりと動いている。彼女が股間の筋肉を収縮させてどうにかすると、快感が脳髄まで一気にさかのぼり、これがマリファナよりもアルコールよりもずっと効いた。凄いテクニシャンだ。フランチェスコの言うとおりだ。フランチェスコ。そう言えば彼はどこだ？ 僕はごくゆっくりと頭を巡らせる。それでも自分ではできるだけ速く動かしたつもりだった。すると床に座った彼が見えた。僕の左手、一メートルほど、いや、そこまで離れてはいなかったかもしれない。彼はあいまいな笑みを浮かべてふたりを見ている。あるいは、そこではないどこかを見ていたのかもしれない。アンジェリカはなおも動き続ける。僕と交わりながら、彼女は自分の秘部をいじっているようにも見える。そこで場面は完全に混濁する。

眠りに落ちる前に、あるいは僕は眠ったのではなくて意識が途切れるかどうかしたのかもしれないが、アンジェリカとフランチェスコが見えた。ふたりはひとつになり、スローモーションで動いていた。ふたりはぴったりと寄り添い合っているのに、僕ひとりが遠かった。

僕はどんどん遠ざかっていった。

25

日光と暑さのせいで目が覚めた。鼻詰まりのせいもあれば、腰と首の痛みのせいもあった。僕は床で眠っていた。咽《のど》がひりひりして、乾いた舌が口蓋に貼りつきそうだった。吐き気もしたし、息苦しくもあった。

両手を突っ張って体を起こした。フランチェスコとアンジェリカは部屋の反対側にあるベッドで寝ていた。どちらも熟睡していて、僕はしばらくその姿に見入った。フランチェスコはいつもどおり、きちんとした姿勢で寝ていた。仰向けで、両手をまっすぐ脇に下ろして、いかにも落ちついたふうで、鼻で静かに息をしていた。

アンジェリカは横向きに体を丸め、片手を頭と枕のあいだに挟んだ格好で、フランチェスコのほうを向いていた。まるで幼い女の子みたいだ、いったんはそう思ったけれど、夜のあいだにあったことを思い出して思わず目をそらした。

どうしたものか迷った。そうしてふたりが寝ている部屋にいる自分が場違いに思えてならなかった。嗅ぎたくもないあれこれのにおいがしみ渡った、暑苦しくて狭い、そんな部屋は出ていきたかった。でもそうも行かなかった。また午前いっぱい、行く当てもなく、たったひとりであの猛暑のなかをさまようことになると思うとぞっとした。

そうして迷っていたら、フランチェスコが目を開けた。ただし彼はそのまま動かず、目を開けて、黙ってこちらを見つめているだけだった。夢遊病か何かなのかもしれないとちらりと思った。それから彼は起き上がり、ベッドの横に腰かけた。

「おはよう」と彼は言った。

「やあ」僕は答えた。

「コーヒーはもう淹《い》れたか？」

僕は彼をまじまじと見てしまった。そのごくありきたりな問いかけがやけに不条理に響いたのだ。

「そこに入ってるから。ガス台と流しのあいだのその家具のなかだ」彼は少し苛ついた声でそう続けた。

なんだって？　つい訊き返しそうになってから、向こうがまだコーヒーの話をしているのに気づいた。考えてみれば、彼は前にもひと晩、そこに泊まったことがあったのだ。僕はその小ぶりの収納家具——薄緑色をした不格好な代物で、花柄の転写シールがすっかり色褪せていた——のところまで行くと、コーヒー豆の粉と直火式コーヒーメーカーを取り出して、用意した。

縁の欠けたデミタスカップで僕たちはコーヒーを飲んだ。ふたりの声と物音で目を覚ましたアンジェリカにも一杯持っていってやった。カップを受け取る彼女は寝ぼけ眼《まなこ》で、その手の親切には不慣れらしく驚いていた。

僕は自分がまだその部屋にいるのが恥ずかしかった。数時間前の夜の混乱した記憶のせいだ。そこを離れたかった。できるものなら消えてしまいたかった。

アンジェリカが——素っ裸で——立ち上がり、バスルームに入った。ドアがわりのカーテン越しに、彼女が放尿する音が聞こえた。ただでさえ狭い部屋なのに、壁という壁が僕に向かって迫ってくるような感覚に襲われた。

そのあと煙草を一本吸う時間だけ僕たちはそこに留まった。俺たちはもう行かないといけないとフランチェスコが言った時、僕は心底ほっとした。

「わたしは寝直すわ」アンジェリカは言った。

「またバルで会おう。今夜か、遅くとも明日の晩には行く。その前に会わなきゃならないやつがひとりいるもんでね」フランチェスコは彼女にそう答えた。

ベッドの横に腰かけて、アンジェリカは僕たちに向かってつまらなそうにうなずくと、片手をちょっと上げた。こちらが何をしようがしまいがまったく関心がないというふうだった。いかにも飽き飽きした感じのその態度は、彼女が過去にもそんな別れの儀式を何度も——あまりに多く——繰り返してきたであろうことをうかがわせた。カーテン越しに日差しが侵入し、既に耐えがたいほど熱したその部屋は、敗北感に充ち満ちていた。

「じゃあね」僕は戸口でぼそりと別れを告げた。アンジェリカの返事はなかった。閉じていくドアの隙間から、ベッドに横になる彼女が見え、そして消えた。

その後、僕とフランチェスコが彼女と会うことは二度となかった。

「ニコラは今日、帰ってくるはずなんだ。もしかしたら、もう帰ってるかもしれない」アンジェリカのアパートの階段を下りる途中でフランチェスコが言った。外に出ると凶暴な太陽が待っていた。公衆電話のボックスを見つけて、フランチェスコはニコラにかけた。

「やあ、ニコラ！」

そうだ、俺たちだ。今、バレンシアにいる。もう三日になる。お前、いったいどこに行ってたんだ？　ああ、OK、OK、約束どおりだ。こっちは今晩だってそっちに行けるよ。いやいや、問題はない。彼は友だちだ。それにビジネスパートナーでもある。安心してくれ。わかったよ、ひとりで行くよ。でも本当に心配ご無用なんだけどな。俺が今まで一度でもお前に面倒をかけたことがあったか？　わかった、わかったよ。じゃあ、あとで。

フランチェスコが僕の話をしていたのは明らかだった。でも、どうしてニコラを安心させる必要がある？

「ホテルに戻ってもう少し休もう。説明はそのあとだ」

いったい何を説明するつもりなのだろう？　それにニコラと話していた約束ってなんの約束だ？　僕は怪しみながら、どうにかなってしまいそうな猛暑のなか、わずかな日陰を求めて建物の壁際を彼とのろのろ歩いた。

途中、僕たちはパン屋で小ぶりのパンとクロワッサンをいくつか買い、食料品店でチーズと生ハムとビールを買った。少なくとも冷房は利く、ホテルの部屋で食べるためだ。

そして、あの嘘みたいなホテルの不健康でやかましい冷気のなか、あちこち転がったビールの空き缶とパンくずに囲まれて、フランチェスコはスペインに来た本当の目的を僕に説明したのだった。

26

「コカイン？」

正気かい？　そう続けそうになったが、あまりにありきたりな気がしてやめた。彼に明かされたばかりの事実の深刻さにそぐわなかった。だから僕はそのひと言に留め、呆気に取られた疑問符を添えた。

「そうだ。最高の上物が格安で手に入るんだよ。一キロたった四千万リラだ。バーリで売りさばけば、わざわざ小分けしなくても、そのままで二倍以上の値段がつく。知りあいにひとり、丸ごと買い取ってくれるやつがいてね。九千万は固いぞ。ひょっとすると一億だってあり得る」

「でも四千万なんて大金、どこで手に入れるつもり？」

「俺が持ってる」

「持ってるってどういう意味だよ？　ちょっとした買い物に便利なようにって、現金で四千万も持ってきたのか？　それともコカインを一キロ、小切手で買うつもりかい？」

「現金だ」

僕はしばし無言で彼をにらんだ。現金？　つまり、彼は四千万リラもの大金を――最低でも四千万ということだが――バーリから持ち出し、イタリアとフランスを横断して、スペイン東岸のバレンシアまで運んだということになる。それはつまり、彼は元々コカインを一キロ買うつもりでスペインくんだりまでやってきたということを意味していた。ひょっとするとそれだけのために旅立ったのかもしれなかった。

「バーリを出る前から、ここでコカインを買うつもりでいたんだね」

フランチェスコは二十秒ほど沈黙を守った。それから人差し指と親指で自分の鼻をしごくと、いかにも彼らしいやり方で答えた。質問で返してきたのだ。

「どこが気に入らない？　要するに、お前が本気で問題視しているのはどの点なんだ？」

「どの点もこの点もないだろう？　こっちは、ある麗しい夏の日に君から『バカンスに行こう、明日出発しよう、目的地なんて決めないでさ』なんて誘われて、いいぞと思って、一緒にこの馬鹿げた旅に出たわけだ。ところがここまで来て、実は裏の計画があって」そこまで言って僕は口をつぐんだ。頭のなかで用意していた言葉を声にするのがためらわれたのだ。僕は唾を呑んだ。

「実は裏の計画があって、全部、コカインの密輸のためだったと知らされたんだぞ？　やってられるかよ」

「それは確かに言えてる。内緒にしていたのは悪かった。でもきっと断られて、一緒に来てもらえないと思ったんだ」

「当然だ。来るわけないだろう？」

「わかったよ、ごまかした俺が悪かった。でもそれで、今は何が不満なんだ？　麻薬を買うのが倫理的に許せない？　それともリスクが高いから？」

「もちろんその両方だ。自分が何を言ってるかわかっているのか？　ドラッグを買って密売しよう、そういう話だぞ？　ばれたらどれだけ長い刑務所暮らしが待っているか、想像するのも嫌だね」

「お前は麻薬をやることに反対だったのか？」

「僕は麻薬の密売に反対なんだよ。コカインだろうがなんだろうが、この僕が、そいつを自分でさばくことに反対なんだ」

「煙草を吸うやつもいれば、酒を飲んだりするやつもいる。それと同じで、コカインを楽しむやつだっているのさ。俺たちにしたって。煙草と酒はやるじゃないか」

「そういう理屈は聞き飽きたね。どうせ『煙草とアルコールのほうが麻薬よりずっと健康に悪い、統計を見ろ、麻薬は合法化したほうがいいんだ』とかなんとか言うんだろう？」

「お前は反対なのか」

「僕が反対かどうかなんてどうでもいいんだ。それは法律違反なんだよ。麻薬の密売は犯罪で……」

僕は言葉を切り、フランチェスコの顔を見つめた。奇妙な表情がそこにはあった。ふたりはまったく同じことを考えていた。より正確には、僕には彼の考えていることがわかったし、彼がそれを言葉にする必要がないのもわかった。ふたりとも犯罪について考えていたのだ。これから犯す犯罪と既に犯してしまった犯罪について。

「ジョルジョ、聞いてくれ。犯罪とかその辺の話はいったん脇に置いて、ひとつ見方を変えてみようじゃないか。仮に、ここにひとりのコカイン常習者がいたとしよう。そいつはもしかすると自分の友人たちにコカインをふるまうのが好きで、それだけの経済的余裕があるやつなのかもしれないな。でも、毎週一度、どこかの道ばたの売人のところに行くのは避けたいと思っている。リスクもあれこれあるし、何かと厄介だから。仮にそういう人間がいたとして、お前に何か不満はあるか？　ひょっとしたらそいつは芸術家なのかもしれない。ほら、絵描きとか、芝居の演出家とか。で、コカインは創作意欲が湧くのを助けてくれるのかもしれない。じゃなきゃ単なる好物で、いっぺんに、そうだな、たとえば一年分とかまとめて買っておいて、安心したいだけなのかもしれない。危ない橋を渡ることなく、誰にも迷惑をかけることもなく。そういう人間がいたとしようじゃないか」

「それで？」

「それで、そいつにコカインを一キロ届けてやることの何が悪いのかって話さ。ついでに俺たちの懐には何千万という金が入るわけだし。貧乏くじを引くやつもいないだろ？　何も、どこかの薄汚い路地裏でヤクを打つためにかっぱらいまでする哀れなジャンキーを相手にヘロインを売りさばこうと言ってるわけじゃないんだ」

「ひとつ教えてくれ。今、君がしているのはあくまでも議論のための仮定の話なのかい？　それともコカインを密輸するために今回の旅を――こっちには黙って――計画しただけじゃなくて、買い手までしっかり決まっていた、そういう話？　そこをはっきりしてくれ」

「悪かったって言ってるだろ。俺が間違っていた。親友のお前と一緒に旅をしたかったのは本当だ。何もコカインを買うためだけじゃない。だから俺がお前をだましたことになるのが問題なら、それはわかる。俺のことがもう信じられないというのなら、それもわかる。逆の立場だったら、俺だって同じ気持ちになったかもしれない。そうならそうと言ってくれ、それでこの話はおしまいにしよう」

僕たちは黙りこんだ。フランチェスコの言うとおりだった。僕は自分が彼にだまされていたという事実に激しい怒りを覚えたのだ。いや、そうじゃない。適当なタイミングで話せば僕なんて簡単に説得できるものと高をくくって、彼が勝手に計画を立てたことに腹が立ったのだ。でも、彼がそうやって率直に自分の非を認めたので、こちらも落ちつきを取り戻した。沈黙が長引くにつれ、僕は関係ないことを考えだした。コーヒーが飲みたい、とか、出発前にエンジンオイルの量とタイヤの空気圧を確認しよう、といったことを。

煙草を吸いたい、とも思い、これはすぐ火を点けた。フランチェスコは僕の煙草のパッケージを取り、一本、自分のために抜いた。

「別に悪いことをするわけじゃないんだ。それにリスクもまったくない」彼は言った。

「そいつはいいね。リスクもまったくないときたか。僕たちは車に混じり気なしのコカインを一キロ積んでスペインとフランスを横切り、イタリアを北から南まで縦断するだけです、ってわけだ。国境をふたつ越えて、通関吏に財務警察、憲兵《カラビニエリ》その他の目をかいくぐってさ。リスクがないなんてよく言うよ」自分では馬鹿にした口調のつもりだった。でも実は、まんまと彼の術中にはまっただけだった。

「簡単さ。まず俺たちはブツを受け取りにいく。いや、俺がひとりで行く。ニコラの馬鹿野郎が大物気どりで妙に警戒してるから。それをしっかり梱包《こんぽう》してバーリまで郵便で送る。宛て先は安全な私書箱だ。向こうに帰ったら客に届けて、金を受け取り、ふたりで分けるんだい？　元手はそっちが全部持ってきたのに」

「どうして分ける」

「リスクを分担してもらうからさ。郵送の時に何か起きたり——まずないだろうが——万が一、ブツを処分しないといけなくなったり、とにかく想定外の事故があった時はふたりで共同責任ってことだ。ブツが消えてなくなれば、お前には分担金を払ってもらう。つまり二千万リラだ。逆に何もかもが予定どおりに運べば——まず間違いなくそうなるが——報酬から俺の四千万を差し引いて、残りを山分けしよう。いつものように、ぴったり半々だ」

「でも、小包みを持って郵便局に行く途中で捕まったらどうする？」

「じゃあ、空から突然、軒蛇腹《コーニス》が落ちてきたらどうする？　ある穏やかな春の日に、バーリのスパラーノ通りを散歩している途中にさ。よせよ、捕まるはずなんかないだろう？」

確かに、どうして捕まるはずがある？　それに考えてみろ、本当にすべて彼の言うとおりならば、誰が僕たちのせいで苦しむ？　ひとりの裕福な客が買い溜めしたがっている。そんなの、そいつの勝手じゃないか。僕は短くなった煙草でまた一本、火を点けた。そのとおりだよ、というふうにフランチェスコが僕の腕の付け根をぎゅっとつかんで揺さぶった。

それからはふたりで郵送の手順の細部を詰めた。コカインはベネズエラ産。コロンビア産よりも上等だとフランチェスコは言った。それを靴の紙箱に入れ、コーヒーの粉を周りに敷き詰める。そうしておけば、麻薬犬の嗅覚をごまかすことができるのだそうだ。念のため《ジャスト・イン・ケース》だよ。最後に箱を包装紙で何重にも包んでから、送る。実に簡単で、無害で、クリーンなやり方だろう？

その時、僕は確信した。フランチェスコにとってこれは初めてのことではないのだ、と。

27

日没とともに僕たちはホテルを出た。暑さはほんの少ししか緩んでいなかった。フランチェスコのかついだ軍隊ふうのデイパックのなかには五万リラ紙幣と十万リラ紙幣で四千万リラ入っていた。ふたりで少しだけ一緒に歩いて、すぐに別れた。今夜か明日の朝にホテルで会おうと彼は言った。

まず明日の朝だろうな。僕はそう思いながら彼を見送った。みるみるうちに下りてきた夕闇と家々のあいだを抜けて、彼はいずこへかと消えていった。

僕はトゥリア川の公園に向かった。木立や緑のなかを散歩しながら、どのくらい昔のことか知らないが、そこにかつて川があり、水が流れ、ボートが浮かんでいたと考えてみるのは楽しかった。別世界があったのだ。

それから何年も経って、僕はモンサンミッシェルでも似たような感覚を——ずっと強く——味わった。干潮で出来た潮だまりのあいだを縫《ぬ》うようにして、濡れた砂の上を歩いた時のことだ。海が見えやしないかと思って、僕は遠くを眺めていた。そして、海が突如として満ちる情景を想像した。まずは水平線で波が立ち上がる。それは壮大な白い泡で、やはり壮大な空と雲と渾然《こんぜん》一体になっている。誰もが逃げだすなか、僕はそこに留まる。あの島と城砦《じょうさい》を右手に、砂と空のあいだに留まる。迫りくる波を見つめながら。

そのまま元河床の公園を歩き回り、何時間も過ごした。夕涼みに来た人々——少年少女に若者たち、子連れの家族もいた——を眺めていたら、不思議なことに、少年時代に帰った気がして、甘美な憂鬱を覚え、いかにも休暇らしい気分になった。フランチェスコのこともコカインのことも忘れ、最近数日間の出来事も数カ月前からの出来事も忘れた。何もかもがやけに遠かった。途方もなく、遠かった。心地よく無気力な気分だった。中学時代の初夏の気分に似ていた。あのころはなんでもできる気がした。世界は魔法の庭園みたいな場所だった。光あふれ、涼しく快適な日陰もたくさんあって、善なる秘密がいっぱい隠された庭園だ。

でもどうして僕は、あの八月の夜、スペインのあんな無名の場所で、少年時代の気分をああも鮮明に思い出したのだろう？　あれは島みたいな空間だった。周囲で起きていたあれこれとは無関係に、ぽつんと浮かんでいる島だ。

軽く食事をして、ビールを何杯か飲み、煙草を吸うと、僕は両手を枕に芝生に寝転がった。そして空を眺め、星座の識別を試みた。いつものことだが、わかったのは大熊座だけだった。

そしていつのまにか眠っていた。

28

翌朝、僕たちは荷物をまとめ、宿代を清算して、駐車場に車を取りにいった。後部座席にはフランチェスコのデイパックがあった。前の晩、彼が出かけた時に大金を入れていたやつで、今はコカインが入っていた。

僕はフランチェスコの指示に従って車を走らせた。行き先は中央郵便局。そこで小包みを発送してから、気兼ねなく出発しようという算段だった。

実に簡単で、クリーンなやり方。でも僕は死ぬほど怯えていた。

前を向いて運転しているのに、後頭部に目があるみたいな気分で、そちらの目は後部座席のあのデイパックから離れなかった。万が一、その簡単でクリーンな仕事に何か問題が生じれば、デイパックのなかに詰まっているのは十年前後の刑務所暮らしだった。こちらは死ぬほど怯えていたが、フランチェスコはご機嫌だった。彼は冗談ばかり言い、四日でもうバレンシアには飽き飽きしたと言い——たった四日しかいなかったなんて本当だろうか？——今度はふたりでちゃんとしたバカンスに行こうなんてことも言った。

僕は死ぬほど怯えていた。

やがて大きな建物の前に来た。そこが中央郵便局のようだった。大きくて、醜悪な建物だったのは覚えているが、それ以上は何ひとつ記憶に残っていない。正面入口の前をゆっくりと車で通過したあと、フランチェスコに言われて脇の通りに入り、建物の裏手に来たところで停めた。

彼は靴の箱の形をした小包みを取り出した。包装紙で余すところなく包み、明るい茶色のガムテープで封をしてあった。黒いペンで私書箱の住所が書いてある。バーリの私書箱だ。

フランチェスコは小包みを僕に差し出した。

「ほら行ってこい。列に並んで送るんだ。もちろん送り主の欄には適当な名前を書くんだぞ。俺はここで待ってる。終わったらすぐに出発しよう。この糞暑い町ともそれでおさらばだ」

行ってこい。

お前は行け、自分は車のなかで待っている。彼はそう言ったのだ。

でも、もしも僕が捕まってしまったら？　もしも警官がなかで待っていて、怪しまれて、小包みを開けろと言われたら？　そうじゃなくても、とにかく、もしも何か問題が起きたら？ その時、フランチェスコはどうする？ 僕はどうすればいい？ 途方もない恐怖に襲われた。本物のパニック状態だった。似たような恐怖を以前にも一度だけ味わったことがあった。三歳か四歳の時、母親に公園に連れていかれて、迷子になったのだ。その春の日の午後のことで覚えているのは、圧倒的な恐怖、方向感覚の完全な喪失、そして自分の上げる絶望的な嗚咽《おえつ》だけだ。母親に見つけてもらったあとも長いこと僕は泣きやまなかった。

僕は茶色い小包みを膝に乗せたまましばらくじっとしていた。きっとフランチェスコは僕のなかで何が起きているかを知っていたはずだ。彼は何も言わず、指一本動かさなかったが、僕はそう確信している。

できるものなら彼に尋ねてみたかった。どうして郵便局のなかまで一緒に来てくれないのか、と。さもなければ、考えが変わった、もうこの件には関わりたくないと断ってしまいたかった。この小包みは君が自分で送って、儲《もう》けもどうぞ独り占めしてくれ、と。

でも僕は口を開くことができなかった。まるで駄目だった。しばらくエアコンの唸《うな》る音だけが沈黙を埋めていたが、やがて彼の声が響いた。

「ほらさっさと行けよ。早めに出発して、日のあるうちに距離を稼ごうぜ」

フランチェスコの口調は落ちついたものだった。その声は僕に向かって、こんな箇単な用事に何をもたもたしているのか、出発が控えているのだから、時間を無駄にするなと告げていた。

僕は運転席のドアを開けると、いつもの癖で、車のキーを抜いた。

「何するんだ、キーを持っていくつもりか？　もしも警官が来たらどうする……」彼の声はごく普通で、緊張した様子は微塵《みじん》もなく、ほとんど陽気ですらあった。でもこっちは血も凍る思いだった。警官が来たら、こいつ、やっぱりひとりで逃げるつもりなんだな？

「……車を移動しろって言われるかもしれないだろ？　二重駐車だからな。さあ急げ、いい加減うんざりしてきたぞ」

彼にキーを渡して、僕は車を下り、暑い外に出た。恐怖と無力感の両方でぼんやりしていたが、特に後者の大きさにはその時初めて気づいた。

郵便局はエアコンが利いていなかった。カウンターの向こうに旧式のやかましい扇風機が一台あって、どちらも意気消沈した感じの二名の局員を元気づけようと頑張っていた。小包みの窓口には短い列が出来ていた。人々のにおいと埃っぽいにおいに加え、もうひとつなんだかよくわからないにおいが漂っていた。僕の前には背の高い立派な体格の婦人が並んでいた。彼女は袖無しの花柄ワンピースを着ていたが、腋の下から黒々とした長い体毛が顔を覗かせていた。

局員はどちらも急ぐ気配がなく、僕の前に並ぶ客たちも同様だった。暇つぶしに僕はひとりで賭けを始めた。賭けの対象は誰が郵便局に入ってくるか、そしてふたつの窓口に並ぶ人々のどちらが先に用事を済ませられるかだ。

もしも次に局に入ってくる人物が男性だったら、万事うまくいって、僕は助かる。僕の列の先頭のじいさんが先に用事を済ませたら、万事うまくいく。

もしも次に局に入ってくるのが女性だったら——列の前にいるのがもうあの腋毛の女傑ひとりになった時、僕は思った——絶対に僕は助かる。

その時、視界の片隅に、ひとりの制服姿の男が入ってくるのが見えた。

警官！

この恐ろしい警告は頭のなかに文字になって現れた。感嘆符も含めて、太字のマーカーでしっかりと、僕の脳内のどこかに出現した白い貼り紙めいたものに書かれていた。まるで田舎芝居で使う安っぽいプラカードだった。

息を呑むという言い回しの本当の意味をその時、初めて理解した。制服の男が入ってくるのをちらりと見るなり、僕はとっさに目をそらし、床の一点を見つめた。自分の靴と靴のあいだだ。逃げだしたいという衝動にかられていたが、混乱の極みにあった頭でも、そんなことをすれば余計に注意を引き、逆効果なのはわかった。しかし、あの警官がたまたま郵便局にやってきたわけではない可能性もあった。僕を捕まえにきたのだ。密告があって、僕たちは尾行されていたのだ。警察は今の今までふたりを逮捕するチャンスをじっと待ち続けていたのだろう。いや、捕まるのは僕ひとりか。どうせフランチェスコは逃げ切るに決まってる。それも僕の車で。もうすぐ彼らは僕の腕に触れ、署までの同行を求めてくるのだろう。

制服の男は僕の横を通過すると、カウンターの側面にあった小さな扉からなかに入った。男は大きな革の肩かけかばんをさげていた。

郵便配達員だったのだ。

自分がずっと息を止めていたことにようやく気づき、僕が呼吸を再開するまでにはさらに数秒かかった。

その十五分ほどあと、僕はまた車のなかにいて、凄い勢いで煙草を吸っていた。頭が真っ白で、両手の震えがどうしても止まらなかった。

29

帰路はノンストップのうんざりするようなドライブだった。要は往路と同じだ。僕たちはあり得ないようなスピードで飛ばし続けた。運転を交替する時も休憩はせず、数日前と同じルートをさかのぼった。無意味なビデオを高速で巻き戻すみたいな旅だった。

全行程を通じて——三十時間程度ではなかったか——僕が覚えているのは、イタリア・フランス国境の高速道路にかかっている一連の恐ろしげな陸橋とカーブくらいなものだ。まだ夜だが、もうじき夜明けという時間帯だった。運転は僕の番で、フランチェスコは助手席のシートを完全に倒して寝ていた。僕はへとへとだった。このままだと確実に居眠りをして、車はガードレールを突き破り、アスファルトの向こう、植え込みの向こう、橋脚の向こうに見える、あのぞっとするような虚空へと飛び出すことになる。そう思っていた。きっとフランチェスコは何が起きたか気づきもしないところがこちらはすべてを見届け、耳にするだろう。最後の瞬間まで。

でも怖くはなかった。だからその区間では狂気の沙汰でしかない速度を出し続け、ブレーキペダルにはほぼ触れなかった。時おりシフトダウンをすれば、エンジンが猛々しく陽気な咆哮《ほうこう》を上げた。何度も死の淵《ふち》のすれすれまで行った。ひりひりする目を閉じかけて、あとコンマ何秒で取り返しがつかなくなる間際に開き、そっとステアリングを切る。そんなことも一度ならずあった。

バーリに到着したのは、いつになく涼しくて、悲痛なまでに美しい八月の夕べだった。今すぐではないにせよ、じきに夏は終わってしまうと気づかされる夕べだ。若い時は誰でも、八月にそんなふうに秋の気配を感じれば、微かだが特別な憂鬱を覚えるものだ。

思い出と郷愁が、自分にはまだまだたっぷり時間があるという確信——あるいは幻想——と入り混じって出来た憂鬱を。

相変わらずな町の様子に僕は、何もかもが元どおりになるだろうと思った。元というのがどの状態なのかはわからなかったが。

とにかく僕はまもなく物凄い大金を手にするところだった。頭にあったのはほぼそのことだけで、考えるたびにうっとりし、めまいがしそうだった。当然そんな大金の使い道などなかったが、その点は気にならなかった。

一方、終わったばかりの旅のことは――スペインも、アンジェリカも、あの非現実的な町での夢うつつな散歩も、この世の物とは思えないあの日の出も、コカイン入りの小包みを送ったことも、様々なにおいも光も音も、僕の不安も――一切合切がやけに遠く感じられた。はるか昔にあったことか、夢に見たんじゃないか、という感じだった。実際のところ、あれは現実にあったことなのだと自分に向かって言い聞かせないと、本当だとは思えなくなっていた。

それから家に向かって歩きだして、僕はようやく両親のことを思い出した。ふたりもバーリに戻っていれば、もうすぐ会うことになるはずだった。両親への電話は出発の朝に高速道路でかけたあれが最後だった。ふたりは僕の蒸発について――当たり前だが――あれこれ言ってくるだろう。心配していたとか、お前は無責任だとか。そう思ったら、少し前までの軽やかな気分なんてあっという間に消えてしまった。右向け右で逃げだしてしまいたい衝動にかられた。

でも思い直した。お前は疲れている。へとへとじゃないか。今はとにかく眠ろう。自分のベッドで。だから僕は、きっとなんとかなると自分に言い聞かせた。

なんとかなるさ。

ああ、きっと大丈夫だ。

第三部

1

夜。肘掛け椅子。暑さ。時に鋭く時に鈍い頭痛のもやに包まれて混濁した記憶の数々。

決めたのはもちろん、彼の父親である大将だった。ジョルジョ、お前は大きくなったら憲兵隊《カラビニエリ》の将校になれ。まさにこの父のように。そしてお前の祖父もまたそうであったように。以来、父親の決めた彼の進路が議論の対象となったことは一度もなかった。

軍の寄宿学校時代と次の士官学校時代を彼は水中を泳ぐようにして過ごした。ずっと息を詰めていたのだ。彼の周りにいた者たちも例外なく無言で、態度がよそよそしかった。まさに水槽のなかの魚たちのように。

規律に従うことにはなんの抵抗もなかった。現実を遮断し、体はその場に残したま
ま、そこを離れてしまうだけでいい。それは彼が幼いころに身につけた得意技だった。

士官学校の最終学年ではひとりの娘との出会いがあった。それから数週間は彼女と

デートを重ねたが、そこまでだった。そのうちジョルジョは彼女の顔も声も思い出せなくなり、ついには名前すらなかなか思い出せなくなった。

以来、つきあった女性はいない。

ある精神分析家の診断はこうだった。このジョルジョ・キーティという若者は異性との関係構築に深刻な困難を抱えている。適応性の問題であり、幼少期に自己愛性の傷を負ったせいで、根深い過去のトラウマのせいである。

未解決のエディプスコンプレックス。つまり、男児が無意識に父を憎み、母を慕う傾向のせいだというのだ。

僕がまだ九歳にもなっていない時に母親が自殺したからといって、それだけで未解決のエディプスコンプレックスだと決めつけていいのか？　それに、僕が絶望的に欲し、同じくらいに恐れるがゆえにその名を口にすることすらできずにいるものへの願望まで、やはり、僕がまだ九歳にもなっていない時に母親が自殺したことが関係あるというのか？

恐怖と願望の組み合わせは危ない。

漠然とではあるが、ジョルジョはそのことに気づいていた。頭痛の無慈悲な攻撃に耐えて過ごす眠れぬ夜も、静寂に負けてしまわぬよう、まだ幼いうちから身につけるしかなかった魂の麻痺《まひ》の合間にも、彼は漠然と思うのだった。

恐怖と願望と静寂の組み合わせは危険だ。
それはひとに自分を見失わせることがある。
それはひとを狂わせることがある。

2

自動開閉式のゲートは内側に向かって小刻みに開いていった。完全に開いてから、僕は車を前に進め、地下駐車場へと続くスロープをローギアで下った。来客用のスペースがあったので、きちんとそこに停めた。

僕たちがバーリに戻ってからきっかり一週間が過ぎていた。そろそろ僕も、フランチェスコがひとりでブツを客に届けて、報酬を独り占めしてしまったんじゃないかと不安になってきたころに、やっと彼から電話があった。

「今朝、行くぞ。二時間したら迎えにきてくれ」

小包みはあらかじめ彼が回収してあり、彼の誘導で僕はある住宅街まで車を走らせた。庭と駐車場付きのマンションが建ち並ぶ、金持ちの住む地区だ。

「俺ひとりで上がる。お前は車で待っていてくれ。わざわざ顔を見せる必要もないからな。信頼できるやつだが、用心するに越したことはない」

ちょっとむっとした。僕だって引き渡しの場に立ち会いたかったのだ。でもフランチェスコの言うとおりだった。無用なリスクだ。それに客のほうに、僕に顔を見せるつもりがまったくない可能性だってあった。

フランチェスコはデイパックを——スペインで使っていたのと同じやつだ——つかむと、エレベーターのなかに消えた。僕は車で待った。たぶん、包みをナイフで破ってブツの質を確認するんだろうな、と思った。でも、すぐに考え直した。馬鹿馬鹿しい、映画じゃあるまいし。

十分ばかり過ぎたころ、エレベーターの赤いランプが点くのを見て、僕の頭のなかで早回しの映画が流れた。自動ドアがゆっくりと開く。しかし出てくるのはフランチェスコではなく、大きなピストルを持ったふたりの大男だ。ふたりは警官で、僕に向かって、両手を上げて車から出てこいと怒鳴る。僕はボンネットに両手を突き、両足を大きく開いた格好で、ボディチェックをされる。

何がなんだかわからないと答えなければ。コカインについて訊かれても、何も知らないと答えろ。友だちのフランチェスコに頼まれて、誰かの家に用事があるからと、ここまで車でつきあわされただけです。いったい何事ですか？　僕が何をしたというのですか？　僕の声に迷いはない。でも内心、今にも泣きだしてしまいそうだ。

エレベーターのドアがゆっくりと開き、フランチェスコが出てきた。デイパックを片方の肩に引っかけている。彼が車に向かって早足で近づいてくるのを見守りながら、自分がまた息を詰めていたのに気づいた。

「うまくいったぞ」彼は助手席に乗りこみながら言った。僕はエンジンをかけ、スロープを上り、窓を下げて、ゲートを開けるボタンを押した。道路に出る寸前、フランチェスコに袖を引っ張られた。見れば、デイパックの口が開いていて、なかにあふれんばかりの札束が詰まっていた。全部でいくらあるのか僕はまだ知らなかったけれど、あんなにたくさんの金を見るのは間違いなく初めてだった。声を上げて笑いたい気分だった。フランチェスコを抱きしめてしまいたかった。この上なく簡単で、嘘みたいだった。僕の抱いた疑問も不安も全部、今となっては馬鹿みたいだった。それにどうだ、実際、僕たちは何ひとつ悪いことなんてしていないじゃないか。客が——それが誰にせよ——コカを何キロやろうが、そいつの勝手じゃないか。すっかり興奮した僕は、こんな仕事をふたりであと十回くらいはやって、思い切り金を貯めて、そこでおしまいにしたらいい、とさえ思った。そのアイデアが僕は気に入った。よし、これで僕にも将来の計画ってやつが出来たぞ。何もかもこれで筋が通る。そう思うとほっとした。おかげで罪悪感は最後のひとかけらまで一掃された。ズヴェーヴォの小説『ゼーノの意識』で、主人公が禁煙を試みるエピソードに出てくる、最後の一本と似たような考え方だった。つまり、ある程度、柔軟に考えろということだ。スペイン行きの前に自分が固めた覚悟など、無論、完全に忘れた。勉強を再開するとか、普通の生活に戻るとか言っていたあれだ。今や僕の頭には、誰も傷つけることなく大金を稼ぐべしという考えしかなかった。何も銀行強盗をしようというんじゃない。それに一生続けなきゃいけないわけでもない。あと十回もやればいい——熱病にでもやられたみたいに僕は胸でそう繰り返していた——そのあとのことはまたそれから考えよう。でも難しく構えることはないぞ、気楽にやれ。なんだったら、家を買ったっていいじゃないか。親にはトトカルチョか何かで当たったと言えばいい。バックパックのなかにはいくら入っているんだろう？　気になるのはあの金のことだけ、あとは一切どうでもよかった。あの金に触れてみたくてたまらず、なかに手を突っこみたくてしかたなかった。僕はごく普通の二十二歳の若者だった。

僕たちはフランチェスコの家に向かい、そこで報酬を山分けした。全部で九千万リラあった。十万リラ札の束が九十個も入っていたのだ。にわかには信じがたい眺めだった。

フランチェスコは自分の取り分を取り出すと、僕の分はデイパックごと渡してくれた。

「銀行には預けるなよ、言うまでもないけど」フランチェスコは警告した。

「でもこんな大金、どうする？」彼がこれを元手にもっと儲ける何か別の仕事を提案してくれやしないかと期待して、僕は尋ねた。

「好きなように使えばいいさ。ただ、目立つのもまずいし、跡を残すのもまずい。銀行に預けるにしても、たとえば、二百万ならいい。それから二カ月くらい空けて、また預けてもいい。ギャンブルで儲けた金と同じだ。要は二千五百万をいっぺんに預けるなってことさ。それはどうやって作った金なんだって、そのうち誰かに問い詰められることになるかもしれないからな」

その不吉な仮定を僕はすぐに頭から追い出した。そしてデイパックの口を慎重に閉じると、肩紐の両方に腕を通した。ただし普段とは逆向きで、ウエストバッグみたいに前に装着した。かっぱらいに遭ってもそのほうが対処しやすいだろうと思ったのだ。フランチェスコに別れを告げたが返事はなく、僕は構わず去った。通りに出てからは、ざらついた布地を両手で押さえながら、歩いたり走ったりして帰った。

期待どおり、家には誰もいなかった。金を長いこともてあそび、においまで嗅いでから、『テックス』と『スパイダーマン』の古い漫画本をしまっていた段ボール箱に隠した。子ども時代の漫画と大金が一緒になっている様を見るのは奇妙な感じだった。札束の山と一緒くたになった、あのころの失われた夢。札束の山と一緒くたになった、子ども時代の古びた名残。

しばらく見ていたら、軽い吐き気を覚えた。僕はその眺めから目をそらし、別のことをせねばならなかった。

ラジカセにお気に入りのカセットテープをセットし、何度か早送りを繰り返して、『明日への暴走』を頭出しした。再生ボタンを押し、ベッドに寝ころぶのと同時にイントロのドラムが鳴り響いた。

ハイウェイは壊れたヒーローたちで渋滞中
最後のチャンスに賭けてやつらは走る
今夜は誰もが逃走中だが
隠れる場所なんてどこにも残っちゃいない

3

それからは無意味な日々が幾週も続いた。僕の記憶のなかでその時間は全編が白黒の映画として残っている。画面は汚い部屋をしつこく捉えるカットばかりで、あとは不安を誘うロングショットが時々あるだけの映画だ。

当然のことだが、手にした大金を僕は持て余していた。使い道がないほど大きな額だったから。たまに隠し場所を変えて、母さんに——または週に二度我が家に来ていた掃除婦に——見つからないようにした。

フランチェスコはコカインを客に届け、報酬を山分けした時を境に行方がわからなくなった。無に呑みこまれてしまったみたいだった。電話もよこさず、家を訪ねてもいなかった。以前はよく彼と待ち合わせて駄弁《だべ》ったバールにも何度か寄ってみた。そこなら会えるかもしれないと思ったのだが、無駄足に終わった。

僕は手持ちぶさたになった。家のなかをうろつき、それから町の通りをうろついたが、胸にはいつだって同じ不満と不安があった。心が、わずらわしい微熱にでもかかったみたいだった。時にはＢＭＷに乗り、高速道路を飛ばすこともあった。直線区間は時速二百キロも出して、カーブではほんの少し減速するだけで一切ブレーキを踏まぬゲームをしたり、右端の走行車線から追い越したり、正気じゃない危険な速度でサービスエリアに進入したりもした。

下道で海に向かうこともあった。そのたび違うビーチを見つけて、ひと泳ぎしてから、タオルの上に寝そべった。そして暑さも衰えた九月の日差しを浴びながら、このまますっと眠ると思うのだが、一度だって眠れたためしがなかった。十分もするとそわそわしだし、ほどなく不安にかられるのが常で、結局、服を着て、車に戻った。

やがて夏は終わり、そうした奇妙なドライブも終わった。

ある朝、僕はマリアに電話をかけてみた。出たのは強いバーリ訛りのあるしゃがれ声の男性で、ぶっきらぼうな口調だった。とっさに受話器を下ろし、電話番号を逆探知される危険はあるだろうかと心配した。数日後にまたかけてみたら、今度は女性の声で応答があった。ただそれがマリアの声なのかどうか判別がつかなかった。

「マリア？」

「どなたですか？」

僕は電話を切り、もう二度とかけなかった。

両親の目を気にして一応勉強を続けているふりをするのもやめてしまった。僕はふたりの前をいつも幽霊か赤の他人のように、無言で通り抜けた。母さんと父さんが苦しんでいるだろうことは想像がついた。状況を理解できぬがために、前より余計に苦しんでいたはずだ。ふたりは僕に何も言わなかった。ふたりの沈黙に僕を非難する気配はもはやなく、無言の、解読不能な戸惑いがあるだけだった。そこに漂う敗北感が耐えがたかった。

実際、僕は耐えられず、目をそらし、耳は音楽で塞ぎ、部屋にこもり、外をぶらついた。

読書すらまともにできなくなった。読み始めても二、三ページですぐに飽きるか、気が散ってしまうのだ。そうした本は片づけ、二度と手に取らなかった。数日後に別の本を試してみても、やはり同じことで、それどころか前よりも短い時間しか持たないこともあった。まもなく僕は試すことすらやめてしまった。

読めるのは新聞だけだった。新聞ならばページの順番は気にせず、どこからどう読んでもよかったし、書いてある内容を理解する義務もなければ、ぼんやり読んでも構わなかったからだ。

やがて僕は犯罪を報じる記事に病的な関心を持つようになった。いわば業界関係者らしい関心だ。特に麻薬密売人の逮捕や裁判についての記事をよく読んだ。誰かの訃《ふ》報《ほう》を読んでは今度も自分の番ではなかったと喜ぶ老人のような、意地の悪い読者だった。

ほんの数グラムのコカイン密売に対して科せられた懲役刑の長さを記事で読むたび、自分が一キロの密売でどれだけ長い懲役のリスクを冒したのかを——そして逃れたのかを——推測し、そのたびに恐怖と快感の両方でぞくぞくした。外は雨降りで寒い時に、自分は毛布にくるまり暖まっている者と似たような感覚だった。

ある日、リベルタ地区の裏カジノで喧嘩があり、刃傷沙汰《にんじようざた》になったという記事を読んだ。僕はそのローカルニュースの文面に出てくる名前をはらはらしながら拾っていった。フランチェスコが巻きこまれたにちがいないという確信に近い予感があったのだ。多くの予感同様、その予感は外れた。それでも読み終えたあとは、ぼんやりした不快感が残った。その感覚には、フランチェスコと僕、そして遅かれ早かれ起きるはずのことがなんらかの形で関係していた。

それがよいことであるはずがなかった。

バーリで数カ月前から起きていた連続レイプ事件を危惧する記事には何度も出くわした。当局はいずれも同じ変質者による犯行とみなしており、女性には暗くなってからひとりで出歩かないように勧め、市民には捜査協力を求めていた。

そんな時、僕はたいして注意を払うことも、何かに気づくこともなく、別のページにぼんやりと目を移した。ごくたまに、そんな鈍い麻痺状態から僕を揺り起こす記事に出会うこともあった。

今でもよく覚えている記事がひとつある。

ある日、僕は新聞でガエターノ・シレアの死を知った。一九八二年のサッカーワールドカップ・スペイン大会でイタリア代表チームのリベロだった選手だ。ありふれた選手の寄せ集めが奇跡的な驚異の成長を遂げ、世界最強のチームへと変身したのは、僕が十五歳の時だった。彼らは破竹の勢いでアルゼンチンを破り、ブラジルを破り、ポーランドを破り、ドイツを破った。あたかも運命の神が彼らに味方したかのようだった。いや、神は僕たちに味方をしたのだ。こうして八二年の栄光を思い出せば、今なお信じられない思いがするし、胸に迫るものがある。

八九年のあの九月、シレアは三十六歳で、永久にその年齢のままとなった。ポーランドの人里離れた、路面の悪い高速道路を走る古びたフィアット一二五に彼は乗っていた。ところが運転手が危険な追い越しを試み、対向車線を何も知らずにのんびり走っていたバントラックに正面から衝突、取り返しのつかぬ事故となったのだった。はたしてひとは世界チャンピオンになったその時、自分の余命がわずか数年だなんて想像できるものだろうか？　なんの変哲もないフィアットの中型セダンに乗って、ポーランドのどうでもいいような道路を移動している時に、あと数分で自分が死ぬなんて想像できるものだろうか？

フランチェスコの家には何度も何度も電話をした。しばらくは母親が電話に出た。そして、あのきついバーリ訛りで、ナフタリンと不幸と恨みのにおいが漂ってきそうな、陰気な老婦人の声が、フランチェスコはいない、いつ戻ってくるのかもわからないと答えた。僕から電話があったと伝えてもらえませんかと頼めば、向こうは無意味な間を空けてから、ため息をひとつついて、こう答えるのだった。伝えてもいいけど、いつ帰ってくるかわからないよ、あんた誰だい？　このあいだもかけたジョルジョです。では失礼します、お母さん、ありがとうございました。お母さん、というその言葉を僕が言い終えるより先に、彼女はいつも電話を切ってしまった。だから僕は毎度、ひとりで、誰も聞いていないのに、ありがとうと言う羽目になった。

彼女は特に僕が気に入らなかったわけではないと思う。おそらくは、たゆむことなく頑迷に、全世界を憎んでいたのだろう。あの家の外にある世界、あの家の積もり積もった埃の外にある世界、あの濃厚な不幸のにおいの外にある世界を丸ごと憎んでいたのだろう。

フランチェスコから折り返し電話がかかってくることはなかった。母親も僕の電話のことは伝えていなかったのだろうが、その点はどうでもいい。仮に彼女が伝えていたとしても、彼にはそのころほかにやることがあったのだから。そして、そのやることについて言えば、僕は蚊帳《かや》の外に置かれていたのだから。

二週間ばかりが過ぎ、五回か六回はあの老婦人と——名はなんといったのだろう？　僕はいまだに知らない——シュールなやりとりを繰り返したあとから、電話をかけても誰も出なくなった。毎回、電話のベルが十回か十五回は鳴るまで待ったが、無駄だった。色々な時間にかけてみた。朝の七時半にかけたこともあれば、夜の十一時にかけたこともあった。でも誰も出なかった。やがて僕はかけるのをやめた。

ある日——もう十月だった——街角で彼に偶然会った。なんだか様子が前とは違っていた。髭を伸ばしていたが、違和感の原因はそこではなかった。とにかく彼のどこかがおかしかった。服装か何かだったのかもしれないが、よくわからない。フランチェスコの目は大きく見開かれていて、僕を初めて見るような顔でしばらく見つめた。それから、いきなり話しかけてきた。まるでちょっと前に中断したばかりの会話を再開するみたいな口調だった。そして僕の肩に触れ、痛いほど強く、腕をつかんだ。

「いいか、友よ、俺たちは一度、しっかり腰を据えて、きちんと話し合う必要があるぞ。それはもう絶対に必要なことだ。俺たちはまさに今、人生の大転換点に立っているのだから。そう、いわば、俺たちはふたりで一緒に始めたこの旅を絶対に最後までやり遂げないといけないんだ。お前と俺で。戦略的計画を練って俺たちの真の目的を次々に達成しようぜ」

そのころには僕は彼に肩を抱かれ、引きずられるようにして歩いていた。そこはスパラーノ通りで、ブティックが建ち並び、秋物のショッピングを楽しむ上品な装いの婦人たちもいれば、若者グループもたくさんいた。僕の感じていた脅威は、そんな周囲の人々のざわめきと同じくらい具体的なものだった。

「俺たちに固有の主観的アイデンティティは、今や、決定的な分岐点に差しかかっている。そう考えてくれ。ひとつ目の選択肢は、今後の出来事に俺たちの将来を決めさせてしまう、というものだ。川を流れる木の枝のように、流れに身を委ねるということだ。お前はそんなものを望むか？ 当然、嫌だよな。ふたつ目の選択肢は、その川を泳ぐ、というものだ。流れに逆らって、覚悟を決めて、頑張って泳ぐんだ。真の認識と本物の人生の追求計画を達成するために。なあ、お前には俺の言いたいことわかるよな？」

フランチェスコは僕の名前を覚えていないんじゃないか。そんな気がした。

いや、気がしただけではなかった。僕はその時、フランチェスコは僕の名前を覚えていないと確信したのだ。頭のなかで古いタイプライターの活字が『彼は僕の名前を覚えていない』という文句を記すのが見えた。続いてその文句は一種のネオンサインとなって点滅を始めた。彼は僕の名前を覚えていない。数秒間点滅を続けたのち、それは消えた。

「……つまり、俺たちはある定言的命令を正確に遵守しなきゃならない。即ち、本来の自分になるべし、だ。今や俺たちが——そう、ほかの誰でもないお前と俺が——備えるにいたった力をいよいよ行為に転換すべし、だ」

彼の話はさらに何分か続いた。つい聴き入ってしまう狂気のリズムで、僕の肩に腕を回したまま、時おりこちらの肘のすぐ上をぎゅっと握りしめながら彼は語った。そしてそれは始まりと同じようにいきなり終わった。

「さて、友よ、俺とお前はあらゆる点において意見の一致を見たようだ。また会おう。次はきちんと時間をかけて、計画の細部を徹底的に詰めて、適切な戦略を立てようじゃないか。元気でな」

そして彼は消えた。

4

ある朝、麻薬捜査班の曹長が、ペッレグリーニの机の上にあった例の似顔絵を見た。その曹長はカラブリア州での三カ月に渡る合同捜査を終えてバーリへ帰投したばかりだった。

「こいつなら知ってるぞ。去年のある晩、潜入中の裏カジノで見た。あの時、俺たちは、マドンネッラでヤクをさばいていたグループを調べていた。こいつはポーカーをやっていたよ。負けてたな。大負けだ。そのくせ、何ひとつ問題はないって感じで、ひょうひょうとしてやがった。その顔が忘れられなくてな。それにあの目つきときたら。ああそうだった、途中でそいつにこちらの正体に気づかれた気がしたんだ。やつの目がそう言っていた。俺ともうひとり、あのころはアルタムーラ署にいて、あとで転勤になったポポリツィオという男が一緒だったんだが、そいつも同じ意見だった。だから俺たち、あの晩はそこで賭場を出て、幾晩か間を空けてから戻ったんだ。するとやつはもういなかった」

曹長は似顔絵のコピーを手に取ると、しばらく何も言わずに見入った。

「これはあいつだ。まず間違いないね」

それからペッレグリーニに目を戻し、こう尋ねた。

「凄くうまいな、この絵。誰が描いたんだ？」

問題の裏カジノに突入すると、プレーヤーたちがテーブルの上のカードとチップを隠そうとしているところだった。憲兵《カラビニエリ》たちはそれには構わなかった。キーティは麻薬捜査班の曹長に質問した。

「店主は誰かな？」

曹長は五十前後の男をあごで指した。丸禿げで浅黒い肌をしたそいつは、ちょうど彼らのほうに近づいてくるところだった。

「この野郎、いったいなんだって……」

男の言葉は一発のびんたで中断された。躊躇《ちゅうちょ》のない、手のひら全体を使った一撃で、ほとんど悠々と放たれた。時間を節約するための手段だ。

「憲兵隊だ。お前に話がある。おとなしく言うことを聞け。そうすればこのゴミ溜めでお前たちがやっている悪さについては、調書の一行も書かずに出ていってやる。五分間、落ちついて話せる場所はあるか？」

禿げた店主は憲兵たちの顔をひとりずつ、じっくりとにらんだ。それから無言で、ついてこいという仕草をした。

キーティらが連れていかれたのは事務室とおぼしき汚い部屋で、プレールームに増して煙草臭かった。男は何が訊きたいという顔で彼らを見やった。曹長は人相書きを突きつけ、こいつを知らないかと尋ね、よく考えて慎重に答えるよう勧めた。

男はよく考えた。そして、知っていると答えた。そいつなら会ったことがあるし、よく知っている、と。

そこからの展開は速かった。極めて速かった。

二日で男の身元が割れた。住民登録簿によれば男は母親と住んでおり、母親は夫と死別していた。しかし登録された住所を見張っても男は姿を見せなかった。インターホンのブザーも何度も鳴らしたが、返事は一度もなかった。

そこでそのアパートから出てきた隣人数名への聞き込みが行われた。カルドゥッチ夫人？　二十日ほど前に亡くなりましたが……。つまり、死亡届はまだ市役所に提出されていないということか、キーティは思った。若者？　フランチェスコのことですか？　母親が亡くなってから見かけませんね……。誰も彼の行方を知らなかった。どこか別の町の、親戚のところにでも行ったんじゃないですか？　いいえ、そういう話があったわけではありません。ただの推測です。そもそも彼らは母子に親戚がいるのかどうかも知らなかった。正直言って、あの親子のことは、わたしたち、何も知らないんです。ふたりとも口数の少ないほうでしたし……。つまり、すべては闇のなかだった。

ことそこにいたって、カルディナーレがまたしてもひらめいた。

「中尉、家に入ってみましょう」

「家に入る？　どうやって？　検事から家宅捜索の許可が出るはずがないじゃないか。今のところこっちには証拠ひとつないのだから。あるのは憶測に次ぐ憶測だけだ。下手をすると、事件とはなんの関わりもない人間なのかもしれない。検事にどう説明しろというんだい？」

「いえ、実を申しますと、令状の話をしたかったわけではなく……」

「じゃあ、なんだね。まさかバールでドアをこじ開けて忍びこみ、近所の人間に一一三番通報されて、警察に逮捕されましょう、とでも言う気か？」

カルディナーレは返事をしなかった。ペッレグリーニは自分の靴の爪先をしげしげと眺めている。マルティネッリはじっと動かず、素知らぬ顔だ。中尉は自分の周りで何が起きているのかやっと吞みこめたというふうに、三人の顔を順ぐりに見つめた。

「なるほど、不法侵入を君たちは勧めているんだな？　つまりドアを打ち破って

「……」

「ドアなら、何も打ち破ることはないんです」カルディナーレが言った。「空き巣から没収した鍵の束がありますので」彼はさらに言い訳をするようにこう続けた。「少なくとも十件は前科《マエ》のある犯人で、我々が捕まえたんです。中尉がバーリにいらっしゃる前の話で、そいつはまだ塀《へい》のなかですが」

「要するに、君は犯人からピッキング道具を取り上げて——というか盗んで——調書にはもちろん記録せず、自分で使うために所有しているということか？」

カルディナーレは唇をぎゅっと結び、答えなかった。

キーティは言葉を続けようとしたが、考え直した。彼は煙草を一本抜き、火を点け、最後まで吸った。三人の部下はじっと待ち、中尉のオフィスは時間が止まった。それからようやく煙草を消した彼は、ひとつ疲れた深呼吸をすると、右の頬を拳に乗せて、机に頬杖を突いた。そしてまた、三人の顔をひとりずつ眺めた。

「君たちのアイデアを正確に説明してもらおうか」

5

ある日、姉に会った。

僕はいつものように中心街をぶらつき、数カ月前からよく利用するようになっていた高級ブティックのショーウインドウを眺めて歩いていたところだった。

寒い季節が迫っていたからそろそろ秋冬物を買わないといけないと一応考えてはいたのだが、店に入り、店員にあれこれ尋ね、服を試し、選ぶという一連の行為がやけに複雑に思え、面倒だった。

アレッサンドラに出くわした時、僕はそれが彼女だと気づかなかった。というより、たぶん、単に姉の姿が見えていなかったのだろう。向こうが気づいて、僕の前で立ち止まったのだ。それこそ目の前で、ほとんど道を塞ぐようにして。

「ジョルジョ?」弟が自分に気づかなかったという事実以上に深刻な何か。彼女の声がなんだかおかしかったのは、そのせいだったのだろう。おそらく姉は僕の目つきに何かを見て取った――あるいは見つけられなかった――のだ。

「アレッサンドラ」彼女の名を呼びながら、ずいぶん長いことその名を声に出して呼んだことがなかったのに気づいた。それは子ども時代の謎に満ちたどこか深い場所で僕が一度はなくした名前だった。

二十七歳という実際の年齢よりも姉はかなり老けて見えた。顔には早過ぎる年輪が刻まれ、口の横にも、目尻にも、額にも細かなしわがあった。よく見れば、こめかみの近くに細い白髪まで幾本かあった。

「ジョルジョ、あんた、なんて歩き方？　まるでヤク中みたい」

会うのはいつ以来だ？　思い出せなかった。姉が最後に家に来て、そこに僕も居合わせたのはいつだ？　僕の新しい生活はその時にはもう始まっていたろうか？　いや、フランチェスコとつきあいだす前のはずだ。となると少なくとも十カ月前か。そうだ、アレッサンドラはクリスマスに家に帰ってきた。それから会っていなかったんだ。変な感じだった。彼女は過去から飛び出してきたのだと思った。僕がフランチェスコと出会う前に存在していた人生から。そんな以前の人生がやけに遠く感じられ、実際、それは遠かった。懐かしさとかその辺の感情があるかと問われれば、僕は答えに戸惑ったはずだ。とにかくそれは……遠かった。

「元気だったかい……？」姉の名前をまた呼ぼうとしたが、なんだか気まずくてやっぱりやめた。

「うん。そっちこそどうなの？」

本当に奇妙な邂逅《かいこう》だった。ふたりはただの知りあいみたいだった。それに実際、知りあい程度の関係と言ってよかった。元気？　そっちは？　それはよかった、家族のみんなはどうしてる？　家族ってどっちの家族？　僕の？　それともそっちの？

どういう訳だか彼女と話がしてみたくなった。そんなことは初めてだったが、僕はそれだけ寂しくて、頼りない気分だったのだ。自分に姉がいるというのがほとんど信じられなかった。だからコーヒーでも飲みにいかないかと誘った。すると彼女はなんとも言いがたい表情でこちらを見返した。あれは驚きではなかった。驚きに似た何かだが、少し違っていた。それにちょっと悲しい表情だった。それから彼女は承知し、じゃあ、コーヒーでも飲みにいこうと答えた。

僕たちは黙って二ブロックほど歩き、有名な老舗《しにせ》菓子店に行った。内装は全面に木材が使用されていて重厚感があり、店内には歴史の香りとおいしそうな香りが漂っていた。もはや、いつ行っても客の姿はほとんどなく、ティールームは過去のどこかで時が止まってしまったような雰囲気だった。

「勉強はやめちゃったって本当なの、ジョルジョ？」

僕はどきりとした。どうして知っているのだろう？　もちろん母さんたちに聞いたのだ。でもそれだと姉があのふたりと口をきいているということになる。そして三人は僕を話題にしている。理解不能なことが同時にふたつ起きていた。

「本当だよ」

「なんでやめたの？」

「母さんが言ったのかい？」

「ふたりともそう言ってたわ」

僕たちは小型のテーブルを挟んで座った。どのテーブルも空席で、僕たちのほかは、ティールームの反対側の席に一組、七十代の婦人がふたりいるだけだった。老婦人はどちらも髪を水色に染め、マルチフィルターという銘柄の煙草を吸い、ブティックの紙袋に囲まれていた。

「いつ聞いたの？」

「いつだっていいじゃない。何があったの？　何か馬鹿な真似をしてるんじゃないでしょうね？」

僕は何か馬鹿な真似をしているのだろうか？

ひと言にまとめれば、そのとおりなのだろう。少々単純化し過ぎかもしれないが、僕の過去数カ月の所業を実によく言い表している。

そうは答えなかったが、頭のなかでは一字一句違《たが》わずそう思った。

「まさか。今はなんというか……その……」そこまで言いかけて、出任せを言うのが嫌になった。むしろ真相を全部打ち明けてしまいたかった。でもそれはできなかったので、僕は口をつぐんだ。

「なんとなくわかるよ。あんな勉強、あんたがやめるのも自然だと思う。法学部なんか入って、ずっと変だと思ってたし。だって、小さなころはいつも、作家になりたいって言ってたじゃない？　小学校のノートにお話、たくさん書いてたもんね。わたしは一度も読んだことないけど、みんな凄く上手だって言ってたし」

つまり、姉は僕が子どものころ物語を書いていたのを知っていたのか。『小学校のノートにお話、たくさん書いてたもんね』彼女はそう言った。それまでずっと自分は姉の目には見えない人間だとばかり思っていたのに、僕はその時初めて、彼女が弟の僕のことを本当は色々知っていたと理解したのだった。衝撃の事実だった。涙がこぼれそうになり、顔に手をやった。悩みの種は山ほどあるが、なんとかやっているというふうに。ウェイターに合図をして呼び、コーヒーを二杯頼んだ。

「煙草、吸う？」パッケージを出しながら僕は姉に尋ねた。

「いらない。やめたの」

「一日に何本吸ってたっけ？　結構吸ってたよな」

「二箱。もっと吸う時もあった。ヤバイ物も色々やってたけどね、なりゆき任せでなんでも」

僕ははっとして、疑問を声には出さず、彼女を見つめた。姉さん、何を色々やっていたって？　僕の聞き間違いかい？

いや、聞き間違いなどではなかった。そのものずばりだった。かつて姉は五年のあいだヘロイン依存症で、ほかにも様々な向精神薬を乱用してきたという。そんなこと、僕は一切知らずにいた。

「いつ……どうやってやめたの？」

「煙草の話？　それともクスリ？」彼女は口元を微かに歪めた。苦い笑みだが、僕をからかってもいた。知りたいのはもちろん、どうやって麻薬をやめたのかだ。いや、違う。本当は、彼女がどのように、いつ、なぜ、始めたのかを知りたかった。

姉がしてくれた話はありふれたものだった。その時まで僕がごく一部しか知らなかった物語だ。ロンドンにボローニャ、その他の土地で過ごした歳月。妊娠中絶、盗み、麻薬ほしさゆえの小規模な密売、あいつ——彼女はその男を決して名前で呼ばず、僕も覚えていなかったし、あえて尋ねなかった——と過ごした日々、施設への入所、そして出所。待っていたのは地上の天国ではなかった。それどころか。楽ではない平凡な暮らしについても語ってくれた。挫折《ざせつ》感と虚無感に襲われること。最悪な瞬間はまたヘロインに頼りたくなること。一度だけ、今この時を乗り越えるために、と。でも、それが一度で済まないことはもちろんわかっているから、どうにかして乗り切っていること。そうした危機を乗り切るためのコツもいくつか教えてくれた。わずかな友だちのこと、そして仕事のこと。以前に想像していたのとは違う現実についても話してくれた。全部ではないにしても、ほとんど何もかもが思っていたのと違う、と。今は子どもがほしいと姉は言った。それだけの価値がある男性と巡り会えさえすれば、だが。

ほぼずっと姉のひとり語りだった。僕は呆気に取られながらも愛しさを覚え、耳を傾けた。

「ジョルジョ、まさかわたしみたいな馬鹿な真似しちゃいないよね？」彼女はそう言って左手を伸ばし、僕の手にそっと触れてからすぐに離した。

「ジョルジョ？」

僕は我に返った。姉が触れた手にじっと見入ってしまっていた。あまりに奇妙な、その接触の痕跡でも残っているみたいに。

「まさか、違うよ。心配しないで。ちょっと色々とうまくいってないだけなんだ。自分でも何をしたいんだかよくわからなかったりしてさ。珍しい話じゃない、と思う。それより、母さんと父さんに会ったら、伝えておいてくれないか。つまり、僕と話をしたって。それで、何も問題はないって。僕に頼まれたってことは言わなくていいから。最近、ふたりとはあまり話せてないんだけど、心配させて悪いとは思ってるんだ。

お願いできるかな?」

姉はうなずき、笑みさえ浮かべた。ほっとしたみたいだった。それから時計を見て、顔をしかめた。あら、こんなに遅くなっちゃった、という表情だ。話に夢中になると時間が経つのを忘れるね、わたしもう行かないと——一字一句このままではなかったが、そういう意味のことを彼女は言った。

それからテーブルを回ると、僕が立ち上がるより先に身をかがめて、頬にキスをしてくれた。

「じゃあね、ジョルジョ。話せてよかったわ」

そしてきびすを返すと、早足で去っていった。僕はひとり、ティールームに残された。マルチフィルターを吸っていた水色頭の老婦人ふたりはだいぶ前に店を出ていた。

静かだった。嘘みたいな静謐《せいひつ》がそこにはあった。

6

彼らはインターホンのブザーを鳴らした。一度、二度、三度目は長めに。

返事はなかった。

そこでカルディナーレは例の鍵の束で錠前をいじりだし、一分もかけずに建物入口の大扉を開いた。マルティネッリとペッレグリーニは車のなかに残っていた。侵入は自分の役目だというキーティの言葉に反対する者はなかった。

キーティとカルディナーレは四階まで階段を上り、表札の名前を確認し、ブザーを鳴らした。

一度、二度、三度目は長めに。

返事はない。

そこでカルディナーレはラテックスの使い捨て手袋をしてから、ドアの錠前をいじり始めた。何かの機械が低く唸る音が聞こえていた。キーティには自分の鼓動と呼吸の音も聞こえた。もしも向かいの部屋のドアがいきなり開いて、誰かが顔を出したらなんと説明しようかと考えてみたが、言い訳のひとつも思い浮かばず、考えるのをやめた。彼は機械の騒音と自分の鼓動と呼吸音に意識を集中させた。

やがて錠前がかちりと音を立てた。部下と家に侵入しながらキーティは思った。僕たちはどれくらいの時間、このドアの前にいた？　三十秒？　それとも十分？　見当もつかなかった。

なかは暗くて、静かで、重苦しいにおいがした。

その濃い闇のなかに、どういう訳か、突然、キーティは自分の母親の顔が浮かび上がるのを見た。より正確には、母親の顔とおぼしき顔だ。顔なんてぼんやりとしか覚えていなかったから。思い切って記憶をたどってみたこともあるが、あれだけ絵がうまい彼なのに、うまくいかなかった。記憶のなかの母親の顔はいつも漠然としていた。そのうち奇怪な何かに変身してしまい、すぐに頭から追い出さねばならぬこともあった。

カルディナーレが照明のスイッチを見つけた。

家のなかは整理整頓が行き届いていた。病的なまでに徹底的な片づけ方で、生活感がなかった。そう、この家は死んでいる。キーティは足を止め、まだ生きていたころのこの家はどんな様子だったのだろう、と考えた。

生きていたことがあるとすればの話だが。

やがて我に返り、彼も手袋をした。そしてふたりは捜索を始め、何かを探しだした。

相当前からの埃が積もっていたが、手などで触れた痕跡は見当たらなかった。少なくともひと月は前から空き家らしい。つまりは母親が死んだのとほぼ同時期から、ということだろう。明らかにその直後、あの男はこの家を出たのだ。あるいは直前だったのかもしれない。キーティはなんとなくそう思った。

ふたりはまもなく男の部屋にたどり着いた。ほかの部屋には何も興味深い点がなかったのだ。あるのは古いがらくたと、古い新聞雑誌と、古い道具ばかりで、そのどれもが儀式めいた、病んだ秩序で並んでいた。

キーティが最初に目を奪われたのはジム・モリソンのポスターだった。ポスターは斜めに貼られ、あの顔が遠い目で見つめていた。

それから『テックス』の漫画だ。何百冊とあって、タイトルと装画を見るに、彼自身、子どものころに読んだことのある巻もあった。

ふたりはひきだしを漁り、ベッドの下を探り、棚の上を探した。怪しい物は何もなかったが、おびただしい数のトランプのセットの存在だけが気になった。これは何を意味している？　キーティは疑問に思った。こんな物が今度の捜査の手がかりとなり、連続レイプ事件その他とつながってくる可能性はあるのだろうか？　それだって、このフランチェスコという若者とそのトランプが事件に関係している場合の話で、実は真犯人がほかにいて、今ごろ憲兵隊《カラビニエリ》と警察の無能ぶりをあざ笑い、誰にも邪魔されることなく次の犯行を楽しみにしているのでなければ、だが。

「中尉、これを見てください」

カルディナーレの手には両面に印字された一枚の書類があった。タイプライターの文字だ。

内容は賃貸契約書で、物件の用途は来客宿泊用となっていた。

そしてそこには、ある住所が記されていた。

十分後、ふたりは車に戻った。兵営に戻るまでの道のり、四人の憲兵はひと言も口をきかなかった。助手席のキーティは、ペッレグリーニが黙って運転し、後部座席のふたりも沈黙を守り、前輪を歩道に乗り上げて停まった車列のせいでどこも醜悪な通りを滑るようにして進む車のなかで、初めて思った。僕たちはやつを捕まえるだろう、と。

それは論理的な結論ではなかったし、推論ですらなかった。

ただ単純に、僕たちはやつを捕まえるだろう、彼はそう思ったのだ。

7

姉と会って十日ほどが経ったある日、フランチェスコから電話があった。

いったいお前、今までどうしていたんだ？　どうしてこんなに長いあいだ電話をくれなかった？　だって俺たち、少なくとも二週間は会ってないぞ……。二週間どころじゃないと思ったが、僕は黙っていた。同様に、こっちは何度も電話をしたけれど、そっちは家にいなかったし、折り返しかけてもくれなかったじゃないか、とも言わなかった。

「友よ、俺たちはどうしたって会わなきゃならないな。一刻も早く」

それで午後八時ごろ、アペリティフの時間に会った。もう寒かった。十一月になっていた。二、三日前に何十万人という東ベルリンの人々があの壁を打ち砕き、西側に越境したばかりだったが、僕のほうは空疎で無意味な暮らしを続けていた。

フランチェスコは上機嫌だった。暗い影のような気配も感じられたが、僕にはその正体が見抜けなかった。

連れていかれたのは、店内に座っても窓から海が見える、彼のお気に入りのバールだった。僕に何が飲みたいかと聞きもせず、彼はネグローニを二杯注文した。僕たちはポテトチップとピスタチオとシュガーナッツを咀嚼《そしゃく》しつつ、ネグローニをまるでオレンジジュースみたいに数口で飲み干すと、もう二杯注文してから煙草に火を点けた。

いったい今までどうしていたんだと彼にまた訊かれた。そっちこそどうしていたんだと僕は訊き返してやった。何度も探したんだぞ？　電話でお母さんとは話したけれど、そのうちお母さんまで電話に出なくなってしまって。

すると彼は目を軽く閉じて、ちょっと黙った。何か思い出したみたいに。先に進む前にそこは僕にもあらかじめ伝えておかないといけない、そんな表情だった。

「おふくろは死んだよ」やがて彼は言った。その声に感情の揺らぎはまったくなかった。ただの連絡事項みたいに淡々としていた。僕はぞっとした。何か伝えるべき言葉はないか、すべきことはないかと迷った。残念だよ。本当に残念だ。いったいどうして？　いつ亡くなったの？　君はもう平気なのか？

僕は何も言わず、何もしなかった。そうする余裕がなかった。数秒後にはまた彼が言葉を続けたからだ。

「俺、もうあの家には住んでないんだ」

「今はどこにいるの？」

「少し前に借りた小さい部屋だ」

それは何カ月も前に僕たちが女の子ふたりを連れこんだあのアパートのことだった。彼は僕をそこに連れていったことがあるのを覚えていなかった。僕は強烈な不安に今にも呑みこまれそうだった。恐怖と紙一重の不安だ。

「今夜、行こうぜ。新しいねぐらを見せてやるよ。でもその前に夜めしに行こう」

ネグローニで足下も頭も怪しくなった僕たちは、少々わびしいトラットリアに向かった。僕は初めての店だった。そしてふたりは一応食事もしたが、やっぱり飲み続けた。まずはワイン、それからグラッパだ。フランチェスコはそのあいだずっと、僕たちの今後について語った。俺たちはまた前みたいに頻繁に会わないと駄目だ。またふたりでカードで稼ぐぞ。でも今度はもっと盛大にやろう。イタリア中を回って、それから国境を超えて、本格的に稼ぐんだ。はした金のために俺たちの才能と時間を浪費するのはもう終わりだ。俺たちの才能。彼は確かにそう言った。『前に中断したところからまた一緒にやり直そう』という台詞は特に何度も聞かされた。そのあいだ彼の目は一見、僕の目を見つめているようだった。でも実のところ、あの熱っぽい視線は、僕なんて貫通し、はるか遠くを見ていた。

彼に連れていかれたのはやはり、いつかと同じあの部屋だった。でも丸きり同じではなかった。今度はソファーの上にも床の上にも、あちこちで服が山をなしていた。まだ封を開けていない段ボール箱がいくつかあった。嫌なにおいも漂っていた。煙草その他のにおい。窓がいつも閉め切られたままの部屋のにおい。彼が母親と暮らしていた家のそれと似ていた。

僕たちはまたグラッパを飲んだ。フランチェスコが寝室から持ってきた、ラベルのない、半分空のボトルに直接口をつけて回し飲みした。彼は普段よりも早口で、いつにも増してひとの話を聞こうとしなかった。というより、まったく聞いていなかった。彼の目は大きく見開かれ、どこか一点を見つめていた。そこではないどこかだ。やがて彼は古いレコードを一枚取り出し、高級ステレオのプレーヤーに載せた。一曲目の出だしですぐにわかった。ローリング・ストーンズの『メイン・ストリートのならず者』だ。

彼がまた寝室に向かい、白いビニールの小さな包み《パケ》をひとつ持って戻ってくる前から、僕はマリファナ煙草でキマっていた。

もうずっと前からキマっていた。

「スペインの時のやつをさ、少し取っておいたんだ。万が一に備えてな」

僕は呆けた笑顔で彼を見た。彼はテーブルのつやつやした天板の上にパケから白い粉をこぼして線を引いた。全部で四本、きっちり同じ長さの線が並んだ。

恐怖と欲望が電撃のように僕を貫いた。一瞬、周囲のあらゆるもの――もろもろの形に音、物の具体性――に対する知覚を失って、こんな妄想にとらわれた。フランチェスコはゲイだったんだ。彼は今夜、カミングアウトを決意したんだ。あのコカのラインを二本たっぷり吸ったら、僕の尻にナニを突っこむつもりなんだ。その刹那《せつな》、僕にはそれがほぼ普通のことで、なんにしても避けようがない結末なのだと思った。ある意味、これで自由になれるはずだ、とも。

でも妄想は消えるのもあっという間で、五感は機能を回復した。音楽がまた音楽として聞こえだし、僕は目の前の光景にまた目の焦点を合わせた。

フランチェスコは片手だけ使って、五万リラ札を一枚丸めているところだった。非常にシンプルかつ優美な仕草で、まるで手品のようだった。

そのストローのようなものを差し出され、僕は黙って受け取ったものの、使い方がわからなかったので、そのままじっとしていた。彼に短い手ぶりで『さっさとやれよ！』というふうに急かされても、何もしなかった。すると彼は僕の手から紙幣のストローを取り上げ、自分の左の鼻腔《びこう》を押し潰して塞ぎ、右の鼻腔にストローを当てて、テーブルに向かって身をかがめると、四本の筋のうちの一本を素早くきれいに吸いこんだ。そして頭を振った。口をしっかり閉じ、軽く目を閉じて。彼は反対の鼻腔でも同じ一連の動作を繰り返した。それからまた僕にストローを渡した。

例によって僕はフランチェスコの所作《しょさ》を模倣した。今度も彼に言われたとおりにやり、彼がやったとおりにやったのだ。まずは片方の鼻腔から勢いよく吸い、次に逆側からも吸った。途中で幼いころの記憶がよみがえった。風邪を引くと、夜、寝る前によく母さんが鼻詰まりの点鼻薬を差してくれた。「ほら吸って」と言われて、鼻をすれば、すぐに咽のあたりで薬の塩辛くて苦い味がしたものだ。頭のなかに映し出されたその光景は、感覚まで伴っていて、驚くほど生々しかった。

ただそれはアニメのシーンみたいにぽんと破裂して消えてしまった。僕は軽い蟻走感を覚え、鼻に軽い痺《しび》れを感じながら、それは凄いと噂に聞いていたコカインの効果ってこんなものなのかと思った。フランチェスコは座っていた。薄目を開き、両腕を伸ばし、手のひらを上に向けた手をテーブルに載せて、行儀よく座っていた。

しばらく——数分？　それとも数秒？——僕は頬杖を突いてじっとしていた。瞑想《めいそう》中みたいな格好だったが、コカインの噂はやはりただのでたらめだったのか、という思いを除けば、何も考えちゃいなかった。

それから、なんの前触れもなく、みだらで熱狂的な感覚が僕を襲い、全身の繊維に広がった。『スウィート・ヴァージニア』の甘くてダーティーなイントロが流れるのとほぼ同時だった。どうにも止まらぬ、刺激的な、ごく軽い蟻走感で目がちくちくした。まるで何千本もの無害な針に眼球をそっとつつかれているみたいだった。漫画のスーパーヒーローばりの変身を我が身で体験しているみたいな感覚だった。

周りの壁さえなければ何キロ先だって見通せそうだった。

フランチェスコがいったいいつ、女の子を襲おうなんて話を始めたのかはよくわからない。彼が自然な口調でその話を始めたのは間違いない。彼一流の自然な口調で。彼はまたコカインをテーブルに用意し、レコードを替え、煙草に火を点け、グラッパをあおると――これは僕も飲んだ――女の子を襲おうと言った。彼と僕のふたりで、一緒にやろうという話だった。

「その気になった女を抱くのって、まあ、あまり面白くないよな。お決まりの手順の繰り返しだし。古臭いやり方だ。うまいこと言ったり、ほのめかしたりして、男と女のどちらもが望んでいることに向かって徐々に進むなんて。いや、女が望むことに向かって、だな。このダンスみたいなやりとりじゃ、女のほうが俺たちを追うんだから。それこそ盛りのついたメス犬みたいにさ」

彼の用いた表現に僕は胃がうっとなった。実際、吐くかと思って、前に身を乗り出したくらいだ。でも僕は吐かなかったし、フランチェスコは話を続けた。彼の目は僕を見つめているようでいて、実はどこか別の場所を見ていた。どこかの、悪夢のはびこる異郷を。

彼は語り続けた。ほぼ休むことなく語り続けた。女を力ずくで屈服させるのがどれだけ刺激的な行為かと彼は力説した。それは太古のルーツを取り戻すようなものだ。古代ローマの男たちによるサビニの女たちの略奪。あれこそ女が心の奥で本当に望んでいることだ。略奪者である男の手のなかで苦痛にもだえ、無と帰す至高の瞬間、女はそのことにようやく気づくんだ。そう、略奪者である男たちの手のなかで。なぜならひとりの女を一緒に、力ずくで屈服させることこそ、男の友情の最も崇高な表現なのだから。いけにえの儀式みたいに、ひとりの女をともに分かち合うんだ。

『タード・オン・ザ・ラン』のハーモニカのせいで部屋の空気はずたずただった。没個性的なその部屋の、物体という物体が熱狂のなかでごちゃ混ぜになっていた。それは彼の熱狂だが、僕の熱狂でもあった。敏感になった皮膚と、感覚毛のようになった一番細い体毛と、研ぎ澄まされたすべての感覚をもって僕は、かつて覚えのない、恐ろしい何かを体験していた。それはあらゆるルールから完全に解放された感覚だった。醜悪で、とても美しい感覚だった。そして彼はそれを知っていた。

ある女の子の生活習慣を既に研究済みだと彼は言った。彼女は下宿暮らしの大学生で、カッラッシ地区に住んでいて、バーリでの生活費と学費を稼ぐために夜はパブで働いている。そして毎晩、店からはひとりで帰宅する。午前一時ごろに。

そろそろその時間だった。

フランチェスコはなおも口を動かしていたが、その動きと聞こえてくる言葉の響きがずれていた。そもそも彼の声は部屋の別の場所から聞こえていた。彼のいるそこではない、どことも言えぬ地点から聞こえていた。

僕たちは家を出た。レコードはかけっぱなしで出た。この世のものとは思われぬミック・ジャガーの不吉な声が『彼に会いたい』を歌っていた。パーカッションの響き。遠いコーラス。そして霧。

宿命に向かって僕は歩きだした。もう後戻りはできない。

8

男を見つけるのは簡単だった。前にはなかった髭をたくわえていたが。

日中、男はほぼ例外なく家にいた。出かけるのは夕方か夜になってからで、たいてい深夜か、夜明け近くに帰宅した。

彼らはただちに男の尾行を始めた。

時に男は町をほっつき歩き、あてもなく長時間動き続けた。

また時には車に乗って——あの浮き世離れした奇妙なおんぼろDSに乗って——ひとりで何時間も町を流すこともあれば、遠出することもあった。

海の前に車を停めて、じっとしていることもあった。遠くからでも煙草の火が見えた。どうにかして横たわったのか、男の影が消えることもあった。眠っているのだろう。ある夜、キーティはそう思った。

男の姿を見失うこともあった。尾行に気づかれたらしいと判断して、彼らが追跡を中止したためだ。そんな時は、それが決行の夜ではないことを祈るしかなかった。

そんな具合で二週間が過ぎた。そのあいだキーティの頭のなかでは——そしておそらくは彼の部下たちの頭のなかでも——ある疑問が絶えずこだましていた。本当にやつなのか？　ひょっとして自分たちは、精神になんらかの問題を抱えてはいるが、基本的に無害な人間を追って時間を無駄にしているだけではないのか？　まさかそのうち夕方か夜に、こっちが馬鹿みたいにあの男を追いかけてこの町か県内をうろついているところに、別のレイプ事件が起きたという無線連絡が入るなんて羽目になりやしないか？

男は一度、かつて母親と暮らしていたあの家に戻った。そして何時間かそこに留まり、夜になってから出てきた。そのあとはまた狼男《おおかみおとこ》のように暗い町をうろついた。あの男に間違いない。キーティは何度も自分に言い聞かせた。何しろぴったりだ。あんなにぴったりなやつはいない。今はとにかく耐えて、あいつがまた行動に出たところを現行犯逮捕だ。

男と仲よくなってみたい。そう思うこともあった。こっちから会いにいって、ビールでもおごって、一緒に煙草を吸って、話してみたい。

車のなかでキーティはそんなことを考えていた。車内には雑多なにおいが染みついていた。体臭に革ジャン、煙草にガンオイル、ピザとパニーノとビール、そして魔法瓶のコーヒー。

重い沈黙に包まれて、他人も同然の狩りの仲間たちとともにそうして幾夜も過ごしながら、キーティには彼らの名前すら思い出せぬこともあった。

僕がこんなことを考えているなんて、みんなは一度でも想像したことがあるだろうか？

9

その夜は彼とペッレグリーニという組み合わせだった。男がいつものように出かける姿が目撃されたのは、午前零時をだいぶ回ったころだった。いざ尾行を始めようとした時、彼らは男がひとりではないことに気づいた。

「ふたりですね」ペッレグリーニが言った。

キーティは返事をしなかった。張り込みを始めて以来、男が誰かと一緒に出かけるのは初めてのことだった。気に入らない変化だったが、同時に彼は興奮もしていた。ふたりの動きのどこを見て、なぜそう思ったのかは、訊かれてもうまく説明できなかったろうが、とにかく彼の目には、ふたりが何かをしにいくところに見えたのだ。犯人はふたり組だったと証言した被害者はいなかった。しかしふたり組である可能性を排除できる根拠はあったろうか？

車を降り、尾行を始める前に——夜間の尾行はとりわけ難しい。あたりに人影はなく、通行人に紛れることができないからだ――男たちが十分遠ざかるのを待ちながら、キーティは被害者全員の証言を頭のなかでさらってみた。犯人がふたり組という仮説と矛盾しない言葉はなかったか。彼らはみんな――彼とその部下たちは――端《はな》から単独犯だと決めつけていた。この手の連続犯罪は変質者がひとりでやるものだと普通なら思う。だがそんなステレオタイプのせいで僕たちは視野が狭まっていたのかもしれない。それはともかく、娘たちはなんと言っていた？　車を降りながらキーティは思った。調書が今、手元にあれば確認できたのに。被害者は全員、背後から殴られたと証言している。当然、それだけでは犯人が複数名である可能性は排除できない。

全員が全員、それから近くの建物の玄関ホールに引きずりこまれたと証言している。これも犯人がふたり組であってもおかしくない。いや、よく考えてみれば、この部分についてはむしろ、ふたりでやったと考えたほうが自然なくらいだ。そのほうが楽だったろう。

こめかみと額と目のあたりに鋭い痛みが走った。彼はそれでも証言を振り返るのをやめなかった。性的暴行を受けたまさにその瞬間について、あの子たちはなんと言っていた？　相手がふたりだった可能性を完全に排除する要素はあったか？　なかったような気がしたが、頭痛はひどくなる一方で、彼の頭のなかの画面では似顔絵のあの顔がどんどん大きくなっていった。

顔はふたつあったのか？

その時、ペッレグリーニの声が石でガラスか鏡を割ったみたいに派手に響いた。ただし実際は小声だった。

「急ぎましょう、中尉。もう三ブロックも離れてます。このままだと逃げられてしまいます」

キーティははっと我に帰った。眠りかけたところを起こされたように。彼は無言で行動に移り、まずはふたつの人影を視認した。かなり遠くまで行ってしまっている。間に合わないかもしれない。

「わたしは連中を追う。君はすぐに応援の車を二台呼ぶんだ。無線パトロール隊じゃなくて、うちの車がいい。ふたりの姿格好を正確に伝えて、一帯を捜索するように伝えてくれ。ただし連中を発見しても身柄の確保はせず、気づかれぬよう見張るに留め、こちらにすぐ報告するように、と。連絡が済んだらわたしのところまで来てくれ」

ペッレグリーニの返事を待たずにキーティは動いた。頭痛は相変わらずだ。まさにその時、ふたりが角を曲がるのが見えた。二百メートルは先の角だ。無線で呼びかけるペッレグリーニの声を背に――何を言っているのかまでは聞こえなかった――彼は足を速め、ついに走りだした。それから角の手前でスピードを落とし、そのままゆっくりと道を横断した。ただの通りすがりのように。そしてふたりが曲がった右手の様子をうかがった。
そちらの道はひと気がなく、あるのは歩道に乗り上げた路上駐車の列だけだった。

10

その子は早足で、僕たちは急いであとをつけた。まもなく僕は息が上がってしまった。コカインとアルコールの効果が消えつつあったのだろう。胸のあたりに圧迫感があり、うまく呼吸ができなかった。視界もかすんでいた。

フランチェスコが、もうすぐ彼女は角を曲がってトレヴィザーニ通りに入るはずだと言った。

そうしたらすぐにぼろい空き家の前を通る。入口の手前で捕まえて、なかに連れこむんだ。俺が後ろから捕まえる。そっちはついてくるだけでいい。

女の子が角に差しかかったところで僕たちは足を速めた。

いや、彼が足を速め、僕はそのあとを追った。

頭のなかではずっと同じ言葉がこだましていた。『お前は何をしている？　お前は何をしている？　お前は何をしている？』その言葉が頭蓋の壁から壁にバウンドを続けるあいだ――実際、感触もある現実の物みたいにバウンドしていた――すべては不可避だという感覚に僕は襲われていた。いよいよお前の宿命の時だ。まもなく何もかもが破滅に向かって転がりだすだろう。おしまいだ。お前にはもうどうしようもないんだ。

こちらがまだ頭のなかのこだまを追っている横で、フランチェスコはラストスパートを仕かけ、空き家の入口の真ん前で女の子に追いついた。

彼は背後からあの子の頭を拳で殴った。正確で強烈な一撃だった。彼女の膝が折れ、そのまま崩れ落ちそうになった。悲鳴ひとつ上げなかった。フランチェスコは相手が倒れる前にうまいこと捕まえ、片手でその口を塞ぐと、逆の手で胴を支えた。そして恐ろしげな鋭い声で何やら語りかけながら、彼女を玄関ホールのなかまで引きずっていった。僕は悪夢でも見ているような気分で彼を追った。

玄関ホールは壁から壁に木の梁《はり》が何本も入っていた。倒壊の恐れがある建物だった。実際、なかに入る直前、何かを禁止する看板を見た覚えもあった。危険を知らせる看板だ。

彼はあの子を奥まで引っ張っていった。暗くて、猫の悪臭がした。とにかく臭かった。彼女はうめいていた。

「ひと言でもしゃべってみろ、殴り殺してやるからな」そう言って彼はあの子の口から手を離した。そしてまずは強烈なびんたを二発、続けて脇腹に膝蹴りを喰らわせた。

やはり背後からだ。

「ひざまずけ、この淫売女。ずっと下を向いてろよ。俺たちの顔を見ようとしたら殺す」フランチェスコの声は別人のようだったが、そのくせ聞き覚えのある声だった。「フランチェスコ、いい加減にしろ。その子を離してやれ」自分の声がそう言うのが聞こえた。勝手に出た声だった。

フランチェスコの動きが一瞬止まった。それから彼はあの子の脇腹に素早いパンチを何発もお見舞いした。ただ、前よりも殴り方が雑で、冷静さを欠いていた。

彼はこちらを向き、近づいてきた。その時になってやっと僕は自分が彼の名を呼んでしまったことに気づいた。しかも彼女にも聞かれてしまった。間違いなかった。

いきなり片目を殴られた。目が砕けて頭のなかで飛び散ったような感覚があった。視力を失った眼窩《がんか》にいくつもの同心円が広がり、世界を埋めた。凄まじい轟音《ごうおん》が頭のなかで鳴り響く。今度は股間を蹴られた。思わず体を折ると、顔に膝蹴りを喰らった。頬の内側に奥歯が当たって、ずたずたになった感触があった。塩辛い血の味が口を満たした直後、僕は水っぽい胃の内容物を勢いよく吐いた。

それから何秒か気を失っていたらしい。

残りは断片的にしか覚えていない。まるでどこかの狂人が旧式な八ミリのフィルムカメラで撮った映画のような記憶だ。

フランチェスコがまたしてもあの子に近づき、何か言う。そこへもうひとりの男がよろめきながら近づいていく。もうひとりというのは僕のことで、カメラは上からその場面を捉えている。玄関ホールの天井のどこか、悪臭を放つ木の梁とぼろぼろになった漆喰の壁のあいだのどこか一点から。ふたりはつかみ合いになり、酸っぱいにおいが漂う。夢のなかみたいな格闘が続く。彼の咽をつかもうとする僕の両手、こちらの咽を狙う彼の両手、闘うふたりの足下にはあの子の体。そこで起きていることに人間らしさなんてもはやひとかけらもない。がぶりと歯を立て、彼の肉を嚙み切る。野獣めいた悲鳴が上がる。

そこで別の男たちの怒号が聞こえてくる。フランチェスコは僕から離れ、逃げようとする。点滅する青い光。玄関ホールは急にひとであふれ返る。

次の場面で僕は床に倒れている。背中には誰かの膝が、頬骨と耳のあいだには冷たい鉄の何かが押しつけられている。片腕を背中にひねり上げられ、逆の腕も同じ目に遭ったかと思うと、かちっという金属質の音が聞こえる。僕は男たちに連れ出され、車に押しこまれる。タイヤが鳴る音、ブレーキ、方向転換、加速。

出発だ。

11

憲兵《カラビニエリ》たちは早くも車のなかから僕をいたぶりだした。兵営に連行される途中だった。僕は後部座席に座り、後ろ手に手錠をかけられ、煙草と汗のにおいのきついふたりの憲兵に挟まれていた。車が青いランプを点滅させながら、交差点でもスピードを落とさず、町を駆け抜けるあいだ、両脇の憲兵にパンチと肘鉄を何発も喰らった。場所は頭と腹だ。その暴力は冷静で、手慣れていた。これはほんの挨拶がわりだ、とふたりに言われた。兵営に着いたら徹底的に叩きのめしてやるから覚悟しておけ。僕は口答えしなかった。時おりうめきはしたが、黙って殴られ続けた。奇妙なもので、僕には打撃の音がはっきり聞こえた。腹をやられると、鈍い、冴えない音がした。頭に拳か肘鉄を喰らえば、派手なノックみたいな音がした。

口答えをしなかったのは、どうせ信じてはもらえないと固く信じていたからだ。僕は怯えていた。心底怯えていた。

兵営に着くと、はたして彼らは約束を守った。僕はがらんとした部屋に連れていかれた。机がひとつと椅子が何脚かしかなく、窓には格子が入っていた。壁には意味不明な鏡が一枚。キャスター付きのぼろい椅子に僕は座らされた。後ろ手の手錠はそのままだった。

そして約束どおり、彼らは僕を徹底的に叩きのめしたのだった。手で殴られ、足で蹴られ、半分に折った電話帳で耳を叩かれ、交通整理に使う、あの紅白の誘導棒でも叩かれた。

時々、誰かが部屋を出て、別の誰かが入ってきた。改めて思い出してみると、あれはきちんと時間を決めて交替をしていたようだ。ほぼ全員が私服だったが、制服を着た隊員もいた。そのうちのひとりには、憲兵が制服の上に必ずたすきがけにしている幅広の白い革帯で顔を打たれた。あの革帯にはポーチがぶら下がっているが、ポーチに付いた金属製の憲兵隊のマークが当たって皮膚が裂けてしまった。

全部白状しちまったほうが身のためだぞ。彼らは口々にそう言った。それは、残りのレイプ事件とその被害者たちについても全部吐け、という意味だった。さもないと俺たちがお前を殴り殺す、始末書には逮捕時に抵抗したと書けば何も問題はない、というのだった。ある隊員には、口に漏斗《ろうと》を突っこんで大瓶の塩水を一気飲みさせてやると脅された。そうすれば、お前も絶対に口を割る気になるさ、と。

僕はわっと泣きだした。すると強烈なパンチが頭に一発飛んできた。側頭部だ。

「このひとでなしが」その声は、僕を包むもやのなかから聞こえた。涙と血と恐怖でもう訳がわからなかった。まもなく僕は気を失った。

意識を取り戻した直後の記憶はあいまいだ。暴行はもう受けなかった気がするが、びんたの数発くらいはまだ喰らったかもしれない。車で僕を連行した隊員のひとりに、お前のようなやつはムショで囚人どもに手荒い歓迎を受けるから楽しみにしていろと言われた覚えがある。レイプ野郎は塀のなかでは不人気なのだそうだ。それを聞いて初めて僕は両親と姉のことを考えた。僕が収監されたと知ったら三人はどんな気持ちになるか。そう思うと、この上なく悲しかった。

憲兵たちは僕の逮捕をそろそろ、なんというか、正式なものにしようとしていたのではないかと思う。つまり、調書をとったり、ああした場合に必要なその他の所定の書類を作成するということだ。どれだけ殴られても僕は、ほかの事件のことは何も知らないと言い張った。一方、その晩の事件については訊かれもしなかった。現行犯逮捕だから、自白など必要なかったのだ。

やがて部屋のドアが開いた。また誰かが僕の顔を何発か殴りにきたのかと思ったら、ジャケットにネクタイ姿の男が入ってきて、なかにいたふたりの隊員に向かって相づちを打った。するとふたりは出ていき、彼ひとりが残った。

やけに若い男で、明るい色の目をしていた。言葉は北部の人間のアクセントで、身なりも清潔できちんとしていた。口調も優しかった。

彼はまず僕の手錠を外してくれた。とたんにこちらは肩の痛みに気づいた。腕の付け根のあたりだ。

「煙草を吸うかい?」そう言って彼はメリットのパッケージを僕の前に置いた。僕はその顔をしばし見つめ、相手が本気だとわかってからうなずいた。でも吸いたくても、煙草を抜くことができなかった。手がひどく震えていたのだ。すると彼はパッケージを手元に戻し、一本抜いて、くわえさせてくれた。そして火を点け、僕が三度か四度、煙を吸うのを待ってから、また口を開いた。

「あの女の子の具合はそう悪くないよ。救急医療室で治療を受けてね。今はここに来てもらっている。事情聴取も済んだ。何があったか聞いたよ」そこで彼はいったん黙り、僕を見た。でも僕は何も言わなかった。すると彼は話を続けた。

「彼女、隣の部屋にいるんだ。さっき君を見てもらってね」彼はそう言うと、あごと視線で壁の鏡を指した。僕はそちらを見て、また彼を見た。意味がわからなかったのだ。

「向こうの部屋の人間はこちらの顔を見ることができるんだ。自分の姿をさらすことなくね」

映画と同じだな。その言葉は僕の頭のなかに活字となって浮かんだ。この現象は以前よりも頻繁に起きるようになっていた。

「彼女は君が犯行には加わっていないと言うんだ。むしろ守ってくれたって」

僕は彼の表情をよく見て、自分の聞き間違いではないことを確かめるように、顔を相手のそれに少し近づけた。あごがわななきだし、どうにもできなかった。でも涙はこらえた。

今考えれば変な気もするが、当時の僕はあの玄関ホールで逮捕されてからそのジャケットにネクタイ姿の若者が取調室に入ってくるまで、自分に助かる見込みがあろうとはこれっぽっちも思わなかった。あの子が僕の無実を証言してくれるかもしれないなんて考えはちらりとも頭をよぎらなかったのだ。

今は、たぶん、その理由を説明できる。あのころは無理だった。あの事件で自分が果たした役割についての僕の認識は、フランチェスコに女の子を一緒にレイプしようと提案された時点で止まっていたのだ。遠い祖先の性暴力云々《うんぬん》について彼が熱に浮かされたように御託を並べたあの時点で。僕は例によって彼に否と言えなかった自分が不甲斐なく、恥の意識が心に重くのしかかっていた。そんな自分の罪はあまりに重く、それは誰の目にも明らかだと思いこんでいたのだ。とりわけ彼女の目には。

恐怖と羞恥心と破壊願望がごちゃ混ぜになった僕が闘い、彼女を守ろうとしたという事実などどうでもよかった。僕は自分の犯した罪の前から一歩も動けなくなっていた。それまでに犯した過ちの数々が恥ずかしかったから、憲兵たちに叩きのめされても弁解ひとつ試みなかったのだ。僕にとって、僕という人間は本当に彼女を襲ったのと同じくらい有罪だった。

「どうして教えてくれなかったんだい？」

僕は軽く目を閉じ、ちょっと首をすくめた。そんな子どもっぽい仕草をしたものの、徐々に暴行の痛みとひどい疲れを感じ始めていた。

それまでの出来事を詫びつつ、ジャケットにネクタイ姿の若者は救急病院に付き添おうかと申し出てくれた。断ると、彼もこだわらなかった。むしろほっとしたようだった。始末書も書かずに済むし、僕の怪我の原因について医者に――ひょっとすると検事にも――余計な説明をせずに済むからだ。

「話を聞いて調書を作りたいんだけど、今からで大丈夫かい？　なんだったらご家族には我々のほうから連絡をしておくよ」

家族のほうは心配いらないと僕は答えた。それに事情聴取も問題ない、と。その前にもう一本、煙草をもらってもいいかと尋ねると、もちろんだ、むしろ、事情聴取の前にみんなでコーヒーでもゆっくり飲もう、と彼は提案した。昔からの友だちじゃないか、とでも言いたげだった。

ほどなく魔法瓶が一本とプラスチックの使い捨てのコップがいくつかと丸ごと僕のための煙草のパッケージがひとつ届いた。氷嚢まであった。今や状況はほとんどシュールだった。僕たちは本当にみんなで一緒にコーヒーを飲んだ。僕と、ちょっと前まで僕に殴る蹴るの暴行を加えていた隊員のうちのふたり――そして今は僕を友だち扱いするふたり――と、彼らが中尉と呼ぶ例の若者の四人で。馬鹿げた状況だったが、その時はごく普通なことに思えた。

もらった氷嚢を左の頬骨に当てて、僕はことの顛末を語り、それを中尉が大柄な隊員に向かって口述した。先に僕の脇腹を何度も殴った大男だ。それが今は古いタイプライターのキーを二本の指で素早く叩いていた。太いのに、よく動く指だった。

僕は色々なことを言った。ただひたすらに、早くここを出たい、全部忘れて姿を消したいと願って。虚実入り混じった供述だった。たとえば、僕とフランチェスコはビールを少し飲み過ぎて、出かけた時、酔っぱらっていたと僕は証言した。そして心のなかでは、もしも検査を受けていたらビールだけではなくて、ほかの物質も血管を流れているのに気づかれていたはずだ、病院に連れていこうかという申し出を断ってよかった、と思っていた。そうです、僕たちはあの女の子が歩いているのを見ました。ええ、彼女はひとりでした。それでフランチェスコがからかってやろうと言いだしたんです。僕たちにレイプされてしまうと思いこませて、思い切り驚かしてから、冗談だと打ち明けて、逃げよう、と。さっきも言いましたけど、ビールで酔ってましたので、僕も——お恥ずかしい話ですが——つい承知してしまって。ところが気づいたら、冗談では済まされないことになりつつあって。

フランチェスコとの関係についても尋ねられた。過去の一連の事件について何か知らないか、とも。彼とは友だちというより、知りあいに毛が生えたくらいの仲だと僕は答えた。たまに会って、時々、ポーカーをやる程度の仲です。

どうしてポーカーのことを打ち明けたのかは自分でもわからない。そんな必要はまるでなかったのに。ただ、そうして事情聴取を受けているうちにふと、フランチェスコも取り調べを受ける——あるいはもう受けた——ことに気づいた。彼が全部白状してしまう可能性だってある。そう思ったら、少しのあいだ恐ろしくてたまらなかった。

過去の事件について君は何か知っている?

いいえ、何も知りません。本音を言えば——嘘だった。彼が僕の調書を読んで、僕が彼を助けようとしたことを知り、僕を責めないでくれればいいと願ってついた嘘だった——彼がレイプ犯だなんてことはまずないと思います。すると、どんな根拠があってそう思うのかと訊かれたので、自分の知る限りフランチェスコは普通の人間のようだからだと答えた。

普通の人間。僕は本当にそんな言葉を使った。あれは連続レイプなんて真似をするような人間じゃありません、という意味で。

ところが憲兵たちは親切な声で――今や彼らは親切だった――言うのだった。我々は君の個人的な意見には興味がない、と。そしてその部分は記録しなかった。

それからまたその晩の出来事について尋ねられた。フランチェスコが彼女を殴打しながら発した言葉を正確に覚えているかと訊かれ、僕は即答をためらった。いいえ、すみませんが、覚えていません。記憶がとにかく混乱していて。

真実ではなかった。あの時の彼の言葉ならばよく覚えていた。声の響きも、内容もはっきりと覚えていた。

中尉に出来上がった調書の内容の確認を求められた。僕は用紙を受け取り、そこに記された言葉の羅列――無数の短い線と空白と曲線と記号の連なり――に目を通したけれど、意味は理解できなかった。それでも最後に、ちゃんと読みましたというふうにうなずいた。そして安物のボールペンで署名をした。

「家まで送ろう」と中尉は言い、少し躊躇してから「君には悪いことをしたね」と続けた。そうして彼が僕に詫びるのは二度目で、心からの言葉に聞こえた。

僕はあいまいに手を振った。どうってことないですよ、よくある話じゃないですか、というふうに。みじめで、場違いな仕草だった。

ほどなく僕はまた、何時間か前に手錠をされて乗ってきたのと同じ車に乗っていた。

憲兵隊の車は無人の街路を駆け抜けた。陰鬱だが濁りのない夜闇の色が褪せていく時刻だった。座らされたのはまた後部座席だったけれど、今度はひとりだった。運転席には僕と同じ年ごろの若者がいて、助手席には調書をタイプで打っていたあの大男がいた。若者は大男を准尉と呼び、ふたりはたわいもない世間話ばかりしていた。

家には数分で着いた。車が停まると、降りていいぞと准尉に言われた。僕はドアにしがみつくようにして苦労して降りた。あちこちの殴られた跡がいっせいに悲鳴を上げていた。そのまま立ち去ろうとしたら、准尉が窓から顔を出した。

「坊主、今日のことは水に流してくれよ」そう言って彼は片手を差し出してきた。

奇妙な間が空いた。向こうは大きな顔に誠実な笑みらしきものを浮かべて、窓から手を突き出したままで。こちらはほとんど水になった氷嚢を腫れた頬に当て、歩道と道路の狭間で立ち止まったままで。

僕はひとつうなずくと、彼の手を握った。でもその柔らかな感触に、すぐに手を離した。何かぬるぬるした生き物か、子どもが謝肉祭《カーニバル》のいたずらで使う膏薬にでも触れたみたいだった。

それから僕はきびすを返し、アパートの入口に向かった。一方、ふたりの憲兵は、あの十一月の朝の、水っぽい不気味な曙光に呑みこまれて姿を消した。

12

キーティはいつもの肘掛け椅子に座っていた。あの不眠症と頭痛の椅子だ。夢か悪夢から覚める椅子。まもなく始まる新たな一日をわずらわしく思う椅子。自分は発狂するのではないかという不安が、子どものころに観た映画『バスカヴィル家の犬』に出てきた魔犬の充血した恐ろしげな目でにらみ、歯を向いて唸る、あの椅子だ。

だが今朝は違う。

あたりにはいつになく軽やかな空気が漂っている。ひと気のない静かな家のなかをポロネーズ第六番『英雄』のピアノの調べが優しく流れているのだが、今朝のショパンはいつもの音を絞ったそれではなかった。飾り気のない部屋の数々が――彼が幼少期を過ごしたのと瓜ふたつな部屋の数々が――今は音で満ち、命を吹きこまれたかのようだった。まるで善き亡霊たちが目を覚まし、何事かと出てきたみたいだった。

まもなく明けようとしているその夜の様々な場面が彼の目の前をばらばらに流れていた。それはまるで誰か他人に起きた出来事のようだった。遠い場所で起きた、なんの関係もない出来事だ。

キーティはポケットからあの似顔絵を出した。折り畳まれて、汚くなったその絵を彼は何カ月も前から捨てずに持っていた。何カ月も前から追い続けてきたあの幽霊の絵だ。

初めて見る絵のような気がした。それに意外なことに、これといった感慨も湧かなかった。その絵に何かを見てしまう、ということも今度はなかった。ただ無数の線がつながり、分離し、重なり、交差し、かすれているだけの、もはや命を失った絵に過ぎず、虚ろな表情を浮かべた見知らぬ顔に過ぎなかった。

彼は紙を引き裂いた。一度、二度、三度、四度と、重ねた紙片の束が厚く、小さくなって、千切れなくなるまで続けた。

それから、細切れになった紙くずをゴミ箱に捨てた。

肘掛け椅子に戻った彼は、あの若者には申し訳ないことをしたと、また少し思った。散々痛めつけられて、なんの関係もなかったのだから。むしろ功労者じゃないか。でもそのうちそんな思いも霧消した。遠い場所で起きた、なんの関係もない出来事だ。

そしてこんなことを考えた。僕は今、疲れてもいないし、頭も痛くない。こんなに調子がいいのは生まれて初めてかもしれない。遠い昔の幼い日々は別かもしれないが、あのころのイメージと音と質感とにおいはみんな、記憶と想像と夢という三つの素材で等分に構成されているから。

次に、ある思いが胸をよぎった。それは苦しくて、鋭い痛みを伴うが、とても素敵な思いだった。

激しく動揺しつつも彼は思ったのだ。僕は自由だ、と。自由にあれもこれもしていいんだ。そうしたければ、ここを出ていくことだってできるんだ。

あるいは、このままここにいたっていい。それが望みならば。

自由だ。

外では、ちょうど兵営の目の前の海に、そろそろ朝日が昇ろうとしていた。

13

フランチェスコは僕を告発しなかった。彼は僕のことは何も言わずにいてくれた。彼はそもそも何も話さなかった。取り調べのたびに、いわゆる黙秘権を行使したのだ。あの晩から四カ月後、彼は一連の婦女暴行事件の全件について起訴された。

被害者たちは、しかし、ひとりとして彼を犯人と断定できなかった。ある者は彼かもしれないと言い、またある者は声が同じ気がすると言う、という具合に。後者は裁判長に確かに犯人と同じ声だと断言できるか尋ねられると、断言はできないと答えた。そして「あいつの声みたいだ、とは思うんですけど」とまた言った。そうして証言するあいだ、彼女は嫌な記憶を振り払おうとしてか、ずっと手をもんでいた。

残りの被害者にいたっては、犯人の声と顔と外見について何ひとつ証言できなかった。

それが誰であれ、あいつが、顔を見られぬよう毎回、非常に注意をしていたからだ。

つまりフランチェスコに対する嫌疑の根拠は、最後の一件を除き全件、犯行手法の一致のみと言ってよかった。

具体的証拠の欠如を補うべく、検察側は犯罪学者一名と心理学者一名に共同鑑定を依頼した。ふたりの鑑定人はふたつの疑問への回答を要求された。ひとつ目は被告人に理解と意志の能力が欠如している可能性はないかというもの。ふたつ目は被告人に連続婦女暴行事件を起こしても不思議はない心理的傾向が見られるか否かというものだった。

ふたりの学者は長い報告書を作成し、その最後をこう結んだ。『被告人の知能指数は平均を大きく上回り（一三五～一四〇）、特に空間認識能力が極めて高い。躁鬱《そううつ》病の傾向が見られ、自己愛性障害の特徴を有する反社会性パーソナリティ障害と診断される。秩序立った虚言の使用と詐欺を好み、人間関係の恣意的な操作を特に好む傾向がある。精神疾患の診断・統計マニュアル《DSM》第三版によれば反社会性パーソナリティ障害の患者は、法規に則した行動をとって社会規範に順応することができない。彼らは逮捕の対象となり得る行為を繰り返し行うことがあり、他者の望みや権利や感情を徹底的に無視する。個人的な利益または喜びのために人心をしばしば操作する。嘘を重ね、身分を偽り、擬態し、詐欺を働き、ギャンブルでいかさまを働くことがある。社会病質または精神病質とも呼ばれる反社会性パーソナリティ障害は、理解と意志の能力の喪失を必ずしも伴わず、両能力の低下すら必ずしも伴わない。今回の鑑定対象者である被告人の場合、反社会性パーソナリティ障害の患者であっても、理解と意志の能力は間違いなく有している。

以上にまとめた心理的特徴は、資産的領域および性的領域における連続暴力犯および連続詐欺犯に典型的なものである。最悪な場合、連続殺人という行為に帰結することもある』

判決文で裁判官はこの報告書だけでは不十分であると記した。当然、彼らの言うとおりだ。誰かの性格が典型的な連続レイプ犯のそれと一致すると指摘するのと、そいつを実際に起きた連続レイプ事件の犯人呼ばわりして、証拠もなしに、憶測だけで告発するのとでは大違いだ。憶測はしょせん憶測に過ぎない。それがどんなに筋が通った、説得力のある憶測であったとしても、それだけでは裁判で多くを望むことはできない。

こうしてフランチェスコは最後のA・Cに対する婦女暴行未遂罪でのみ有罪となった。

もちろん、僕は証言をせねばならなかった。出廷前夜は眠れず、司法職員に名前を呼ばれた時は吐き気すら覚えた。

僕は入廷し、ずっと床を見ながら、入口から証人台までの空間を進んだ。検事の質問に答え、弁護士の質問に答え、裁判官の質問に答えるあいだも、ずっと目の前にあった灰色の壁の一点を見つめていた。僕は自動的に口を動かし続けた。フランチェスコが閉じこめられた被告人用の檻には背を向けたまま。最後まで彼のほうは一瞬たりとも見ずに済ませた。

外に出てから、僕は花壇で吐いた。花壇の後ろには正義の女神像が立っていた。そしてよろめきながら、逃げだした。そんな僕をちらりと見やる者もいたが、なんとなく見ただけという感じだった。

フランチェスコには懲役四年の実刑判決が言い渡され、続く控訴院でも破棄院でもその判決が支持された。彼が実際にどれだけの歳月、塀のなかにいたのかを僕は知らない。いつ出てきたのかも、どこに行ったのかも知らない。バーリにはもういないと思う。だがそれだって、あれから彼の姿を一度も見ていないから勝手にそう思っているだけだ。

彼のその後について僕は何ひとつ聞いていない。

僕自身はあれから何カ月もかなり不安定だった。その時期のことはほとんど覚えていない。よく吐き気に襲われたこと、早朝、まだ暗い時間に、何度も不安な気分で目覚めたこと以外は。

でもやがて、これといった理由もなしに僕は勉強を再開した。まるでロボットみたいに。そして事件の晩からちょうど二年後、大学を卒業した。僕が卒業論文を発表して卒業の可否が決定される審議会を見にきてくれたのは、両親と姉とおばひとりだけだった。記念のパーティーもなし。招待すべき友人なんてもうひとりもいなかった。

そのあとも僕は勉強を続けた。またロボットみたいに。そして司法試験を受け、合格した。

今は検事をしている。様々な罪を犯した者を刑務所送りにするのに貢献しているわけだ。それこそ恐喝とか、違法賭博とか、詐欺とか、麻薬密売とか。

時々、そのせいで、自分が恥ずかしくなる。

時々、こんなことも思う。そのうち過去から何か——または誰か——が飛び出てきて、僕をまた引きずりこむのではないか。そして、僕はつけを払わされることになるのではないか。

時々、僕は夢を見る。内容はいつも同じだ。

僕はあのスペインのビーチにいる。あの時のように日の出前だ。そしてあの時のように悲痛なまでの感動に包まれている。完璧なひと時ならではの感動、恐ろしい青春時代、無敵な青春時代ならではの感動だ。僕はひとりで海を眺め、待っている。やがて親友のフランチェスコがやってくる。ただし僕には彼の顔が見えない。それから僕たちは一緒に、海に入る。沖まで泳いだところで僕は彼の姿が見えないことに気づく。そして、よりによって今日が自分の卒業審議会の日であることを思い出す。もう絶対に間に合わない。何しろスペインにいるのだから。空は厚い雲で覆われており、太陽が昇りつつあったとしても、僕には見えない。そうして沖にいるうちに波が高くなってくる。すべてが終わってしまう、それはもう避けようのないことだと僕は感じている。そして、限りない郷愁を覚えている。

14

アントニアの仕事は精神科医だ。彼女が自分から教えてくれた。暴力被害者の支援施設に勤めているそうだ。

みんなそれぞれのやり方で過去の亡霊を退治しようとするんだな。僕は思った。なかにはひとより上手にやってのける者もいる。

これまであなたには何度も会いにこようと思った。お礼をまだ言えてなかったから。そう彼女は説明してくれた。

だから、ありがとう。

その言葉が僕には頭のなかで活字になって見えた。奇妙だった。もう久しくなかったことだ。

でもこれは、あの晩、わたしを暴力から救ってくれたことへの礼だけではないと彼女は言った。

僕の気高い心に対する感謝なのだそうだ。

僕はうなだれ、そんなのは嘘だと思った。僕は卑怯だった。そう言ってしまいたかった。今も僕は卑怯だ。これまでずっと怖かったし、これからだって怯え続けるはずだ。そう思った。

ただそこで彼女の顔を見たら、強烈な震えが体を駆け抜けた。そして、変な話だがある意味では、彼女の言うとおりだとわかった。

だから何も言わなかった。向こうも黙っている。でも立ち去ろうとはしない。僕も彼女に礼を言いたいと思ったけれど、その勇気がなかった。

だから僕たちはバールのなかでそのまま座っていた。

どちらも口を開くことなく。

店の外は寒そうだった。

（了）

解説

杉江松恋（書評家）

誰にでもある愚かさと、誰にでもある生命の迸《とばし》りと。

ジャンリーコ・カロフィーリオ『過去は異国』は、胸が痛くなる青春ミステリーだ。

主人公のジョルジョ・チプリアーニは、イタリアのバーリで暮らす二十二歳の大学生だ。イタリア南部のプーリア州に属し、アドリア海に面した湾岸都市でもある。学業成績もよく順風満帆《まんぱん》だったジョルジョの人生は、ある日意外な曲がり角を迎える。同じ大学にいたフランチェスコ・カルドゥッチという青年がパーティーの席で絡まれて窮地に陥っていたところを、ジョルジョはどういうわけか助けてしまったのである。ジョルジョは、喧嘩《けんか》相手の鼻を独力でへし折っており、普段はおとなしいが裡《うち》に強いものを秘めていることが最初からわかる。

フランチェスコは、いかさまポーカーで金を稼ぐ相棒になれと持ちかけてくる。ジョルジョはそれを受けるのである。あっという間にまともな道からドロップアウトし、フランチェスコとともに少しずつならず者の道に入っていく。恋人ジュリアとのあっけない別れに代表される、ジョルジョの急速な変わり身が本作の読みどころだ。フランチェスコは怪しげな詭弁《きべん》を弄《ろう》して二人の行動を正当化し、身一つで世界を切り拓くことの尊さを讃える。世界の冒険者になろうということだ。この冒険行がどこに行き着くのか、ということが読者にとっては最大の興味となる。アウトローを主人公にした犯罪小説であると同時に、彼の人生がいかなる軌跡をたどるかという教養小説《ビルドゥング・ストーリー》なのだ。

かなり遅れて出てくる、もう一つの語りがある。こちらの視点人物は日本の刑事警察にあたる憲兵隊中尉のジョルジョ・キーティである。こちらもジョルジョだ。二人のジョルジョは、堕落《だらく》と規範で太極のように世界の両面を代表しているのだと思われる。いくつかの事件を抱えている憲兵ジョルジョだが、最も急を要するものは連続強姦《ごうかん》事件である。この忌むべき犯罪の捜査が、青年ジョルジョの物語とどう関係しているのかはまったくわからない。二つの線の交点はどこか、ということがミステリーとしての読みどころになるだろう。

二つの筋が並行する物語形式はミステリーでは珍しいものではない。本作で最も重要なのはジョルジョ・チプリアーニの頽落《たいらく》を描く青春小説としての要素で、二つの線の交点、すなわち事件を含む状況の真相が判明した瞬間に、世界の見え方が変わるという書き方がされている。果たして青年ジョルジョの冒険は何だったのか。その答えが憲兵ジョルジョによって与えられ、完全な円としての太極が形作られて物語は終わる。

作者のジャンリーコ・カロフィーリオは一九六一年、バーリで生まれた。本作もそうだが、カロフィーリオは故郷バーリを物語の舞台に選ぶことが多いようだ。二〇〇二年、三十八歳の弁護士グイード・グエッリエーリが主役を務める長篇『無意識の証人』（文春文庫）でデビューを果たした。同作は本国で百四版に到達するベストセラーになっているとのことだが、ミステリーとしての内容もさることながら〈僕〉という一人称で登場するグエッリエーリのキャラクターが人気を呼んでいるのではないかと思われる。『無意識の証人』ではグエッリエーリが、九歳の少年を殺した罪で起訴されたセネガル人男性の弁護を引き受けるが、本題が始まるのは第二章からで第一章では彼の冴《さ》えない近況がまず綴《つづ》られる。なにしろ妻のサーラが家を出てしまったばかりなのだ。

カロフィーリオはバーリ大学を卒業後法曹界に入り、組織犯罪を担当する検察官として働いているときに『無意識の証人』を書いた。二〇〇八年には反マフィア委員会顧問就任の実績を評価されてか、イタリア国会の上院議員選挙に当選、二〇一三年まで務めている。

『無意識の証人』訳者・石橋典子のあとがきから孫引きすることになるが、インタビューに対しカロフィーリオは、「いつか書こう」が「自分も書けたかもしれないのに」という後悔の念に変わってしまうかもしれないとの恐怖やあせりを四十歳を過ぎて感じたからだと語っている。グエッリエーリ弁護士シリーズは二〇二四年までに七作が書かれており、第二作の『目を閉じて』（石橋典子訳。文春文庫）も邦訳されている。それ以外にも多数の作品を手がけているが、単発で最も知名度の高い長篇が二〇〇四年にナポリのリッツォッリ社から刊行した *Il passato è una terra straniera*、つまり『過去は異国』である。

二〇〇五年には本作で、バンカレッラ賞に輝いている。一九五三年に創設された歴史ある文学賞で、第一回の受賞者は『老人と海』を上梓したアーネスト・ヘミングウェイ、その後も『ドクトル・ジバゴ』のボリス・レオニドヴィッチ・パステルナーク、『ルーツ』のアーサー・ヘイリー、『フーコーの振り子』のウンベルト・エーコなど、錚々《そうそう》たる面々が受賞者に名を連ねている。また、未見だが二〇〇八年にはダニエレ・ヴィカーリ監督で映画化され、エリオ・ジェルマーノとミケーレ・リオンディーノが主演したという。

前述したように『過去は異国』は、犯罪小説であると同時に教養小説の構造を備えている。だからこそノンジャンルの文学賞であるバンカレッラ賞で高く評価されたのだろうし、国境や文化を超えて読者の心を捉える魅力があるのだ。魅力の源泉を一口で言うならば、青春の一回性ということになるだろうか。誰もが通る青春期は、実は見通しが極めて悪い時代でもある。ただなかにいる者は自分の等身大でしか物事を見ることができない。空間という意味でいえば、周囲に巡らされた壁が高く、また入り込むことができない場所が多いため、限られた視野しか得られない。時間の点では、そこにいる現在についてしか考えられず、未来については思いを馳《は》せることができるのみなのである。しかもその思いは多くの場合、間違っている。それゆえに長じて青春期を振り返った者は、しばしば懐旧の中に後悔の念が混じる。あのときこうしていたらどうなっただろうか、という仮定は無意味で、ただそうしかできなかったからこそ今がある。「過去は異国」、手の届かない世界なのだ。

カロフィーリオは物語の中心にある青春の苦みに明確な形を与えるために、実は三つの先行作から力を借りている。

一つは、ドイツ人作家ヘルマン・ヘッセの『デミアン』(一九一九年。岩波文庫)である。ヘッセが四十二歳のとき、第一次世界大戦後の混沌《こんとん》から自らを救い出すために書いたとされる作品で、人生の先行きの見えなさが主題と言ってもいい。「ぼくはもとより、自分の中からひとりでにほとばしり出ようとするものだけを、生きようとしてみたにすぎない。どうしてそれが、こんなに難しかったのだろう」(実吉捷郎訳)という冒頭のエピグラフに続いて、人生時間の一回性についての考察がまず綴《つづ》られる。ジョルジョとフランチェスコが意気投合したのは、二人ともに『デミアン』を読み〈ぼく〉こと主人公エミイル・ジンクレエルに感銘を受けたという共通項があったからなのだ。『デミアン』が小説の外枠になる。

次に重要なのが、ジョルジョがそれまでの生活から自分を解放するきっかけとなったフランス小説、フィリップ・ラブロ『留学生』（一九八六年。新潮社）だ。同書長島良三の訳者あとがきによれば、当時のフランスではJ・D・サリンジャー『ライ麦畑でつかまえて』以来の青春小説の秀逸だと称賛されて二十五万部を売り上げ、五大文学賞の一つであるアンテラリエ賞も受賞したという。ラブロは一九三六年生まれで、高校卒業後に二年間、アメリカ・ヴァージニア州のワシントン&リー大学で留学生活を送っている。その体験を五十歳になってから回顧して書いた青春小説で、アメリカでの生活で自分がいかに眼を開かされたかということが、心躍るような筆致で綴られている。主人公がウィリアム・フォークナーの講義を受ける場面がかなり詳細に書かれていたり、ビル・ヘイリー・アンド・ヒズ・コメッツ「ロック・アラウンド・ザ・クロック」などの五十年代ポップスが作中に鳴り響いていたりするなど、アメリカ文化に関心がある読者にとっても興味深い内容だ。

これをバーリで育って外に出たことがない青年が読んだら触発されるだろうと思う。ジョルジョが『留学生』を読む場面は八十五ページから始まるのでご参照いただきたい。『留学生』はラブロがヒッチハイクでアメリカ横断旅行に出る場面で終わる。この終章に、ジョルジョが受けたであろう影響が端的に記されているのだ。引用しておこう。

——行動！　アメリカは彼に、行動するのは自然で簡単なことだということを教えた。それに反して、彼が生まれ育った大陸では、むかしながらの教育の影響で、理解が行動より重んじられていた。（長島良三訳）

考える前に跳べ、ということか。『留学生』を読んで得た浮きたつような思いに背中を押されて、ジョルジョは人生の冒険へ飛び込んでいくのである。

そして三つめ。右の『留学生』を読むくだりに、序文の手前に「僕の知らないイギリス作家の小説からの引用」が置かれていることが書かれている。「過去は異国だ。彼の地では物事がここととは違う形で起きる」というのがその訳文だ。

初読時にうっかりしてしまったのだが、ここで気づかなければいけなかった。いや、この引用から採られた『過去は異国』という題名だけでぴんと来てもよかった。この文章は、イギリス青春小説の里程標的作品の書き出しだからである。原文はこうだ。

The past is a foreign country: they do things differently there.

作者はＬ・Ｐ・ハートリー、日本では怪奇短篇小説の書き手として知られる作家だが、一般的には一九五三年に発表した長篇 *The Go-Between* の著者として名高い。

『留学生』の引用も同作から採られているのである。日本では一九五五年に『恋を覗《のぞ》く少年』（新潮社）、一九七一年に『恋』（角川文庫）の題名で邦訳されているが、手に入りにくくなっている。レオという十三歳の少年が体験したことを、成年になった主人公が当時の日記を発見して記憶を接《つ》ぎ合わせることで回顧していく、という内容の物語だ。時代はヴィクトリア朝末期である。

レオはマリアンとテッドという年上の男女が恋仲であることを偶然知り、二人がお互いに書いた手紙を運ぶ役目を請け負う。Go-betweenとは仲人のことで、このレオの行為を指している。マリアンは郷士の娘、テッドは小作農なので身分違いの許されない恋である。大人世界のそうした制約は知らないレオは善意の第三者として振る舞うのだが、結果的に彼の行動が不幸な結末をもたらしてしまう。

視界のよくない若者が、それゆえに間違いを犯すというプロットの優れた類型と言っていいだろう。多くの支持者を得て、ハロルド・ピンター脚本、ジョゼフ・ロージー監督で映画化されている（一九七一年。邦題は『恋』）。イギリス作家イアン・マキューアンは本作に触発され、二〇〇一年に『贖罪《しょくざい》』（新潮文庫）を書いている。マキューアンの代表作とされる長篇だ。プロットはさらに複雑化しているが、十三歳の考えなしな行動が誰かの人生を破壊するという構造は同じであり、マキューアンの目くばせを感じる。これは*The Go-Between*だぞ、という。

「僕の知らないイギリスの作家」ととぼけているが、『贖罪』の成功があった後にこの作品を書いたカロフィーリオが知らないわけはないだろう。『過去は異国』の最後でジョルジョは悔恨の感情に包まれる。背負っていかなければならない過去が彼にも生じるのである。この主人公には、作者が強く感情移入している。架空の存在ではあるが、カロフィーリオ自身の青春への思いがこめられている可能性もある。デビュー作で少し年下だがほぼ同世代のグイード・グエッリエーリを描き、初めてのノンシリーズ作で、青春時代の自分をモデルにした人物を書いた、のではないだろうか。そして登場人物との距離を取るため、間に『デミアン』『留学生』*The Go-Between* という緩衝材を嚙《か》ませたのではないか、というのが私のあやふやな推理である。『デミアン』は精神の基本、『留学生』は主人公の学ぶ行動主義、*The Go-Between* は若さゆえの過ちをそれぞれ支えているのである。

若き日に過ちを犯した記憶がない読者はいないと思う。その体験があるからこそ今の自分もいる。そのことを理解し、現在を大事にしなければと思うが、一方で自分のいた過去がまるで異世界のように感じられ、それを懐かしむ気持ちも湧《わ》いてくる。『過去は異国』は、そうした普遍的な感情に寄り添う作品である。愚かな主人公の愚かさは自分も過ぎてきたものだし、彼の見る青春の煌《きら》めきはかつて我が目で捉えたものと同じだろう。物語に身を投じれば、時間の流れる音が次第に聞こえてくる。

◉訳者紹介
飯田亮介（いいだ・りょうすけ）
イタリア文学翻訳家。日本大学国際関係学部卒業。中国・雲南民族学院とイタリア・ペルージャ外国人大学に語学留学後、現在は中部イタリア・マルケ州モントットーネ村で翻訳業。おもな訳書にエレナ・フェッランテ『ナポリの物語』シリーズ、パオロ・ジョルダーノ『素数たちの孤独』『タスマニア』、ファビオ・ジェーダ『海にはワニがいる』、ステファノ・マッシーニ『リーマン・トリロジー』、パオロ・コニェッティ『狼の幸せ』（以上、早川書房）、マルコ・マルターニ『老いた殺し屋の祈り』（ハーパーコリンズ・ジャパン）などがある

過去《かこ》は異国《いこく》

発行日　2025年4月10日　初版第1刷発行

著　者　ジャンリーコ・カロフィーリオ
訳　者　飯田亮介

発行者　秋尾弘史
発行所　株式会社 扶桑社

〒105-8070
東京都港区海岸1-2-20　汐留ビルディング
電話　03-5843-8842（編集）
　　　03-5843-8143（メールセンター）
www.fusosha.co.jp

DTP制作　アーティザンカンパニー株式会社
印刷・製本　中央精版印刷株式会社

ISBN 978-4-594-09708-0 C0197